黑暗中
飘香的
谎言

［日］下村敦史——著

李彦桦——译

闇に
香る嘘

湖南文艺出版社
HUNAN LITERATURE AND ART PUBLISHING HOUSE

博集天卷
CS-BOOKY

好好读书

序章

✦

日本近海

货柜船在横向袭来的暴风雨中任凭摆布。海面扭曲变形，浪头前一刻隆起有如高山，后一刻已彻底崩塌形成了深穴。闪电在夜空中划出锯齿状的裂缝，转瞬将漆黑深邃的海面照得白茫茫一片。

"再撑一下！横滨港就快到了！"大副乡田对着船员们大喊。

狂风暴雨不仅吹散了声音，也将众人推得东倒西歪。甲板制服早已湿透，简直像是穿着制服在海中游泳一样。

雪白的波浪席卷而来，有如雪崩一般，每当大浪一起，货柜船便像随时会被抛到半空中似的。设计上原本能将横向的冲击力度削减一半的舭龙骨，此时也仿佛毫无作用，整艘货柜船宛如正遭受来自四面八方的无数白鲸的不断冲撞，海水冲刷着船体，形成有如瀑布般的景象。

"我去看看货柜！"

乡田踏着水洼奔向船尾，在途中因甲板湿滑差点摔跤。乡田咂了咂嘴，赶紧稳住身子，抬头往货柜望去。货柜共叠了三层，每一个货柜各有四根钢索，以双重交叉的方式将柜身牢牢固定住。

"那根固定绳——！"站在附近的船员突然大喊。

乡田仔细一看，一根连接固定锁的钢索断了，正在暴风雨中上下翻飞。如果随意靠近，别说是衣服，就连身体也会皮开肉绽。

"混账！钢索是谁绑的？没用的东西！"乡田气得挥舞双臂。

眼前的景象令乡田不由得紧紧咬住下唇。货柜的装载及管理是由大副负责的，就算实际进行捆绑作业的是港口雇用的临时工，一旦货柜坍塌，责任还是会落到自己头上。

乡田瞪着断开的钢索，它宛如一根鞭子，不断鞭打着货柜。每个货柜都有铁制的固定锁与上下的货柜相接，只不过是断了一根钢索，应该不至于整个坍塌才对；但假如真的发生这种事，可就吃不了兜着走了。

"这里头不是散装货，应该不要紧。"一名船员说道。

货柜船在恶劣天气下翻覆，罪魁祸首通常是"散装货"，如谷类、矿石等，是货品在货柜内往相同方向移动造成的。根据英国劳氏船级社的调查，船上的散装货只要倾斜十五度就会出现偏移现象；所幸这艘货柜船所运送的是进口家具，并非散装货。

但是……

其中有一个货柜里装的东西，比散装货更加令人担忧。

忽然一阵大浪打来，船体先是高高浮起，接着以船头朝下的姿势狠狠插入了海中。甲板不断前后左右摇摆，整艘货柜船宛如在狂风中飘零的一具巨大的黑色棺木。

如果真的翻船的话，最好所有的货柜全都沉入海底，千万不要浮在海面上，或是被人捞起。否则，后果不堪设想……

乡田接着又奔向船头。浪花与泡沫让整个海面泛白。货柜船必须撞破高耸的巨浪之壁才能前进。放眼望去尽是狂暴的漆黑海面及顶着白色泡沫的浪头，巨兽獠牙般的滔天骇浪一口又一口地啃噬着船身，令整艘船随时都有翻覆的可能。连几米以外都看不清楚的豪雨，在狂风的助威下更是如虎添翼，笼罩着整个海面的暴风雨仿佛永远不会有散去的一天。

然而，在雷雨交加的天空下，终于还是出现了横滨港的身影。一整排钠灯的橙色光芒在夜色中显得朦朦胧胧，仿若整座港口都在燃烧。船员们各自忙于动作，准备进港靠岸。

滂沱大雨之中，龙门式起重机在经过层层加工处理的码头岸肩上方移动，钢铁手臂向前伸展，吊具上的固定片插入货柜上方四个角落的固定孔。

身穿橘色工作服、头戴白色安全帽的作业员们，站在铺设于甲板的踏垫上，忙着解开货柜上的扣锁；港口检查员则拿着载货清单核对货柜的编号及外观。

起重机吊起了编号为 OSLU9841821 的货柜，乡田不禁感觉心脏与胃都开始揪痛。

"喂！小心点！货柜都歪了！开起重机的是新来的吗？"乡田大喊。

"这不是操纵员的错，是平舱的问题！"港口的货柜调度主管大声反驳。

所谓的"平舱"，指的是将散装货均匀装载，避免船头跟船尾因吃水量不同而产生倾斜。

"你们的人技术差还怪到船的头上！"

此时，一道淡蓝色的闪电撕裂了大雨中的黑色天空。雷光在最重要的货柜旁一闪而过，差一点就击中货柜了。

"喂！你们的起重机不会有问题吧？"乡田惴惴不安地问道。精密计算机仪器内的半导体最害怕打雷时产生的冲击电压。如果那个货柜掉下来的话……

夜晚的天空下，巨大的长方形铝制货柜因承受着横向风雨而左右摇摆，这样的风力已接近禁止使用起重机的标准了。

"你们的起重机不会发生故障吧？"

"你认为我们架设起重机后没有测试吗？所有的性能刚才都检查过。"

最重要的货柜终于安全卸到了港口的地面上，乡田这才放下心中的一块大石，但掌心已湿滑——并非只是因为站在雨中的关系。

检查员拿着载货清单奔上前去，开始确认货柜编号，但他突然停下了确认的动作，朝着货柜慢慢走近。

"——喂！里头有声音！"

检查员紧张地大喊。所有作业员都将视线投向那个货柜。

完蛋了……

乡田绝望得几乎要跪倒在地。

货柜调度主管立即拿起手机通报上层。

短暂的等待时间，宛如永恒一般漫长。不一会儿，数辆警车及机动队车辆赶到现场，血红色的警示灯将周围一带映得通红。继神奈川县警的搜查员，机动队员也下了车，除此之外，还有一辆应急车上头载着数名东京入境管理局的人员。至于海上保安厅，或许是正忙着处理暴风雨中的船难事故，并没有人员到场。

超过二十名相关处理人员到齐之后，所有人迅速展开行动。迷蒙大雨中，身穿防弹背心、头戴头盔的武装机动队员包围了货柜，每一名队员的手上都拿着透明的盾牌。

乡田不禁气得咬牙切齿。只要这个阶段没有被发现，货柜在进入海关货柜检查中心之前，所有人就都能逃走。但若此时露了馅，一切就都完了，只能等着被逮捕。

一名机动队员取下货柜门上的闩棒，停顿了片刻后猛然将门拉开，就连站在远处观看的乡田，鼻中也闻到了一股腐臭的气味。由于货柜进深达十二米，自门口无法看清里头的模样。

机动队员取出了手电筒，在金黄色光芒的照射下，堆叠的尸体自黑暗中浮现出来。所有的尸体一动不动，甚至连手指也没有移动半分。围绕在货柜旁的所有人都倒抽了一口凉气，乡田本能地往后退了一步。

所有人都死了……一个也不剩……

乡田回想起了两年前的那起案子。一百二十一名缅甸人躲在货柜里，企图偷渡至泰国；但是当货柜被打开时，有五十四人——将近一半的人数——因脱水及缺氧而断气。根据事后的调查，造成悲剧的原因，就在于运送这些偷渡客所使用的货柜是密闭性极高的冷藏货柜，偷渡客躲进去短短一小时之内，悲剧便已经发生。

但乡田实在想不通，这样的事怎么会发生在自己身上。货柜里的食物及饮用水都准备得很充分，而且货柜的上方及下方都挖了通气孔，不可能出事。

骤雨不断拍打着货柜的壁面，发出宛如机关枪扫射的声音。面对这惨绝人寰的一幕，所有人都不敢开口说话。

半晌，年轻的入管局人员及搜查员捂住了口，转身奔到远处开始呕吐。老练的搜查员有的摇头，有的暗骂"真是没用"，却没有一人愿意靠近发出腐烂恶臭的货柜半步。至于原本担心可能将与持有枪械的偷渡客发生枪战的机动队员们，反倒露出松了一口气的神情。

一名入管局人员板着脸朝乡田走了过来。"看来得请你好好解释清楚了。这是某个人的独断决定，还是'大和田海运'的事业之一？"

"我们——"乡田勉强挤出了声音，"我们什么都不知道——我们怎么会知道货柜里藏了人——"

船运业的利润相当微薄，就算每次货品都超载，公司还是持续亏损。但只要接几票偷渡的案子，就可以让公司免于倒闭。

"你什么都不知道？这说不过去吧！"

"在装货的港口，负责搬运及堆放货柜的都是外国人，我们都以为里头装的是家具，是真的！"

这是以防万一而事先想好的台词，但此时一说出口，连自己都觉得毫无说服力。

就在这时，绕着货柜进行检查的入管局人员突然大喊："通气孔都被塞住了！"

乡田顿时目瞪口呆，转头望向入管局人员。为什么？是谁干的？脑中充塞着无数疑问，却问不出口。

"——看来案情并不简单。"

板着脸的入管局人员如此说完后，朝同事们喊了一声"喂"，指了指"大和田海运"的货柜船，其他入管局人员点点头，带着十多名搜查员及机动队员走向船体，这些人的身影逐渐消失在大雨形成的银色世界中。既然这艘船涉嫌偷渡，所有船员就都必须接受侦讯。

货柜前只剩下乡田与板着脸的入管局人员。

耳中还没听到雷鸣，眼前已亮起闪光。乡田不由自主地望向货柜内，为什么会做出这个举动，他自己也不明白，或许多少是基于一种动物的本能。

在闪电带来的白光下，尸体堆成的小山竟然开始晃动，接着从中钻出一道人影。或许这个人躲在尸体之中，就是为了等待执法人员松懈的那一刻吧。

这个满身尸臭的男人奔出货柜，乡田想也不想，自入管局人员后方将双手插进他的两侧腋下，紧紧地将他扣住。入管局人员大声呼唤，但声音完全被暴风雨掩盖，走向货柜船的搜查员等人并没有听见。

既然偷渡已失败，就只能祈祷这个多少知道些内情的幸存者能够顺利逃走，千万别被警察逮住。

男人离开货柜后，以摇摇摆摆的步伐横越码头，消失在夜色之中。

乡田刚松了口气，却听见货柜内传出了呻吟声。

里头还有人活着……

乡田愕然凝视着货柜深处。

1

✡

东京

我从硬床上醒来，在黑暗中闻到消毒水的味道，一瞬间以为自己已被隔离于活人的世界之外。

"啊，你醒了？"旁边传来低沉的说话声，"我是今天早上住到你隔壁病床的人。"

"——敝姓村上。"我朝着声音的方向点头致意。

"我刚刚听见你在呻吟，没事吧？"

"我没事，谢谢关心。"

"住进陌生的病房里，任谁都会感到不安吧。我是因心脏不好才——"

刚入院的病人或许是闲得发慌，竟然在黑暗中滔滔不绝地说了起来。走廊上传来各种各样的声音——护理师匆忙来去的脚步声、病人拖着沉重身躯蹒跚步行的声音、拐杖一次又一次敲击地板的声音，以及不知何处传来的电子仪器的声音，这些声音全混杂在一起。

我轻抚自己的腹部。拜托，一定要健康才行——

"——你是内脏出了问题吗？"

"正在等检查结果。"

"原来如此，希望一切正常。医院这种地方，能不待就不待。"

"——不，若是一切正常，才会待下来。"

"咦？"

我不再理会他，闭上了眼睛。

"——村上先生——村上和久先生，请前往诊察室。"

耳边传来女人的轻声细语。我睁开双眼，将脸转向声音的方向，压抑着内心的紧张坐起身来，将双脚伸下床，右手在床边摸索。

"啊，我帮你拿。"

护理师的脚步声越来越近，不一会儿，我感觉到有根棒状物抵在我的掌心。

我握紧那根白色导盲杖，站了起来。

"请跟着我走。"

我感觉到柔软的手指碰触着我的左手，于是左手沿着女护理师的指尖往上移动，经过手腕、前臂，轻轻握住了她的手肘。接着我将左手手肘弯成直角，站在与女护理师相隔半步的斜后方。

我将导盲杖的前端以左右摆动的方式轻敲地板，在女护理师的引导下沿着走廊前进。医院不同于图书馆之类的场所，即使用导盲杖敲打地面也不会给他人带来困扰。因膝盖疼痛而挂着拐杖的老人、因骨折使用拐杖的患者、坐着轮椅的人、躺在担架床上的病人——形形色色的人都会基于不同的原因而制造出声响。

一名身高大约到我的膝盖的男童，一边咳嗽一边经过我身旁。我们走了大约五分钟，中途转了三次弯。我听见门板滑开的声音，接着又走了几步，女护理师对我说："这是一把有靠背的椅子。"

女护理师拉着我的手去触摸一个板状的坚硬物体。我摸了一会儿，确认椅子的形状后坐了下来。

"爸爸，他们说检查报告出来了。"

右边传来女儿由香里的声音，她的声音相当紧张，令人联想到拉紧的钢琴弦。

"外公，你会救我，对吗？"

接着，我又听到了外孙女夏帆充满期待与不安的声音。

听见夏帆叫我"外公"，我心里有种奇妙的感觉。自从四十一岁失明之后，我就不曾见过自己年岁渐增的模样。虽然我知道自己的头发越来越稀少，皱纹也与日俱增，但这些毕竟都来自手掌的触感，少了一点真实感。在我的记忆中，我仍然是那个充满了活力、带着单反相机跑遍全日本的年轻人。

"外公，你会踢足球吗？我可是'翼锋'哟。"

那是我听都没听过的足球术语，在我年轻的时候，兴趣只有打棒球跟照相。

"夏帆，听说你总是跟男孩子一起玩？"

"不是玩，是踢球。队里只有我跟奈奈是女孩子，我跟她在比赛，看谁先当上正式选手——"夏帆说到这里，语气突然变得沮丧，"但我现在没办法踢球了。每次洗完肾，都觉得好累，就像上了一整天的体育课一样。"

肾脏位于人体腰际的左右两侧，功能是排出体内的老废物质。一旦出现肾衰竭的症状，肾脏就无法执行这项任务，如此一来，毒素就会在血液里累积，必须靠人工透析，也就是"洗肾"的方式，加以排除。做法是使用导管将血液抽出，经过透析仪将老废物质滤出后再送回体内，以维持身体健康。目前尚在小学就读的夏帆，每星期洗肾三次，每次躺在床上长达五小时。若不接受肾脏移植，就得一直洗肾直到老死。

"医生马上就来了。"由香里说道，"爸爸，你是最后的希望了——"

最后这句话，似乎并非在对着我说，而是类似祷告的自言自语。

由香里已经将一颗肾脏捐给夏帆，据说在捐赠之前，她还参加了NPO（非营利组织）举办的肾脏移植学习营，听了不少经验谈及演讲，最后才下定决心。

由香里左右两侧的肾脏不一样大，一般在这种情况下，应移植较小的肾脏。但是，在由香里的苦苦哀求之下，医生同意她把较大的肾脏给夏帆。

可惜这颗肾脏只撑了一年半的时间。到了后期，夏帆的体重不断增加，尿量跟着减少，甚至开始抱怨"肾脏好烫"。移植到体内的肾脏对身体而言基本上还是异物，身体会想要将其排出体外，这就是所谓的"排斥反应"。夏帆虽然服用了最新的免疫抑制剂，但症状还是没有改善。

上次曾听医生提过，需要洗肾的病患正以每年一万人的速度在增加，如今总人数已多达三十万。全日本等待肾脏移植的病患人数，在所有需要器官移植的人中排第一位，目前已登记了一万二千多人，其中能够从过世者的遗体获得肾脏的幸运儿只有两百多人，轮到夏帆的机会可以说相当渺茫。

至于从活人身上获得单边肾脏的"活体肾移植"，捐赠者与受赠者之间的关系必须为六等亲内之血亲、三等亲内之姻亲。由香里的前未婚夫，也就是夏帆的父亲，由于已与他人结婚，所以无法成为捐赠者。

走投无路的由香里，甚至考虑过随便找一个愿意捐肾的男人结婚。

"我曾经试探过医生的意见，但医生说，结婚后不能马上捐赠器官，否则会被认为是以捐赠器官为目的的假婚姻。"

由香里烦恼了许久，到最后只好来求我。

为了确认捐赠器官是基于无偿的善意，捐赠者必须先接受精神科医师及临床心理师的面谈。对方问了我家庭环境、与家人之间的关系，以及决定捐赠器官的过程等问题。不仅如此，为了确认我意志坚定，对方还一次又一次地向我说明器官捐赠的各种细节。

对于经常服用镇静剂一事，我选择隐瞒，要是对方误以为我有精神疾病，可能会怀疑我捐赠器官并非基于自由意志。

我愿意捐赠器官，严格来说并非基于"无偿的善意"。其实我有私心，那就是希望借此恢复与女儿疏远了将近十年的关系。如果这算"有偿"，那么我就不符合规定。这是否算是一种卑鄙的想法？我满心期待只要我将肾脏捐给夏帆，由香里就会基于对我的亏欠而重新对我卸下心防。

在女儿小的时候，我经常让她坐在我的膝盖上，一边让她看我所拍的照片，一边对她诉说各种回忆。自从我失明之后，由香里更成了我的眼睛，通过交谈，让我重新看见世界的色彩；但如今这一切仿佛都成了梦幻泡影。

"之前——我将肾脏给了夏帆后，夏帆的体力越来越好，终于射门成功了呢。"由香里说。

"是啊！"夏帆兴高采烈地说，"我曾经甩开了防守的隆志，把球踢进球门，球网都在摇晃呢！我好想再射门一次！为了感谢外公，手术结束之后，我要帮外公揉肩膀。"

"真的吗？外公好期待。"

"嗯，我喜欢外公！外公就像朋友一样。"

像朋友一样？或许这意味着我在精神上及知识上都不够成熟吧。不仅如此，我的心灵在四十一岁就完全停止成长了，对于现在的世界局势、文化及流行的事物可说是一无所知，只能阅读少数翻译成点字的书，而且我刻意避开一切与他人的交流。

此时，忽然响起一阵脚步声，接着是一句"久等了"，那是主治医师的声音。一阵轮子滚动声过后，眼前的漆黑空间又响起一阵嘎吱声。

我不知不觉紧紧握住了双拳。紧绷的空气，仿佛只要用针轻轻一戳就会炸裂。我咽了一口唾沫，喉咙发出了声响。

让我把肾脏捐给夏帆吧！我不禁对着许久不曾祈求过的神明暗自恳求。

"检查的结果——村上先生的肾脏各项指数不理想，恐怕不适合移植。"

原本就一片黑暗的视野并没有因为这句话而有任何改变，但我感觉身体变得倾斜，仿佛随时会被拖到地板底下，若不是我咬牙苦撑，恐怕整个人已瘫倒在地上。

"等等，医生！"由香里焦急地说，"你上次不是说过，现在免疫抑制剂相当先进，就算血型不同也能移植吗？怎么会有不适合移植这种事？"

"不是身体会排斥，而是肾脏状况太差，所以不适合移植。"

我感觉自己的肾脏宛如被人紧紧揪住一般。原来全是因为我不好——

我不禁庆幸看不见女儿的表情，实在不敢想象由香里正望着我的眼神中带着什么样的情感。是失望，还是愤怒？

主治医师接下来说的话，我一句也没听进去，当我回过神来，医师已经说完了。坐在右侧的由香里忽然说："走吧，夏帆。"

接着我听见了两个逐渐远去的脚步声，一个是胶底鞋，一个是高跟鞋。

"如果我有三颗肾脏，就不必对爸爸低声下气了——"由香里边走边咕哝。

"啊，等等——"

我起身想要辩解，由香里却不给我说话的机会，继续说出宛如尖刀般锋利的话。

"即使是对夏帆，你也不愿帮一点忙。"

我一句话也说不出口，只能默默听着那两个脚步声逐渐消失在黑暗中，接着是一阵拒人于千里之外的关门声。

我看不见他人脸上的表情，因此在对话时我只能直接感受对方的心情，包含用字遣词、说话时的语调及呼吸轻重，这些都能让我探知对方的内心世界。即使我不想知道，也由不得我。

然而，唯独逐渐走远的夏帆，我捉摸不到她的心情。当她离开时，脸上有着什么样的表情？是一边被母亲拉着手，一边为必须与我分离而显露出落寞的神情吗？还是瞟了一眼没用的外公，露出埋怨的眼神？

我感觉双腿酸软，只想一屁股坐回椅子上，但我懒得用手找到椅子的确切位置，只好愣愣地站着。

女儿的一句话，比我所预期的更深地刺伤了我的心，因为我原本期待着自己终于能为他人尽一己之力了。对我来说，那是证明自己并非无用之人的最佳方式。

"我送你回病房。"

我听见了女护理师的声音，于是在她的引导下走出了诊察室。导盲杖的前端敲在油毡地板上的声音异常刺耳。

"请别放在心上。"她安慰我。

"我连自己的女儿及外孙女都帮不了。"

"村上先生，这不是你的错。"

"我应该好好珍惜肾脏才对——"压在胸口的愧疚令我不禁停下了脚步，"所有人都离开了——大家都从我身边消失了。"

嘈杂的医院蓦然变得一片死寂，我仿佛成了一艘即将解体的老朽木船，没有办法修理，也没有办法载人，只能静静地等待从世上消失的那一天。若没有其他船在前头拖引，我甚至无法在海上航行。

"身边没有人照顾你？"

"没有，我一个人住。"

"有导盲犬吗？"

"没有。"

"怎么不养一只？不仅在生活上很有帮助，还可以排遣寂寞。"

"全日本的导盲犬不过一千只左右，排队等着领养的视障人士太多了。而且——我对狗有种生理上的厌恶感。"

"曾经被狗咬过？"

"——不，是因为深深烙印在记忆中的景象。"我努力想要甩开过去的阴影，"那景象经常浮现在我的眼前。一群贪婪啃食着死人尸首的狗。"

2

✡

走出便利店后，我闻到干燥且完全不带绿叶香气的裸木气息，接着摸到了树皮。三月的寒风不断钻入廉价围巾的缝隙之间，冷得只能以钻心刺骨来形容。

距离因检查结果不佳而出院已有两天。我将身体转向右侧，开始向前迈步。我让导盲杖保持跟手肘呈一直线的状态，将导盲杖举到肚脐的前方，以手腕为中心左右摆动，幅度比肩膀的宽度更宽一些，每摆动一次便踏一步，而且是固定踏出与导盲杖前端所指方向相反的那只脚。

对视障者来说，导盲杖就像是第三只手臂，借由其前端碰触到东西的感觉及声音来判断前方两步距离远的路况，以避免身体撞上障碍物。能够判断出的物体包括招牌、井盖、水洼、道路上的坑洞、树木、脚踏车等。

就在我将导盲杖挥向右方时，前端竟弹了回来，声音相当轻，显然敲到的是塑料板之类的东西。我知道那是便利店前的垃圾桶。我谨慎地确认方向，小心翼翼地前进。每当导盲杖敲到东西，我就停下脚步，借由声音及手上的触感来判断障碍物的种类。依人行道、住宅区、商业街等环境的不同，大致上会遇到什么障碍物，我心里都有个底。若遇上的是停在路旁的车辆，则要注意别敲得太用力，并且从旁边绕过去。

左侧的车道不断传来汽车经过的声音。根据自己与车声的距离，我能够判断前进的方向是否有所偏差，假如车声越来越近，那表示快走到人行道的边缘了。

我闻到了刚出炉的面包的香气，这证明我已接近位于人行道转角处的面包店。导盲杖前端敲到了类似混凝土材质的坚硬物体，那是斑马线旁的电线杆，于是我停下了脚步。

单独外出的时候，最重要的是设定基准点。可当作基准点的东西，包括突出于路肩的分隔石、行道树、招牌、自动贩卖机等。我必须随时在心中描绘一幅地图，记住从某个基准点走多远的距离会抵达下一个基准点。视力正常的人即使不记得路，也可以实时借由附近景象提供的讯息来判断；但视障者必须随时记住周遭环境的地理状况，以及各基准点所在的位置。

此时我来到的这个十字路口，信号灯并没有提示音功能，因此要过马路并不容易。视障者能听见来来往往的各种"声音"，这些"声音"必定代表着具有实体的东西。而马路上的那些声音，代表的是一个个一吨以上的铁块，所以绝不能掉以轻心。

我听见身旁有两名少年在聊天，他们开始穿越马路，于是我也跟着举步。但下一瞬间，刺耳的喇叭声及刹车声钻进了耳朵，我仿佛闻到轮胎在地上摩擦的焦臭味，这才恍然大悟，那两名少年闯红灯了，是我太大意。

"眼睛看不见就别在外面闲晃！"

一阵粗鲁的辱骂声后，我听见透着不耐烦的引擎声自我身旁绕过并逐渐远离，于是我往后退了三步，仔细聆听来自左侧车道的声音，但那个方向完全没有车子的声音。是正在等红灯，还是刚好没有车经过？

我等了一分钟左右，终于听见左侧传来引擎声，那声音朝着与人行道平行的方向前进。站在十字路口时，只要身旁跟自己的前进方向平行的车道是绿灯，自己前方的信号灯当然也会是绿灯。我一边注意着有无转弯车辆，一边快速穿越马路。视障者的走路速度较一般人慢，因此我若不走快点，很可能走到一半就变成红灯了。如果花了比平常更长的时间却还没抵达马路的另一侧，就很可能是角度不正确，身体已离开斑马线的范围，走进了车道。

我走在路人所发出的嘈杂声响之中，不时因脚踏车的轮胎摩擦声及铃声而受到惊吓。孤独老人至少有自己的影子为伴，而在我的世界里连影子也没有。

我不时用导盲杖敲击墙壁或路肩分隔石以确认前进方向，进入了住宅区。一声猫叫自我的右侧脸颊旁边飞过。

导盲杖敲中了道路标志的铁柱，发出了金属声响。支撑电线杆的钢缆由于是斜向设置，导盲杖往往碰不到，所以必须特别注意。我小心翼翼地不让脸撞上钢缆，终于走到了自家的庭院围墙边，这才松了口气。外出实在是件相当耗费心神的事。

我叹了口气，再度想起没能帮助女儿及外孙女，懊恼不已，好不容易得到的能填补十年缺憾的机会，就这么毁于一旦。若能以身上的器官换回女儿的心，我不会有丝毫犹豫，可惜天不从人愿——

我打开院门，登上门口处的两级台阶，走进家里后关上门。隔阻外界尘嚣的瞬间，心头萌生了一股强烈的凄凉感。远离了尘世生活发出的各种声响，令我有种被关入巨大的棺材的错觉。

穿过走惯了的内廊，进入客厅。手掌在墙上探摸，摸到凸起物后，按了下去。那是电灯开关。

我算是全盲，却多少看得见亮光，虽然只是眼前一片漆黑与深蓝色的差别，在安心感这一点上却是天差地远，因此我在家总是开着灯。然而，灯光能点亮家，却无法点亮我阴暗的内心。我的内心是一点声音也没有的黑暗世界，与外界完全不同。这栋木造两层建筑对独居者来说实在太大，屋内的空气却几乎令我窒息。

我将购物袋搁在桌上，打开了面对庭院的玻璃门。窗帘在冷风的吹拂下高高鼓起，缠绕在我的身上，我拉开窗帘，回身坐在沙发上。若竖起耳朵聆听，可听见汽车穿过住宅区的噪声，以及放学后正要回家的初中生、高中生的聊天声，这让我感觉自己与外界多少恢复了一点联系。

我不断地轻抚着桌上的一些小东西，像是对我而言意义等同于一只普通的"球"的小型地球仪、空无一物的编篓、猫咪造型的陶土摆饰等。置身在永远的黑暗之中，声音及气味对我来说也是虚无缥缈的，唯有触摸得到的东西才够真实。然而，当我一旦停止触摸，那些东西就又会立刻遭黑暗吞噬，令我不禁怀疑它们是否还存在于原本的空间。手不随时摸点东西，我就会感到极度不安。

一边摸着小东西，一边听着外头的声音，不一会儿，我听见了雨声。我讨厌下雨，因为雨声会掩盖远方的声音，使我被隔绝在孤独的世界之中。

现在到底几点了？我按了一下手表上的按钮。

"下午六点三十五分。"手表以电子语音告知了时间。双击，手表又告知："三月三日，星期三。"

我关上玻璃门，沿着墙壁走向门口的玄关。

每个星期三的傍晚，住在附近的朋友会来家里跟我下黑白棋。我们使用的是视障者专用的棋子，黑棋的表面有凸起的旋涡纹路，能让我们用指尖辨别黑棋与白棋的不同。这个游戏也可以顺便训练自己的记忆力。

我在门口摸到了鞋子，穿上后打开大门。不过一会儿的工夫，雨势已增强不少，滂沱的雨声近在咫尺。

我站在门口，等待着朋友到来。这个朋友总是在下午六点半来按门铃。在这个孤独的日子——因无法挽回女儿及外孙女的心而大受挫折的日子，我更加渴望有个人能陪在我身边。

我听见雨滴打在塑料布上的声音，而且越来越近，于是我将身体探了出去。雨滴弹跳声在家门前的路上停留了短暂的时间，接着逐渐远去。

我往前踏出了三步，将右手微微伸入雨声之中，就在手肘的角度达到一百二十度左右的时候，掌心探入了豪雨形成的幕帘，无数的硕大雨滴撞击在手腕上，那种感觉简直就像是把手伸进水墙一般。这样的大雨是无法外出的，看来朋友今天是不会来了。

我关上门，回到客厅，重新坐回沙发上。

一旦失去最重要的人，想要再见上一面，就只能闭着眼睛想象其在世时的模样，这成了我生活的最佳写照。女儿及外孙女虽然没有过世，但我只能回忆自己失明前由香里的容貌，以及想象中夏帆的容貌。浮现在我眼皮内侧的景象，几乎可算是幻想的产物。

我将右手伸向桌上的三点钟方向，触摸到一个光滑的物体，接着我将手掌往上探，用手指捏了捏光滑物体上头的东西。那摸起来像干瘪缎带的东西，是住在附近的老妇人送我的一束非洲菊，但显然已经枯萎了，全怪我自己一直忘记浇水。当初她曾告诉过我这些花的颜色，但此时我也忘了。在只有黑色的世界里生活久了，我已渐渐记不得红、黄、蓝之类的鲜艳颜色到底是什么模样。

我就像这些花一样，只能生存在花瓶的狭小空间里，静静地等待枯萎。

我抽起这些枯萎的非洲菊，手腕在空间中游移，找到垃圾桶的位置，将它们扔进去。接着，我不禁叹了口气。

任何人都有年华老去的一天，当一个人老态龙钟时，有谁愿意陪伴在身边，便可看出这个人一生中累积了多少福分。我的身边一个人也没有，虽然我结过婚，有了女儿，女儿甚至生了女儿，却没有人愿意陪在我身边。

我走进厨房，拿了个杯子，接着从腰包内取出"液体探针"。这东西长得四四方方，有点像是电器用品的插头。我将它放在杯缘上，大约两厘米长的针头伸入杯中，接着拿起一瓶烧酒，慢慢地将酒倒进杯里，不久，"液体探针"发出"哔哔"声响。放进杯内的针头只要碰触到液体，就会发出警示声，如此一来就可以避免饮料溢出。

接着，我伸手探摸到一个三角形的盒子，从中取出了镇静剂，旁边还有一个四角形的盒子，里头放的是安眠药。借由不同形状的盒子，我才能分辨药的种类。以前跟女儿一起生活时，她只是在盒上贴了药名，每当我要吃药时，她就会帮我把药取来。

我将两颗镇静剂放进嘴里，配着烧酒吞下。据说镇静剂与酒精混合服用会损害大脑的记忆能力，但我无法戒掉两者同时发挥作用时所产生的安宁感。

我想象着连长相都不知道的外孙女所承受的病痛，下定决心走到隔壁房间，拉开纸拉门。如今这房间已跟仓库没什么两样，我在层层堆叠的纸箱中翻找了一会儿，找出一个小盒子，打开盒盖伸手往里头一探，果然摸到了毽子与毽拍[1]。

小时候母亲曾教过我用毽子许愿的仪式，做法是独自一个人将毽子往上拍，次数越多越好。但这个仪式只适用于祈求儿女平安，因为制作毽子的圆形果实被称为"无患子"，带有为儿女消灾解厄的象征意义。

---

[1] 日本毽子（羽根）的玩法是用木板做的毽拍（羽子板）打毽子，与中国"踢毽子"的文化不同。——译者注，后同

　　我紧紧握住毽拍站了起来。小时候母亲经常以这种方式为我祈福，简直像把这当成寺庙的参拜仪式一样。或许是因为这个缘故，印象中，我从小到大都没有生过重病。

　　我一边唱着数字歌，一边将毽子往上拍。

　　一是最初·之宫
　　二是日光东照宫
　　三是佐仓……

　　往上拍毽子的同时，心里预测其落下的点，但只成功了两次，第三次时毽拍便挥空了。我听见毽子在两点钟方向的脚边地毯上弹跳了两次，声音忽左忽右地响动之后便消失了。

　　我只好伏下身子，整个人趴在地上，用双手手掌在地毯上探摸，但摸来摸去，掌心都只摸到地毯的长毛。毽子到底掉到哪里去了？我可以确定它落在两点钟的方向，怎么会找不到？

　　找着找着，心里不禁又气又恨。我不仅没办法用毽子为外孙女祈福，甚至连毽子掉在哪里也找不到。外孙女过着必须洗肾的痛苦日子，我却束手无策，这样的我根本没办法为任何人做任何事。强烈的孤独感与无力感涌上心头，让我不由得停下了用手掌探摸的动作。

　　就在这时，尖锐的电话铃声打破了寂静。

　　我保持着趴在地上的姿势，只是抬起了头，继续用手掌在地毯上寻找毽子。电话铃声令我心浮气躁，却迟迟不肯止歇。

　　我无可奈何，只好站了起来，先找到无脚椅的椅背，确认自己的所在位置后，转身来到内廊。途中我感觉脚尖似乎踢到了什么，弯腰在地毯上一摸，是毽子。这么说来，它在落至两点钟方向后，竟然像橄榄球一样无规则地弹跳，飞到了五点钟方向。

原来我累个半死，竟然完全找错地方。这真是天底下最窝囊的事。

我捡起毽子，将左手手背贴在内廊墙壁上，沿着内廊前进，在电话铃声响起的位置停下脚步，拿起了话筒。

"喂，我是村上。"

"和久，是我。"

是我——这句话带着一种认为对方凭声音就该认出自己的傲慢心态。

"有什么事吗——？"

这个人是年纪比我大三岁的哥哥。

"好久没听到你的声音了。上次跟你说话，是几年前的事？"

"也没几年。只过了两年——又三个月。"

"我一年半前就搬回老家了，现在跟妈妈一起住。"

我只是听着，一句话也没响应。

"你不问我，妈妈过得好不好？"

"——妈妈过得好不好？"

"病倒了，应该是操劳过度吧。我找医生来看过了，目前没什么大碍。"

"嗯——没事就好。"

"你该多关心妈妈一些。"哥哥的口气中充满了无奈，"和久，你回来一趟吧，妈妈很想念你。"

"没事回去做什么？"

"我说你啊，这可不是有事没事的问题。"

"岩手县太远了。光是每天的生活，就够我忙了。更何况我还有女儿及外孙女——"

话说到一半，我突然愣住了。这个被我遗忘——不，应该说是刻意不去想起的哥哥，不正是此时最大的救星吗？

只要是六等亲以内的血亲，就能成为"活体肾移植"的捐赠者。

"好吧，我会带女儿回去一趟。"我旋即改口。

3
✡
岩手

身体的正下方宛如施工现场，显然巴士正行驶在崎岖不平的山路上。我整个人仰倒在椅背上，感受着自车窗外流入的枝叶摩擦声，以及拂过绿荫的凉风送来的青草味。

老人们的闲聊声在车内此起彼落，相较之下，坐在身旁的由香里始终不发一语。蓦然间，我的背部感受到重力，这意味着巴士正开上一条坡道，故乡的农村应该已经不远了。

巴士停了下来。老人们各自发出起身的吆喝声，前后同时传来椅子的吱嘎声响，我也抓着导盲杖站了起来。真是一趟相当漫长的旅程。女儿伸手要搀扶我，被我推开了。

"上下巴士不是问题。"

我仔细聆听经过眼前的交谈声与脚步声，等到这些声音都消失之后，我才从座位进入走道，用手掌摸着每一个座位上方的椅背头枕，朝着车头的方向迈步。

用导盲杖确认了阶梯位置之后，我左手握着扶手，踏着阶梯下了巴士。一出车门，顿时体会到我已回到故乡了。鞋底踏在乱长的杂草与泥土之上，这种柔软的感觉与东京的柏油路面完全不同。我心中涌起了一股我不希望感受到的乡愁，宛如踏烂了某种果实的浓郁香气，自脚下不断往上蹿。

"爸爸，你别挡在车门口，前面是安全的。"背后传来由香里的声音。

我往前走了三步，脑中回想着失明前的故乡景色。我记忆中的故乡，并没有遭受都市开发或水坝建设的蹂躏，放眼望去尽是农田，远方则可看见顶着残雪的岩手山。农家稀稀落落地散布于其中，阔叶树之类的各种树东一丛西一簇地聚在一起，以其绿色点缀着整个景象。现在的故乡是否已完全变了样？抑或依然保持着昔日的风貌？

连裸露的水管也会因冻结而破裂的严冬已经过去了，但三月的空气依然颇有寒意，远方传来河水冲刷着岩石的潺潺声响。我扶住了女儿的右手肘，一边用导盲杖左右敲打一边前进。当初为了检查肾脏而住院时，总是护理师引导着我在医院内移动，说起来我已有数年不曾像这样通过声音以外的方式感受女儿的真实性了。

为了陪我回一趟故乡，由香里将夏帆托付给室友照顾。当初她逃出家门时，因手上没什么钱，刚好高中时期的好友也想找个室友分摊房租，两人便达成共识，从此一直住在一起。那室友是个女护理师，对夏帆所罹患的疾病也相当了解，将夏帆托付给她照顾可说是再安心不过了。

脚步声来来去去，听起来都像是在沙袋上踏步。乡下人走路的速度就像农作物的生长速度一样缓慢，跟东京人完全不能比。

"——每个人都在看我们，这感觉真不舒服。"女儿在我耳畔咕哝。

"别想太多，他们只是生活较封闭而已。"

"爸爸，你看不见他们的视线，才能说得这么轻松——"女儿说到这里停顿了片刻，语带歉意地说，"对不起，我不该这么说。"

我不知该如何回应，只能默不作声。

直到现在，由香里依然不肯原谅我。说起来真是奇妙，同样是肉眼看不见的东西，世人很难相信他人的关怀或怜悯等善意感情，却可以清楚地感受到他人所发出的憎恨或愤怒等强烈敌意。

"请问村上家要怎么走——"

由香里的声音向着左方发出。太久没回故乡，想必她已忘记老家在哪里了。

"你们是外地来的吧？找村上家有什么事？"一个令人联想到枯萎稻穗的老妇人的嘶哑声回应道。

"我是村上奶奶的孙女。"

"噢，原来是村里的人，早说嘛。"老妇人说明了村上家的位置，"小心路上的石子。"

我们道了谢，沿着农田之间的小径前进，两侧农田的芬芳气息随风而来。每当刮起寒风，不知何处的枝叶便簌簌作响，掩盖了虫鸣声。

"到了，爸爸。"

我深吸了一口气，瑞香花甜美醉人的香气搔着鼻头。闻着这股香气，眼前的黑暗空间中仿佛也跟着冒出了无数圆球状的花朵。

老家是曲屋式建筑，若由上方俯瞰，屋宅的形状是 L。我试着挖掘出失明前的记忆。除了正面之外，其他墙面都涂上了厚厚的浆土；巨大的茅草屋顶，配上仿佛随时会压垮房子的低矮屋檐，是传统而典型的农家建筑。倘若没有枯死的话，南侧应该有一些能够遮挡直射日光的树。为了防止树枝在冬天被雪压断，庭院内所有树的树枝都被成捆绑起，并以竹子补强。

"有人在吗？"

由于没有门铃，女儿只能大声呼喊。

不一会儿，拉门滑开的声音传来，接着便是哥哥的说话声："噢，我等你们好久了，快进来吧。"

我用导盲杖确认了地板平台高起处的位置，走到该处脱下鞋子，将鞋子并拢后夹上晾衣夹。有了这个晾衣夹，才不会在想要穿鞋时搞不清楚自己的鞋子是哪一双。

我将导盲杖交给女儿，此时突然有只柔软的手臂碰触着我的左手。

"爸爸，我带你进去吧。"

"不用，这是我家，我自己能走。"

为了争一点面子，我独自摸索着在家中前进。我微微举起手，一边以手背轻触墙壁一边往前走，另一只手臂则弯起，将手肘横放在胸前以保护身体。每当来到初次造访或不熟悉的地方，我都会沿着墙壁或家具绕上个一圈，以记住室内的格局。

摸着墙壁走了大约十步，指尖碰触到了障碍物，仔细一摸，那是个木制的台子，上头放了一样东西，摸起来应该是电话机。我继续沿着墙壁前进了三步，手掌碰到了一根突出的柱子，旁边便是纸拉门。

"来，进来吧。"

哥哥这么说之后，我听见了拉开纸拉门的声音，于是我沿着门边走进了客厅。跨过门槛的瞬间，穿着袜子的脚下传来怀念的榻榻米触感，或许是刚翻新的关系，我闻到了灯芯草的独特香气。除此之外，还有一股祭拜用的线香淡香。

"你们回来了——"

我听见母亲的说话声及起身的声音，虽然有气无力，却透着一股欢欣。

我一步一步朝着母亲声音的方向走去。

"——阿和。"

我在声音的前方停下了脚步。一只手掌温柔地抚摸我的脸颊，那手掌的触感就像是一片扁平的柿干，我能想象母亲的手上一定满是皱纹。

"别这样，我都快七十了，不是小孩子了。"

"阿和永远都是阿和。"

数年前我回老家的时候，母亲叫我"和久"，此时她口中所称的"阿和"，是我小时候的绰号。在我读初中的时候，她的过度保护让我觉得很丢脸，曾要她别再这么叫。现在她突然又叫我"阿和"，或许意味着她的心已回到数十年前我跟她和睦相处的时代。

我无法判断母亲的脸跟我失明前是否有所不同。皱纹是不是更明显了？黑斑是不是增加了？时间的流逝对我来说一点也不具真实感。

我轻轻拉开了母亲的手。抓着母亲的手掌的感觉，就像是抓着晒干的鱿鱼。

"由香里也好久不见，真高兴你回来了。你们都还没吃早饭吧？"

母亲的脚步声逐渐远离。在我的记忆中，出入口的相反方向便是炊煮料理用的土间[1]，那里的地面涂了灰泥，中央附近铺了草席，有一座锅炉。屋顶形状看得一清二楚的天花板上，纵横交错地架着数根横梁，边角还有补强用的斜梁。

我追上母亲的脚步声，动作非常谨慎，不让自己因地板的高低差而摔倒。

"喂，太危险了！"

哥哥一声斥骂，抓住了我的手腕。

"哥哥，谢了。"

"不是伯父，是我。前面地板较低，小心一点。"

正后方传来由香里略带苦笑的声音。原来抓住我的人不是哥哥，而是女儿。

"原来是你，谢了。"

我在女儿的搀扶下进入地势较低的土间，草席的粗糙触感隔着袜子传上了脚底。

---

[1] "土间"是日式传统建筑内的空间形式之一，地势较其他房间低，不铺设榻榻米或木头地板，多作为厨房或餐厅用途。

"越看越觉得随时会垮——"

我听女儿这么说，便将手往前探摸，摸到一根散发着米糠气味的弯柱。这根柱子弯得有如驼背的老人一般，倘若我眼睛看得见，一颗心也会跟着七上八下吧。

不远处传来菜刀在砧板上切菜的利落声响，于是我朝着声音发出的方向走去。

"阿和！停步！"母亲突然大喊，"地上有镰刀！"

母亲的脚步声来到我眼前，接着我听见了金属的声音。

"千万不能跨过镰刀，不然镰鼬[1]可会找你麻烦。"

母亲以前就很迷信，对于一些流传于岩手地方的古老传说都信以为真，小时候她常拿这些传说来提醒、告诫我。例如，不能在室内吹口哨，否则会招来穷神；又如踩踏书本，会把学过的字都忘了；还有一次，我指着一条蛇对母亲大喊"有蛇，有蛇！"，母亲在我手上一拍，说"用手指指着蛇，手指会烂掉！"。

在我长大之后，有一次母亲不让我的妻子参加姨母的葬礼，因为那时妻子有了身孕，据说在怀孕期间参加葬礼会难产。听说从前母亲怀孕时，她也绝不参加任何葬礼。

"龙彦！你怎么没把镰刀收好？"母亲严厉地斥责哥哥。

"我把它靠在墙边，大概是它自己倒下来了。"

看来我想要走到土间中央，没想到竟走偏了，才会离墙壁那么近。

接着我又听见了切菜的声音。"妈妈，你别勉强，交给由香里来做吧。"

"做饭这种事，怎么能交给大老远回来的孙女？你们快回去坐着。"

---

[1] "镰鼬"（かまいたち）是日本传说中的一种风妖，来去有如旋风，并会用镰刀一样的爪子攻击人。

切菜的声音又停了，我听见地面下方传来声响。我心中浮现了母亲从土间的地下储藏库取出蔬菜的景象。我决定接受母亲的好意，于是跟着由香里一起回到客厅，坐在坐垫上。

"哥哥——"我对着眼前广大的黑暗空间呼唤。

"怎么？"

一点钟方向传来响应声，于是我将脸转向那个方向。

我已事先告知过由香里，向哥哥提肾脏移植的时机交由我来判断，因为哥哥这个人一旦被惹火，任谁也劝不动。

"哥哥，你还在打官司？"

移植肾脏必须住一段时间不短的院，倘若诉讼还没有结束，哥哥恐怕不会答应。

哥哥好一阵子没有回话，整个家里只听得见土间传来的切菜声。

"政府对我们实在太'好'了，得好好表示一下'感谢'之意才行。"半响后哥哥讥讽道。

"就算控告国家，又能改变什么？"

"——当初日本政府抛弃了我们，我一定要追究这个责任。"哥哥愤愤不平地说，"国家只会利用我们这些善良百姓，没有了利用价值就把我们丢下，任凭我们自生自灭。若没有人挺身对抗，这样的政府永远不会改变。"

"挺身对抗，难道政府就会改变？"

"政府夺走了我们的人生——这种心情你是不会懂的。"

自从三年前，哥哥就一头栽进诉讼的世界，给周围的人添了不少麻烦。一下子向我借雇用律师的费用，一下子要我帮忙制作意见书，一下子又希望我站上证人台，说什么我的样子能引来同情。

从那之后，我便开始与哥哥疏远，不想跟他扯上关系。

"对了，和久——你能不能借我二十万？过阵子我得到东京地方法院做证。"

果然又开始向我伸手讨钱了。

"我的日子也不好过，眼睛又看不见，你还想从我身上榨钱？"

"我们是一家人，本来就应该互相帮助。"

"是吗？我可不记得接受过你的帮助。"

"而且我可是货真价实的日本人。我的要求只是让我像其他日本人一样，在日本过着正常的生活，这有什么不对？"

自从失明之后，我养成了为其他人塑造形象的习惯。如果我不发挥一点想象力，不管是障碍物还是人，都会像自己的影子一样融入黑暗中而不再存在。在我所塑造的形象中，哥哥是一条牙齿早已断光却还不肯服输的老狗。一条不会游泳却跳入了法律之海，企图在海里与名为政府的大鲸鱼对抗的老狗。一条愚蠢至极的老狗。这条老狗唯一的下场，是还没咬到对手便已溺死在海里。

六十多年前在中国东北度过的日子，是我最想抛开的回忆。但每次跟哥哥说话，这些苦涩的回忆都会再次浮上心头。

强风自屋子的缝隙灌入，所带来的尖锐呼啸声，听起来也像是受伤野狗所发出的哀嚎。

"伯父——"由香里忽然插嘴，"二十万的话——我应该还出得起。"

夏帆的洗肾治疗虽然适用于健保给付，但自费部分及平日的生活费应该早已将女儿压得喘不过气了才对。她愿意出这二十万，多半是为了讨好哥哥，让哥哥愿意捐肾脏给夏帆。但这件事倘若被医院知道，可能会被怀疑是花钱买器官，如此一来就不符合"无偿的善意"这一条件。

"真是太谢谢你了，由香里。打官司很花钱，我正感到头大呢。"哥哥喜滋滋地说。

"喂，这不关我女儿的事，别把她卷进来。"我大声说道。

"只要打赢官司，我就能拿到钱，到时候一定会把钱还她。"

"这场官司绝对打不赢的，你心里应该也很清楚。"

"若不争到一笔养老金，我连回中国的旅费都没有。去年跟前年，我都没办法回去为'爸爸'扫墓。"

哥哥是"遗华日侨"，也就是俗称的"日本遗孤"。在其后长达四十年的岁月里，哥哥成了一对中国夫妇的养子。他的养父在五年前去世了，养母则在中国的农村过着孤独的老年生活。刚回日本时，哥哥的日语说得很差，跟我说话时往往词不达意，这也是造成如今我跟他疏远的原因之一。

"你们日本人真是不通人情。"哥哥嘴里咕哝着。

哥哥平日喜欢吃中餐，每当中日双方有体育竞赛时，总是帮中国加油。他在谈吐之间往往显露出从小在中国长大所养成的价值观，令我跟他之间更生隔阂。

蓦然间，头顶上方传来了布谷鸟的叫声，总共叫了九声，告知现在时刻为早上九点。那声音来自一座古董"咕咕钟"。待在老家的好处之一，就是不必靠语音手表确认时间。

"若你需要钱，怎么不把钟卖了？这种工匠纯手工制作的古董钟，可以卖不少钱。"我指着鸣叫声的方向说道。

"这钟可是我的宝贝。一天不听它叫，我就浑身不得劲。"

此时，土间的方向忽传来脚步声，接着是将餐盘搁在木桌上的声音。我闻到了酱油、昆布及类似干香菇的香气。

"来，快吃吧！这可是妈妈亲手做的。"

哥哥的声音听上去开朗而毫无心机。就算起了争执也会立刻忘得一干二净，是哥哥的少数优点之一。如果哥哥对家人也心怀怨怼，那我恐怕早就跟他断绝往来了。

"妈妈，你煮了什么？"

如果不先问清楚菜色，那我得等到吃进嘴里才会知道自己吃的是什么。这会让我感到有些不安。

"阿和，妈妈煮的是猪鼻饭跟胡桃丸子汤[1]。"

这两道都是令我相当怀念的乡土料理。所谓的"猪鼻"，是一种看起来像水母的暗红色大型菇类，每一朵的体积都足足有两个巴掌大。将这种菇类切丝后以酱油调味，放在米饭中一起炊煮，就成了猪鼻饭。至于胡桃丸子汤，则是将包着胡桃的面粉丸子及胡萝卜、牛蒡、豆腐等配料，用昆布小鱼干高汤炖煮而成的汤。

"爸爸，三点钟方向有汤，七点钟方向有饭，九点钟方向有茶。"由香里说道。

就像当初一起生活时一样，女儿借由"时钟方位"告诉我东西的精确摆放位置。

刚失明的时候，她只会使用"这边""那边"之类的笼统表达方式，但为了更妥善地照顾失去光明的我，她特地学了一些照顾视障者的技巧。

我探摸到饭碗，将碗拿起，用筷子扒了一口猪鼻饭，带有酱油滋味的白米与香气浓郁的猪鼻菇混合在一起，实在相当美味。

"真好吃，妈妈。"

我已经多少年没吃到母亲做的饭了！怀念的声音与滋味，令我心中涌起了对母亲的思慕之情，眼眶不由得湿了。

"那就好，那就好。来，喝口茶吧。"

我听见在茶杯里倒入液体的声音。在我身上的腰包内，除了备用的导盲杖之外，还放了一根"液体探针"，我已不知有多久不曾在餐饮店以

---

[1] "猪鼻饭"原文作"**いのはなご飯**"，"胡桃丸子汤"原文作"**まめぶ汁**"，二者皆是岩手县有名的乡土料理。

外的地方，遇上不必使用这个工具的情况。

我们一边吃饭，一边说着无关紧要的闲话。自从我怒将失明的责任怪罪到母亲头上之后，便再也没跟母亲见过面。但父母的心态实在很奇妙，不管与孩子相隔多少年没见，还是会像上个星期才见面一样温暖迎接。抱持心结的永远是孩子，父母的内心全是对孩子的关爱。

这种不求回报的爱，是否也存在于我跟由香里之间？但当初她离家出走的时候，我心里不仅难过，而且愤恨难平。如今我帮助外孙女寻找肾脏捐助者，心里也是抱着借此修复双方关系的希望。

吃完了饭，我坐在飘着线香香气与灯芯草气味的客厅中稍事休息。何时该对哥哥提出捐器官的事，我一直拿不定主意。虽然这次返乡全是为了这件事，但要是引起他的反感，事情将会变得非常棘手。

哥哥吆喝一声起身。"和久，你在家里陪妈妈，我出去摘些野菜。"

"野菜？"我抬头说，"——我也一起去。"

这是个能与哥哥私下商量而不被妈妈听见的好机会。

"虽然摘野菜的地方称不上深山野岭，但你的眼睛——"

"若遇上危险的地方，只要事先提醒我，我就会避开。"

哥哥迟疑半晌后开口："好，那走吧。"

我照着哥哥的吩咐换了身上的衣服，戴了一顶帽子，穿上长袖圆领T恤。这样的装扮既可防虫咬，又可保护身体。

"我也跟你们一起去吧？"由香里说道。

"不必，你在家里照顾奶奶，我们想私下聊一聊。"

哥哥准备了一个背包，我问他里头放了些什么东西，他回答："登山小刀、小铲子、手帕、厚手套及水壶。"

我穿上长胶靴，拿着导盲杖，跟着他来到了庭院里。

"小心点，右边有个'大根草屋'。"

我将手掌伸向右侧，摸到了一个表面粗糙的物体。所谓的"大根草屋"，指的是用稻草编成的蔬菜储藏库，大小跟形状就像个吊钟，将蔬菜放在里头可长保新鲜。

我一边摸着"大根草屋"的表面，一边绕了过去。

"好，我们现在沿着田埂前进。只要跟着我的脚步声走，就不会有危险。"哥哥说道。

"能不能让我抓着你的右手肘？"

"——你抓吧。"

我依据声音传来的方向，推测他所站的位置，想象他整个人的形体，将手掌往他手腕的方向探去，碰到他的身体后，找到手肘并抓住。

我试着挥舞导盲杖，其前端撞开了地上柔软的泥块，虽然靠着触感能掌握地形，但撞击声被吸收了，能得到的讯息当然也减少了。我在心中想象着一道笔直的田埂，在哥哥的引导下前进。

"从前的人摘野菜是为了不让自己饿死，现在许多年轻人却因为觉得好玩而乱摘一通，真是太可恶了。"

"哥哥，你还在吃野菜？"

"嗯，妈妈帮我腌制。"

我心里依然清楚记得那景象。母亲总是会在榻榻米上铺一张报纸，把野菜放在上头，依着种类分开，然后挑去不要的部分。她还常腌渍野菜，做法是将野菜铺在容器的底部，撒上盐，再铺一层野菜，再撒上盐——最后盖上内盖，以大石头压住。

"阿和，你知道吗？太硬的部分要先水煮过才能腌渍呢。"

我还记得母亲曾笑着对我这么说，但那对我而言并不是幸福的回忆。

一九四六年，母亲带着我自中国返回日本，在饱受战火摧残的东京租了一个只有四张半榻榻米大的房间。在我失明前所看见的涩谷车站前广场，放眼望去，没有任何睥睨人群的摩天大楼，有的只是木造的两层楼的简陋营房，稀稀落落地散布在焦土之上。当时我晚上读书，靠的是蜡烛的微弱亮光。

刚上小学的某一天，我因耐不住饥饿，到附近邻居家的庭院偷摘了一颗柿子，那渗出汁液的甜美果肉令我毕生难忘。我又摘了一颗，想要拿回家给母亲吃，但回家后母亲打了我一巴掌。

"那是别人家的东西！就算再穷，也不能去偷！"

我按着又痛又麻的脸颊，咬紧了牙根，半晌后瞪了母亲一眼，说道："我不想每天吃杂草过活！"

当时我的便当里装的大多是凉拌的野菜，有一天，同学抢走我的便当，取笑我："我妈妈说，你妈妈每天都在公园拔杂草，像个乞丐一样。"

我原本不相信，但隔天早上，我起了个大早，偷偷跟在母亲背后，看见身穿雪裤[1]的母亲真的弯着腰在公园里拔草。我冲了过去，母亲先是露出惊讶的表情，接着露出了微笑。

"阿和，你看，这是荭草。"

高耸的杂草在母亲的头顶上垂着宛如稻穗一般的淡红色花穗，叶子约有大人的巴掌大，母亲将其一一摘下。

"你看，摘了这么多。只要水煮之后用芝麻拌一拌——"

我将母亲手中的杂草拨到地上用力踩踏，当我抬起脚时，那些脏兮兮的叶子已在泥土上四分五裂。

"丢脸死了！害我在学校被嘲笑！"

---

[1] 雪裤（もんぺ）是一种日本传统的女性工作服，特征是宽松的袖管及裤管，管口收束，相当适合从事劳动。二战期间，在日本政府的大力鼓吹下，雪裤几乎成为女性的制式服装。

母亲看我气得直跳脚，并没有动怒，先是眨了眨眼，接着低着头说："让孩子丢脸——我真是个失败的母亲。阿和，对不起，是妈妈不好。"当时母亲的哀戚神情，直到现在依然深深烙印在我的脑海里。从隔天起，我的便当菜色变成了煎蛋或鸡肉；但相反，母亲的晚餐菜色中，原本就少得可怜的主食消失了，只剩下一堆野菜。当时年纪还小的我根本不曾思考过这代表什么意义，只是任性地吃着自己爱吃的食物。

我不仅小时候伤母亲的心，失明后同样伤母亲的心，若不是为了恳求哥哥捐出肾脏，我也不会回老家。

"——喂，和久！"哥哥叫唤的声音让我回过了神，"那是藜菜，你帮我摘些叶子下来。"

我愣愣地站着，紧握着手中的导盲杖。摘野菜的行为，仿佛是认同了小时候最厌恶的贫穷生活，不禁令我心生迟疑。

"来，这里。"

哥哥将我的手腕往下拉，我只好把身体往前躬，几乎要摔倒时，手掌才碰到叶子。一片片菱形且边缘呈锯齿状的叶子，自茎部向外延伸。

"摘几片下来。"

我缩回手并摇了摇头。哥哥叹了口气，接着我听见摘叶子的声音，三四声之后，又听到一阵塑料袋的瑟瑟声响。

"这玩意可以裹粉之后油炸，没什么草臭味，而且吃起来有点像菠菜。走，我们继续找。"

我再次抓住哥哥的手肘，沿着田埂前进。若遇上前方地势崎岖不平，哥哥会适时提醒，让我小心跨过。来到一处山坡下，浓得呛人的青草味扑鼻而来。

我感觉到导盲杖的前端敲到低矮树丛的枝叶，但在哥哥的催促下，我只好勉强举步，踹开了脚下的树丛，不少枝叶缠在我的脚腕上。

"等等，那边有延胡索草。"

哥哥的身体自我身旁离开，我听见十一点钟方向约两米处发出分枝拨叶的声响。

"和久，这可以当晚餐的配菜，水煮后挤上美乃滋——"

"哥哥，我有话跟你说。"或许现在正是好时机吧。

"什么事？"

"我外孙女夏帆得了肾衰竭，必须接受肾脏移植手术。我接受了检查，但数值太差，没办法捐给她。"

"若要移植器官，最适合的人选应该是父母吧？"

"我女儿两年前就捐过了，但出现了排斥反应，没有移植成功，所以——"

"想要我的肾脏？抱歉——可要让你失望了。"

"能不能先做个检查——"

"我一天至少抽十根烟，肾脏不会比你的健康。"

"抽烟只会影响肺，跟肾脏没关系。到底健不健康，得检查了才知道。哥哥，拜托你了。"

"我讨厌医院。"从声音听来，哥哥将头转向了另一边，"啊，那是狐牡丹草。这种草有毒，可别误吃了。"

"如果检查结果不适合移植，就不能申请健保给付，高额的检查费用必须自行负担——但你别担心，就算结果是这样，检查费用也由我来出，所以——"

"狐牡丹草长得跟芹菜有点像，千万别搞混了。"

"摘野菜不是我的兴趣。"

"遭遇山难的时候，你总不想饿死吧？"

"不进山里，就不会遭遇山难。哥哥，为了我女儿，求你行行好。"

"——我不想失去一颗肾脏。"哥哥说得斩钉截铁,"我已经七十多岁了,只有一颗肾脏太危险。"

当初医生曾说,正常人切除一颗肾脏后,虽然短时间内会出现机能不足的症状,但另一颗肾脏会慢慢强化机能,最后恢复至原本两边机能的八成左右。我将这一点告知哥哥。

"那也只是八成而已。我被战争夺走了四十年人生,现在好不容易回国了,还要被夺走肾脏?"

我原本想要反驳,但话到嘴边又忍了下来。我深吸一口气,压抑了情绪之后才说:"不是被夺走,是赠送,一颗肾脏可以救小孩一条命。夏帆今年才八岁,却得承受洗肾的痛苦,每星期三次,每次都得在医院里待上五小时。"

"——那是你的外孙女。"

言下之意,就是与他无关。

"和久,该回去了。"

进了家门后,哥哥的脚步声一远离,另一个敏捷的脚步声旋即踏着木头地板来到内廊。

"爸爸,你说了吗?"

我朝着由香里的声音方向摇了摇头。

"为什么没说?"

"说了,他不答应。"

我听见了鼻孔重重吁气的声音。此时女儿脸上有着什么样的表情,我完全可以想象。以前她只要一个不开心,就会皱起眉头,瘪起嘴,呼吸变得粗重。

"爸爸一定摆出了一副要跟他吵架的态度。算了,我自己去说。"

女儿的脚步声在木头地板的内廊上迅速远去。我脱下长胶靴,踏上了木头地板，抚摸着墙壁缓缓前进，进入了客厅。

"——伯父，求求你。"

飘着淡淡灯芯草及线香香气的空间中，由香里的声音自下方接近榻榻米的位置传来。

"真抱歉，我拒绝。"这句话宛如一把利斧，斩断了维系双方的丝线。

"哥可，拜托你，先接受个检查就好。"我站着说道。

"我说过了，我不会接受检查。"

"除了交通费跟检查费，我还会准备一份谢礼。捐器官是以无偿为前提，所以不能花钱买你的肾脏，但我还是会给你一些钱，当作愿意接受检查的谢礼，如何？"

"我不要。"

"这笔钱是为了感谢你接受检查，就算不适合移植，我还是会支付。这对你应该是有利无害——哥哥，你打官司不是很需要钱吗？"

检查结果如果符合移植条件，再加上医师的具体说明，或许哥哥会改变心意。这件事要成功，先决条件是哥哥必须愿意前往医院。

"烦死了，我说不要就是不要。"

"那只是一些很简单的检查而已，我也做过，总之我们先到医院——"

"不管简不简单，我绝不接受检查。"

"至少先听过医生的说明——"

"你够了没有！这不是简不简单的问题——"哥哥说到一半突然愣住了，接着他咂了咂嘴，"总而言之，我就是嫌麻烦。"

我心里蓦然产生了疑窦。他刚刚原本想说的是什么？嫌检查麻烦，似乎只是借口而已。为什么他要如此顽固地拒绝？

我能理解他不愿意捐肾的心情，弟弟的外孙女虽然也算亲戚，但关系实在太远。然而，我总觉得理由没那么单纯。不管适不适合移植，我都会付钱，这对他来说应该毫无损失才对，他为什么要拒绝？他害怕的似乎不是捐出肾脏，而是接受检查这件事。

"在中国，若对家人见死不救，不是很没面子吗？夏帆跟你也算是血浓于水的家人。"

"我知道你的外孙女很可怜，但我不会接受检查。"

哥哥接着又说了一些理由，但我一句也没听进去。刚刚我自己说的那句话，虽然突兀且荒唐，却令我再也难以释怀。

他跟夏帆真的是血浓于水的家人吗？

他真的是我的哥哥吗？

一九八三年，哥哥参加了访日调查团，与母亲相认，从此回到日本定居。这是不是个错误？这个二十七年来被我当成哥哥的男人，会不会跟我毫无瓜葛？是否他心里很清楚这一点，只是瞒着不说？

当年在中国失散的哥哥，是个很有同情心的人，总是把家人的事情摆第一，每次得到稀有的食物，他总是让我这个弟弟先吃。有时他看忙于农务的母亲捶打腰际，就会要母亲趴下来，用一双小手卖力地为母亲按摩。

然而，重逢之后的哥哥有了天壤之别。他毫不理会家人所吃的苦，满脑子只想着自己的事，性格也变得自私自利，简直像换了一个人。

此刻，我的心情就好像长久以来细心照顾着蝴蝶的蛹，没想到破蛹而出的并不是蝴蝶，而是吃掉了宿主的寄生虫。

假日本遗孤——

我脑中浮现了这个近年来形成社会问题的字眼。眼前这个男人是否根本不是"村上龙彦"，所以才坚决不肯接受检查？

我感觉自己仿佛落入了迷惘与困惑的波涛之中。不知是谁抓住我的脚踝，想要将我拖入海底，我有一种快要窒息的错觉。

到目前为止，我与哥哥已多次意见不合，口角可说是从来没停过，但我不曾怀疑这个人并非自己的亲哥哥。可惜如今对我而言，哥哥只是一道没有脸的影子，我心里一旦开始疑神疑鬼，这个念头就像顽固的污垢一样难以擦拭干净。

回想起来，我们根本没做过 DNA 鉴定。

当时厚生省断定亲子关系的依据只是相貌的相似度，以及失散前情况的一致性。若要进行鉴定，必须支付六万日元，生活拮据的遗孤及双亲多半付不出这笔钱。而且，遗孤要回日本，原则上必须自付旅费，这可是极沉重的负担。

母亲一看到哥哥的脸，立刻便断定这个人是自己的儿子。但母亲会不会认错人了？这个人会不会是个假货，因为母亲的误认，从此当起了"村上龙彦"？倘若真是如此，他当然会担心如果接受了检查，他与夏帆并无血缘关系一事将会曝光。

但这个人假扮我哥哥的目的是什么？为了获得日本的永久居留权吗？但若是这样，还是说不通。他把所有的钱都投在毫无胜算的国赔诉讼上，穷得必须赖在老家才能勉强达到温饱，他来到日本总不可能是为了过这种生活。

"啊，对了，"哥哥刻意转移话题，"和久，有一封你的信，寄到老家来了。你等等，我去拿来给你。"

我听见纸拉门滑开的声音，脚步声逐渐远去，没多久又走了回来。

"你动过我的房间？"哥哥问道。

从声音的方向听来，这句话似乎是对着女儿问的。

"什么？怎么可能？"由香里回答，"我从来没进过伯父的房间。"

"抽屉里的信都掉出来了，而且——"哥哥接着面对我，"以前你寄来的信也不见了。"

我寄的信不见了？

"我就算再穷，也不会拿信来擦屁股。"哥哥笑着说道。

我先是一愣，不明白哥哥这句话是什么意思，仔细一想之后，才恍然大悟。日文中的"手纸"（信），在中国是"卫生纸"的意思。哥哥只是拿这一点来开了个玩笑。

"若是我寄的信，内容都没什么大不了，应该不会有人想偷才对。你会不会是弄丢了？"

"——不止一封，少了两三封。不过，确实不是什么重要的信，都是叫人代写的盛夏问候信之类的。"

"先不管这个，你不是说有一封寄给我的信？"

"啊，对，在这里。寄信人不明。这是第几封了？"

"应该是第五封了，十天内收到了五封。"

"你该不会惹上了什么麻烦吧？"

我接过信封，轻抚表面后将其撕开，取出里头的信纸。纸面上排列着细小的突起，这是"点字"，以六个点位的排列变化来表示日文的假名。我用食指指尖一读，这封信的内容是一首俳句[1]。

もうあえぬ	わがことつまは	ゆめやぶれ
もう会えぬ	我が子と妻は	夢破れ
再也见不到了	我的孩子与妻子	美梦破碎了

大约十天之前，我收到这一连串信件的第一封，当时信封里放了一

---

[1] "俳句"是以五、七、五共十七音组成的日本传统诗歌形式。

张以墨字（非点字的普通文字）写成的信纸，我请邻居帮我一读，才知道寄信的人是哥哥，这封墨字信的内容为"老家收到一封寄给你的信，现在转寄给你"。信封里还有另一个信封，里头信纸上便是一首以点字写成的俳句。

"这上头写的是什么？"哥哥问。

我念出信中的俳句。不过，这首俳句没有表示季节的"季语"，或许比较像川柳[1]。

"其他四封的内容呢？"

"也是俳句，我都保管在家里了。"

"嗯，真让人心里发毛。"

跟这比起来，发现哥哥是"假货"更让人心里发毛……我心里如此讥刺，但没有说出口。

我再次抚摸信中的点字，发现内容中的"は"（ha）是助词。在日文中，当"は"作为助词使用时，发音上必须读作wa。而根据点字规则，"は"及"へ"（he）这两个假名当助词用时，必须直接改为与其读音相同的"わ"（wa）及"え"（e）。

然而，信中的助词"は"并没有更改为"わ"，可见制作这封点字信的人并没有真正学过点字的规则。到底是谁带着什么样的动机寄了这样的信给我？

这件事跟有可能是假货的哥哥是否有关？倘若与哥哥有关，为何收信人是我？信中所写的"再也见不到了／我的孩子与妻子／美梦破碎了"又是什么意思？这是警告，还是威胁？收到了这样的信，实在让我摸不

---

[1] "川柳"是从"俳句"衍生出来的诗歌，字数、结构与"俳句"相同，但少了"季语"等限制，属于自由度较高的创作形式。

着头绪。回到东京之后，该找个时间把所有俳句信都拿出来仔细研究一下才是。

我将这封神秘的俳句信放回信封，收进提包里。这一天，我们吃了母亲亲手做的午餐，菜色中还多了凉拌的野菜。一直到太阳下山前，我们不断地说着心不在焉的闲话。由香里恳求哥哥捐出肾脏遭到拒绝，我则是怀疑哥哥根本不是哥哥，因此气氛颇为凝重。

哥哥进浴室洗澡的时候，我突然想到了一个主意，于是我摸索着走到浴室前，敲了敲玻璃门。

"谁？"浴室里传出模糊的声音。

"我想帮你搓背。"

"你想帮我搓背？今天是吹什么风来着？"

"今天突然对你提出那样的要求，给你添麻烦了，我想表达歉意。"

"噢，那就进来吧。"

我听见了玻璃门被拉开的声音，接着便感到一股水蒸气扑面而来，潮湿的暖流瞬间围绕在我的皮肤四周。

浴室非常狭窄，光是坐在椅子上的哥哥就已占据大部分空间，我只好在飘着濡湿木头香气的脱衣间以单膝着地的姿势跪在地上。

"拿去吧。"哥哥交给我一条沾满了肥皂泡沫的毛巾。

我一探摸到哥哥的背部，便忍不住轻轻叹了口气，一股伤痛浮现在我的心头。

"这孩子的哭声比铜锣还响，必须封住他的嘴才行！"

战败的日本兵一边这么说，一边瞪着一位怀抱婴儿、身穿雪袴的妇人。那妇人死命摇头，沾满了油垢的黑发散了开来。士兵抢下婴儿，放在地上，尖锐的哭泣声震动着夜晚的空气。士兵拔出军刀，白色的刀刃宛如吸收了月光一般闪闪发亮。

"请饶了他——请饶了他——"

妇人苦苦哀求，但士兵毫不留情地挥下了军刀。就在那一瞬间，哥哥冲过去抱起了婴儿，来自斜上方的白光一闪，哥哥登时血流如注，摔在地上的婴儿依然哭个不停，哥哥怀抱着婴儿，背上被鲜血染红了一大片。

当时我才四岁，只是一脸茫然地站在一旁看着，但这一幕有如清晰的噩梦一般，已烙印在我的眼底，成了心中挥之不去的阴影。

这个人若是真正的哥哥，背上应该还残留着伤痕。

我咽了口唾沫，提醒自己不要紧张，在黑暗中将湿润的毛巾贴上哥哥的背，隔着薄薄的一层毛巾，我的手掌由上往下抚摸。

哥哥的背上，确实有一条宛如蚯蚓的长条状隆起物。我一边用右手的毛巾为哥哥洗背，一边偷偷用左手细摸伤痕，这道伤痕自背部的左上方延伸至右下方。

这就是六十五年前的刀伤吗？若是如此，这个人或许真的是我的哥哥。但一般而言，遭人以军刀斜砍，伤痕不是应该由右肩延伸至左腰际吗？我细细回想小时候所看见的哥哥背上的刀伤到底是朝哪个方向，但要挖出如此久远的记忆，可说是比找出一片沉入泥沼中的枯叶还要困难。

知道哥哥曾经遭军刀砍伤的人，或许会为了假冒哥哥而故意叫人在背上砍一刀。虽然是逾越了常理的行为，但不无可能。

我一边用毛巾擦拭着哥哥的结实背肌，一边说："哥哥，你真壮，这是每天种田练出来的吗？"

"不，夏天我为了增强体力，经常到河边游泳。"

河边——？

"你不怕水？"

"为什么要怕水？"

"当年在东北，你跟我们失散，正是因为被水卷走了，不是吗？"

我这辈子不擅长游泳，或许正是因为小时候目睹了松花江上惊涛骇浪的可怕景象，一直无法忘怀。

"是啊，我到现在也常想起，当时我没抓稳绳索，被冲入了水中——但怕水的人，在这农村是活不下去的。"

哥哥极少谈起住在中国东北的那段日子。这是什么缘故？因为那都是些痛苦的回忆吗？但当时的生活，绝对称不上贫穷。到底是什么原因，让他想要把那些回忆深深埋在心里？

"对了，哥哥，被冲走之后，你一定吃了很多苦头吧？"

"——是啊，当我醒来的时候，发现自己躺在一对中国夫妇的家里。我发了高烧，据说在昏睡中不断呻吟，他们尽心照顾我，倒开水给我喝。我还记得那个冒着香甜热气的蒸笼，甜馒头的滋味，我一辈子都忘不了。他们明知道我是日本人，却还是救了我。他们对我说，做坏事的都是上面的人，日本人并不全是坏人，何况小孩子是无辜的，是战争的牺牲者——"

我用毛巾仔细地擦拭哥哥的背。

"后来他们收了我当养子，怕我遭到歧视或欺凌，所以没对任何人说我是日本人。我一直无法真心实意地接纳这对养父母，但他们为了让我上学，卖了种田用的耕牛，而且当我考了班上第一名时，他们开心得流下了眼泪。"

"你在那边做的是什么样的工作？"

"在铁厂里打铁，每天热得汗流浃背。上头曾颁发给我一张手写的奖状，上面写着'先进生产者'。这是唯一一次，我的工作受到了肯定。"

"你为什么想回日本？"

"——喂，你在审问犯人吗？有一天，公安局的人来找我，他们对我说，你是日本人，若你想回祖国，我们可以帮你。我当时心里相当犹豫，虽然我确实是日本人，而且很想回日本见家人，但我不想让'爹娘'难过。"

"既然如此，为什么还是参加了访日调查团？"

"我决定回日本，是因为养父母对我说了一句'叶落归根'。这句话的意思是，任何人最后都必须回到自己的祖国，就像枯叶会落在树根处一样。他们对我说，如果参加访日调查团能找到真正的双亲，我就不应该放弃机会。于是我回到了日本，在代代木的调查团会场里，我拼命寻找着已经模糊的记忆，向负责人员描述了成为遗孤的来龙去脉及双亲的外貌特征。周围的遗孤一一与亲人相认，那种唯独我无人认领的孤独感，可真是煎熬。短短三天之内，就有十个遗孤成功与父母相认。后来的事情，你都知道了。到了第四天，我终于与妈妈重逢。于是我又回到中国，前往北京的公安局及外事办公室办理各种手续，得到了日本的永久居留权。"

"既然与家人团聚了，你还有什么不满？何必一再提起诉讼？"

"在中国的那几十年，我不能让任何人知道我会说日语。你能体会那种逐渐忘记母语的恐惧吗？回到日本后，我找工作四处碰壁，每个面试官都跟我说'先学好日语再来'。当初在中国学到的那些工作技术，也全都派不上用场。明明我工作了那么多年，却因为工作地点不是在日本，能领到的年金少得可怜。战争结束后，日本政府就算没办法立刻把我们这些遗孤迎回日本，至少也该在中日恢复邦交的时期采取行动。日本政府若能这么做，我们至少能在中国少待十年，不仅可以更早地重新学习日语，能领到的年金也会比较多。日本政府的怠慢，把我们给害惨了，我一定要讨回公道。"

我实在无法判断这个哥哥到底是真货还是假货，他说得煞有介事，听起来不像是谎话。

哥哥洗完澡后，我也洗了个澡。吃完了母亲做的晚餐，用日本酒服下了镇静剂。

"爸爸，你怎么还在吃药？而且还配酒——"

将酒配着镇静剂一同吞下，酒精的亢奋感与镇静剂的安宁感互相交融，能够让身心有如腾云驾雾一般。

"那是什么药？"哥哥的语气显得有些担心。

"镇静剂。"由香里回答，"从前主治医生说常吃这种药会造成记忆力受损，不肯再开给他，但他不死心，似乎是找了其他医生开处方笺。"

"和久，别把西药当中草药吃。"

过了一会儿，我感觉脑中似乎有种刺激性的液体开始扩散，身体变得轻飘飘的。

若能在众人面前揭穿哥哥的假面具，一定是件痛快的事吧！但我勉强压下了这股冲动。

4
✡

我到底该不该继续追究下去呢？倘若哥哥确实是假货，而且被我揭穿了秘密，年老的母亲就得一个人过日子，而我根本没有余力照顾母亲。更重要的是，母亲喜极而泣的那一幕不断盘旋在我的脑海。与哥哥重逢时的母亲，兴奋得令我担心她会突然心肌梗死。

一九八一年，访日调查团认亲活动开始后，各大报纸都刊登了遗孤们的照片，并公布年龄、中国姓名、身体特征及失散时的状况。我与母亲得知消息后，曾一同到当时作为会场的东京代代木奥林匹克纪念青少年综合中心寻找哥哥。可惜我们在那一年的面谈认亲中并没有遇上哥哥。周围一旦有遗孤与亲人相认，照相机的镁光灯就会闪起，传出喧闹声、欢呼声及拍手声。我跟母亲几乎没有交谈，只是各自流下了泪水。

隔年我因失明而大受打击，没有参加访日调查团的认亲活动。我们与哥哥重逢，是在一九八三年。母亲带着哥哥来找我，一家人沉浸在团圆的快乐当中。当时我自认为见证了奇迹与幸福。

我想母亲应该从来没有怀疑过哥哥吧。每个人都会相信心中所期盼成真的事情。竟然能够与失散四十年的儿子重逢，难怪母亲会深信不疑。

或许我该对这件事睁一只眼、闭一只眼。二十七年来，母亲深信这个人就是自己的儿子，我怎么能伤她的心？难道我要再一次让她失去儿子？真相只要不被发现，就不是真相。每当我听见母亲那洋溢着幸福的声音，内心便萌生这样的想法。

"爸爸，"由香里低声对我说，"昨晚我又恳求了伯父一次，但他还是一样，连接受检查也不肯。或许是过阵子要出庭做证的关系，他变得很神经质。像今天早上，我看见一封写着中文的信掉在地上，只不过是好心帮他捡起来，他竟然凶巴巴地从我手中抢走——"

写着中文的信？难道哥哥跟中国那边的某个人还有私下的往来？倘若只是写给养母的信，没有必要匆忙抢夺。信中到底写了什么？寄信的对象是谁？难道是跟诉讼有关的其他遗孤？

此时我突然有了尿意，于是起身。"我去上个厕所。"

黑暗中传来哥哥的声音："我带你去吧。"

"我又不是三岁小孩。"

这个人很可能是个跟我毫不相干的外人，我不想接受他的帮助。

我一边想着哥哥这个人可能的来历，一边走出了客厅。穿过每走一步都会发出宛如惨叫的吱嘎声响的木头内廊，我穿上鞋子来到了屋外。我轻抚着玄关的门板，弯了一个直角，用导盲杖的前端敲打着两侧泥土，前进了大约十步，摸到了一扇拉门。接着将手指移向门把，将门拉开，轨道有些不顺，中途卡住了两次。好不容易完全拉开，鼻子顿时闻到一股宛如将腐烂的生肉浸泡在水沟内的臭气。

我在黑暗中摸索前进，用导盲杖确认前方地面的状况。这间厕所比我记忆中的厕所还要宽大，我用导盲杖左右敲击，竟然找不到马桶的位置。我伸出左手，在空中左右游移，摸到了木头质感的物体，那似乎是块横板，上头摆着纸箱、玻璃瓶等杂物。仔细一摸，这些东西都沾满了灰尘。或许是我一边想着心事一边走路，本来想要进厕所，却误走进了仓库。

我用左手手掌在空中左右探摸，想要确认仓库内的格局。寻找出口的最好方法，应该是以眼前的棚架为基准点。

于是我轻抚着棚架的横板，往右绕了半圈，开始一步步前进。右脚的鞋底似乎踏到了某样东西。那感觉有如踏在肉块上头一般，令我心里发毛，不敢弯下腰来一探究竟。

我抬起了脚，想要往后退，但一时失去平衡，赶紧抓住横板才没有摔倒。我自认为刚刚那一抓并没有造成棚架晃动，但背后还是响起了数道刺耳的声响。

我叹了口气，蹲下身子在黑暗中摸索，摸到了一个小纸箱，将其放回棚架上。但从刚刚的声音听来，落在地上的东西应该不止一样。

我继续在地上摸来摸去，忽然听见有人说了一句"你在干什么"，那是哥哥的声音，接着是一阵走进仓库的脚步声。我手中刚好摸到一个小瓶子，于是拿着小瓶子站了起来。

"我以为这里是厕所，不小心撞掉了东西——"

骤然，我感觉手腕一阵剧痛，手中的小瓶子跌落在地上。

"你干什么！"我骂道。

"混账！"哥哥扯开喉咙大喊，"那可是砒霜！"

"砒霜？家里怎么会有这种毒药？"

"拿来杀老鼠用的。"哥哥走离了数步，接着似乎踢开了某样东西，

"这里就有只死老鼠。光是粪便就够让人头大了，真是的——"

我刚刚踩到的东西，多半就是那只死老鼠吧。

"老鼠一开始吵闹，就会发生火灾。'火灾前的老鼠特别吵。'妈妈不是常这么说吗？"

那也是流传在岩手县的民俗传说之一。

"所以我要在老鼠开始吵闹前，把它们杀光光。"哥哥接着说。

右边的棚架上传来一声轻响，应该是哥哥将装有砒霜的小瓶子放回了架上。

"走吧，我带你去厕所。"

此时若拒绝，可能会引起怀疑，于是我接受了哥哥的协助。

在厕所内小便完，走出来发现，哥哥还在外头等着我。

"和久，你要搭今晚的巴士回东京吧？"

在这种情况下独自回东京而将母亲留在这里，实在让我有些不安，可怕的想象盘绕在我脑中挥之不去。

哥哥弄来那些砒霜，真的只是为了消灭老鼠吗？

"——对，今晚回去。我从一开始就是这么打算的。"

"嗯，那今天的午餐得吃丰盛点。"

哥哥踏着泥土的脚步声往三点钟方向走了几步，我听见一阵锁链声响，接着是一些金属碰撞声。我朝着脚步声的方向走去，又听见了禽类拍振翅膀的声音，在禽类粪便等的臭味空间中，一阵高亢的鸡鸣钻入了我的耳朵。

"你等会儿，我杀只鸡去。"

随着哥哥脚步声的逼近，我听见了鸡群振翅逃窜的声音。那些鸡想必感受到了哥哥所散发出的紧张感，明白死期已近。鸡群四下逃开，不一会儿，其中一只大声鸣叫。那鸣叫声从我身旁经过，到了鸡圈外。我一边用导盲杖四下敲打，一边追了上去。

"你离远一点。"

鸡的痛苦哀嚎声与翅膀挣扎声在我耳中盘旋不去。

"对不起——"

哥哥低声道歉后，便是一阵刺耳的凄惨鸣叫声。我感觉有两滴液体溅上了我的脸颊。在那一瞬间，我以为那液体已把我烫伤了，但那当然是我的错觉。鸡的鲜血有如焦油一般浓稠。

"我切断了它的颈动脉，得趁活着的时候放血，肉才会好吃。"

我听着鲜血滴落地面的声音，心中想象那些血渗入泥土的画面。

"——你对杀鸡很拿手？"

"待在中国的那些年，我连猪也杀过几头。"

心脏还在跳动的鸡，在接近地面的位置不断拍打着翅膀，原本洪亮的鸣叫声逐渐变得微弱。我眼前的黑色空间慢慢被染成了红色，幻想中的鲜血占据了我全部的思绪。

"——人跟禽兽也没什么不同。"哥哥的声音充满了自嘲，"是生是死，全看饲主的心情。"

我眼前蓦然浮现出哥哥每天在母亲的饮食中掺入一点砒霜的画面，一股寒意从膝盖蹿上了背脊。

"——哥哥，我有点口渴，先回屋里了。"

"好，我处理完这鸡就回去。"

我用导盲杖确认前方地面，在黑暗中不断前进，抵达主屋后开门走了进去。由于我走路只能仰赖触觉跟听觉，视力正常者只需花三十秒就能走到的距离，我往往得花将近五分钟。

我一踏上木头地板，登时又听见了吱嘎声响。手掌先摸到了电话台，接着又摸到了相隔约三步的纸拉门。我一边摸着纸拉门，一边走向客厅的隔壁房间。先摸到一根柱子，后头便是另一扇纸拉门。我拉开纸拉门，闪身进入房内，反手关上了门。这里是哥哥的卧室，不晓得桌子在哪里。

由于刚刚走得极快，此时耳朵听见了震耳欲聋的心跳声，紧握导盲杖的手心已冒出涔涔汗水。

我取出手帕擦拭了导盲杖的前端，接着一边挥舞，一边用左手手掌抚摸着墙壁。导盲杖敲到了东西，发出"喀喀"声响。我朝该方向伸出了手，却什么也没摸到，显然那东西并不高。于是我弯下腰，在腹部的前方一带探摸，摸到了一个正方形的物体，多半是电视机吧，旁边还有一个藤编的垃圾桶。

我避开电视机，转了个直角继续前进，导盲杖又敲到了柔软的物体。连敲了两三次，确认那是块坐垫。我迈过坐垫继续往前走，左手手掌摸到了木头以及一块突起物，那突起物摸起来像是抽屉的把手，这多半是一个衣橱吧。我继续挥动导盲杖，这次又敲到了坚硬的物体，蹲下来一摸，发现是张"ㄇ"字形的写字台。伸入膝盖的空间右边有三层抽屉，我抓住了把手，缓缓吐口气，让心情保持镇定后拉开第一层抽屉。

伸手进去一摸，登时摸到了几枚信封。以中文写成的神秘信件，不知是哪一封。若是写给遗孤朋友或是中国养母的信，当然不要紧，但如果不是的话……

我随手拿起一封，心头又涌出一个问题。就算拿到了信，该叫谁念给我听？就在我拿不定主意的时候，那封信竟然从我手中一滑，就此消失无踪。

"你要找喝的，恐怕找错地方了。"

头顶上突然传来哥哥的声音。我顿时吓得魂不附体，胃仿佛被一只冰冷的手掐住了，一句话也说不出来。我甚至不知道哥哥是在什么时候走进房间的，因此完全找不到借口。

"——和久，"哥哥的声音打破了沉默，"我们出去吧。"

我站了起来，跟着哥哥的脚步声走出房间。哥哥什么也没问，反而让我更加感到毛骨悚然。后来我们一家人吃了午餐，主菜是加入了大量鸡肉的乡土料理"扯汤[1]"，这是一种加入了小块面团并以酱油调味的汤。

"阿和，你还会再留一晚吧？"

年迈母亲的声音竟然像个孩童一样，一副生病的孩子哀求双亲留在自己身边的语气。

"由香里很担心夏帆，我们今晚就要离开。"

"——噢，这样子啊。"

我不禁感到胸口隐隐抽痛。隔了这么多年才回老家，竟然不是为了探望母亲，而是为了求哥哥捐出肾脏。

我不忍再面对母亲的悲伤声音，于是将脸转向哥哥的方向。在返回东京之前，有一句话得先向哥哥问个清楚。

"——对了，哥哥你为了打官司，是不是加入了一个团体？"

"是啊，叫'找回遗孤未来互助会'。你问这个做什么？"

为了追查哥哥的真面目，为了搞清楚眼前这个人是不是伪装成村上龙彦的假遗孤，为了确保他不会用砒霜将母亲慢慢毒死，但这些当然不可能说出口。

我决定要将这件事查个水落石出。

❖ ────────

[1] "扯汤"原文作"**ひっつみ**"，为岩手县有名的乡土料理。

5

✡

东京

我一边用导盲杖敲打地面，一边前进，借由脸颊感觉到的热气，我知道现在是艳阳高照。前方传来了一阵尖细的说话声，但有些模模糊糊，仿佛被一道厚墙挡住了一般。我知道多半是几个女学生或上班女郎，正从前面街角另一边朝这个方向走来。

高跟鞋的声音一道道从我身旁经过，在数米远处逐渐变得细微，最后宛如化了般消失无踪。我试着叫住经过身旁的人，直到第三个人才成功，请对方帮我拦了一辆出租车。

"请载我到东京地方法院。"

从岩手县回到东京后，在向女儿道别之前，我请她先帮我查了"找回遗孤未来互助会"的联络方式。会长是个叫"矶村铁平"的人物，我打了电话给他，跟他约好今天见面。

矶村的住处位于东京都葛饰区东四木町的复杂小巷内。在失明前，我原本是个跑遍全国各地的摄影师，当时曾为了拍照而造访那附近的小工厂。那里聚集了不少铜板建筑[1]及灰泥斑驳的长屋[2]，各家各户的门口往往杂乱放置着盆栽、脚踏车及垃圾袋。若不是这三十年来因现代化

---

[1] "铜板建筑"是日本一种传统的住宅兼商店建筑形式，外墙铺贴铜板，故此得名。现在的铜板建筑大多建造于昭和初期，拥有悠久的历史。

[2] "长屋"是一种日本传统的集合式住宅，由数间长方形屋舍组合而成，左邻右舍墙壁相连。多见于江户时代至近代的中下阶层地区。

而有了大幅改变，那一带对视障者而言实在相当不友善。

我在电话中反复询问地址的正确位置，矶村知道我找不到路，好心地跟我改约在他出庭的日子，在法院的门口碰面。

我按下语音手表上的按钮。

"下午三点二十分。"

看来应该赶得上约定的时间。

不一会儿，出租车司机对我说："到了。"

我问了车资，一边让他查看残障手册，一边递出扣除一成的金额。我使用的钱包共有六个内袋，能够将硬币分类放置，相当方便。一万日元钞票对折一次，五千日元钞票对折再对折，一千日元钞票则不对折，如此一来就不会搞错。

"客人，钱不够。"

"一级残障者可免除一成车资。"

"咦？啊，原来如此。对不起，我刚入这行不久。"

"不，是我不好。应该在上车前先告知才对。"

我将残障手册交给他，接着听见在纸上写字的声音，多半是司机在记录载客日报吧。

"好了，下车请小心，直走就是地方法院了。"

我道谢后下了车，一边用导盲杖敲打地面一边前进。导盲杖数次打中路旁一整排行道树的树根，可惜绿色植物的芬芳完全被刺鼻的汽车废气掩盖。

霞关汇聚了外务省、财务省、经济产业省、合同厅舍等行政机关，因此进出的人潮相当可观。

我一定要在哥哥使用那些砒霜前查出真相才行。在老家仓库发现砒霜的那一天，我以担心老迈母亲误用为由，叫女儿到仓库把砒霜拿出来给我。想到哥哥可能会对母亲下毒，总不能任凭砒霜放在那里置之不理。但女儿回来对我说："我找了半天，根本没看到什么装砒霜的小瓶子。"

这意味着哥哥已先将小瓶子取走了。当时我听到轻响，以为哥哥将小瓶子放回了棚架上，但他可能只是故意碰出声音，却将小瓶子藏在身上。

哥哥不希望砒霜被我拿走，就表示他需要这个东西。问题是他到底想毒死谁？

导盲杖挥至左侧时敲到了物体。我先用前端仔细轻敲，接着又伸出左手抚摸，确认那是一面石墙，于是我沿着墙边走，并不时抚摸墙面，确认没有走偏。

左手手掌碰到了突起物，仔细一摸，墙上大约手腕高度的位置挂了一块板子，上头似乎刻着"法院"。约好见面的法院门口，应该就在这附近吧。

就在走到墙壁尽头处时，我忽然听到了男人不耐烦的说话声。

"——矶村先生，请不要害我浪费汽油。我不是说过，今天会去府上拜访吗？"

"真是辛苦你了。一直跟着我，简直像警察一样。"

"我只是尽自己的职责而已。哪像你，拿国家的钱跟国家打官司。可别忘了，你的清寒补助金都是来自日本人的血汗钱。"

"难道我不是日本人吗？可别当我是外国人。我可是如假包换的日本人。"

两人不再说话，气氛却是剑拔弩张。我本来以为两人互瞪之后会大吵起来，没想到半晌之后，其中一人却低声下气地道了歉。

"对不起，我刚才拜访一个想法偏激的补助对象，跟他发生了口角，所以心情有些郁闷——请你见谅。"

"——总之我今天跟别人有约，你改天再来吧。"

两人约好了下次拜访的日期后，其中一方的脚步声逐渐远离。我一边用导盲杖确认地形，一边朝着留下的那人走去。

"啊，"那年老的声音说，"你是村上先生？"

对方多半是从导盲杖认出了我的身份吧。

"是的。"我颔首说道。

"我是矶村铁平，正以'找回遗孤未来互助会'会长的身份对抗着国家。"

这个人的年纪应该已过七十，声音中流露的疲劳感，宛如病入膏肓的垂死之人。我伸出右手与他交握，或许是拜长年体力劳动所赐，他的肌肉简直像岩石一样坚硬。

借由肌肤接触，我才能实际感受到眼前这个人是有血有肉的存在。因此每次遇上素未谋面的人，我都会先跟对方握手。

"刚刚那位先生是区公所的职员吗？"

"说起来真是丢脸，粗活都被年轻人抢走了，我再怎么不甘愿，也只能靠国家给的钱过活。走吧，我们到日比谷公园的长椅上详谈。"

我一边用导盲杖敲打路面，一边跟在矶村后头。汽车废气的恶臭逐渐消失，我们来到了一处飘着花草植物清香的地方。我闻着花香，脑中浮现了失明前所拍的庭园景象：西洋风格的花坛里，盛开着排列成几何图形的各色花朵，有郁金香、三色堇、油菜花、水仙。想到这里，身边突然爆发出许多宛如小型鞭炮声一般的响亮拍翅声，朝着天空四散飞去。

矶村的脚步声突然消失了，于是我也停下脚步。

"大约八年前，我们在这附近发动了一场游行，从日比谷公园走向地方法院，接着又走向国会议事堂。我们用中国话及一些简单的日语单词大声呼喊，要求政府保障我们年老之后的生活。当我们向警视厅提出申请时，经办人员还以为我们是中国人呢。"

我们再度举步前进，寒冷的空气盘绕在身体肌肤四周，此刻我们多半是走在绿色回廊上吧。头顶上不断传来鸟叫声，听不出是鹡鸰还是麻雀。

借由视觉以外的四感，我看见的景象甚至比过去亲眼所见的还要鲜艳动人。话虽如此，后天失明者的嗅觉与听觉并不比一般人敏锐。我们只是因无法仰赖视觉，所以尽可能以其他感官来弥补。

"我是在一九四四年前往中国东北，当时我才八岁，后来——"

"抱歉，"我打断了他的话，"现在我得集中精神在导盲杖的触感上，能不能等坐到长椅上再谈？"

"好，真是抱歉。"

我跟他默默地走着，左侧的脸颊感觉到灼热的太阳光。不久之后，我跟他并肩坐在木制的长椅上。前方可听见大量水滴宛如骤雨般拍打着水面的声音。

"你说你想问关于阿龙的事？"矶村开口。

"是的，听说矶村先生跟我哥哥正联手打官司？"

"嗯，虽然人数不多，总共只有十五人，但也算是集团诉讼。"

"我哥哥经常跟你聊起从前的记忆？"

"当然，阿龙没跟你提过吗？"

"哥哥很少谈起从前在中国时的遭遇。"

"每个人都有一些不愿想起的往事。"

是不愿想起，还是挤不出来——？

"因为哥哥不太爱提，我只好向与他熟识的人询问。"

"我会尽量帮忙，不过你想知道些什么？"

"——哥哥口中所说的遭遇，有没有什么古怪或不合理之处？"

矶村一听，有半晌没有开口说话，我无法判断他现在的表情是皱起眉头，还是瞪大了眼睛。声音是我判断他人心情的唯一线索。

"村上先生——"矶村的语气变得相当谨慎，"难道你认为阿龙的经历有什么可疑之处？"

我一时语塞，不知道该如何回答才好。哥哥可能是伪遗孤，他可能根本不是村上龙彦，这些话实在有点难以启齿。

"嚓"的一声轻响之后，我闻到一股烟味随着冷风飘来，那味道相当辛辣，感觉会渗入五脏六腑。

"过阵子就要进行反方询问了。下次开庭，轮到阿龙上台做证，要是传出丑闻，对我们相当不利。"

"我只是——"

"你怀疑阿龙，是基丁什么理由？"

"我的外孙女需要有人捐一颗肾脏给她，我求哥哥接受检查，但他说什么也不答应。我跟哥哥说，只要先接受检查就行，捐不捐还可再商量，但他连接受检查也不肯。"

我求哥哥了吗？等等，我求哥哥接受检查了吗？

记忆中的画面变得朦朦胧胧，仿佛罩上了半透明的袋子一般。当初在岩手县的老家，我到底跟哥哥说了些什么话，我竟然已没什么印象。越是努力回想，半透明的袋子反而层数越来越多，画面越来越模糊。

我不由得按住了额头，拼命甩动脑袋。

没错，我确实已跟哥哥提过捐肾的事，绝对不会错。

"偏头痛？"矶村问。

"没事。"我回答。

这多半是将镇静剂配烧酒服用的副作用吧。我试着凝聚意识，半透明的袋子一层一层破裂，记忆重新恢复了清晰。

"连接受检查也不肯，不是有些古怪吗？"我接着说道。

"舍不得捐出器官是人之常情。"

"就算我提出 DNA 鉴定的要求，哥哥也一定会拒绝。我曾考虑过瞒着哥哥偷偷送样鉴定，但我眼睛看不见，没办法偷捡他掉的头发。"

"以这种方式进行 DNA 鉴定恐怕有困难。访日调查团中，提出鉴定要求的遗孤或候补亲人也不少，我曾听他们提过。由于头发本身没有核细胞，直接拔下来的头发可进行鉴定，但自然脱落的头发不行。"

就算我趁哥哥睡觉时偷拔他的头发，也一定会被察觉。看来只能靠搜集线索来查出真相了。

"喂！你怎么乱丢烟蒂？"前方传来严厉的斥骂声。

鉴定是不用想了。我身旁的矶村发出了衣服摩擦的声音。前面那个人咂了咂嘴，脚步声逐渐远去。

这种随手乱丢烟蒂的习惯，是什么时候养成的？

"——最近到处都禁烟，走到哪里都会挨骂。"矶村也咂了咂嘴，"村上先生，这是一场相当重要的诉讼，希望你能协助我们。"

"我反对哥哥继续打这场官司。明知道赢不了，这么做只是在浪费时间与金钱——"

"连亲人都抱着这样的想法，阿龙承受的压力一定不小。你不明白这场诉讼的重要性，可见你一定不知道我们几十年来过着多么煎熬的生活。"

"战败的时候，我在东北也吃了不少苦。在难民收容所里——"

"阿龙跟我说过，你在战后第一年就顺利回到了日本，而我们可是被扔在中国长达数十年，你跟我们可说是天差地远，我希望你能仔细听一听遗孤的心声。"矶村谈起这个话题，语气仿佛蒙上了一层悲伤的阴影，"我在一九四四年前往东北，当年我才八岁。指派给我们那团人的土地太过贫瘠，不适合发展农业。'拓殖委员会'早在事前土地勘查时就已得知这一点，却以'这里是战略上的重要据点'为由，硬把我们那团人分发到那个地方。东北有着天寒地冻的气候，洗好晾起来的衣服，到早上都会变成冰柱。我们只能住在莎草编成的草屋里，从缝隙灌进来的风雪几乎快把我们冻死，连鼻水也快要结冰，当时我母亲常告诫我'别让鼻水挂在脸上'。不论煮饭还是洗衣服，用的都是融化的雪水。"

跟他的情况相比之下，当时我在东北的家庭要富裕得多，不仅拥有十町步（约十公顷）的肥沃农田，而且还有余力雇用苦力（中国的基层劳动人口）。

日本战败后，有十多万人送命，死因各不相同。有的在与苏联军队的战斗中丧生，有的被掳到西伯利亚后丧生，有的因日本政府的全体动员令而丧生，除此之外，还有饥饿、严寒、疾病，以及——自杀。

在我的眼前，应该是一幅美丽的景色，这里有着直径长达三十米的喷水池、苍翠的树木，以及花坛里色彩缤纷的花朵。但听着矶村的话，浮现在眼皮内侧的画面仿佛逐渐遭乌云笼罩。我甚至可以闻到类似铁锈味的血腥臭气。矶村在法庭上做证时，声音一定也跟现在一样痛苦而嘶哑吧。

"我的母亲为了保住我的性命，只好将我交给中国人扶养。中国有句话说'棒下出孝子'，意思是教育孩子必须严厉。养父母深信这句话，因此对我相当严格。"

矶村说到这里，突然低声唱道："追着野兔的那座山——钓着鲫鱼的那条河——"那是一首著名的童谣《故乡》。矶村唱了两句后接着说道："当初在中国的时候，我为了不让自己忘记日语，经常唱这些童谣或民谣，但我只能偷偷唱。我的境遇跟阿龙不同，养父母对我一点也不好，因此我不喜欢中国人。"

打日本人的是中国人，救日本人的也是中国人，哥哥经常将这样的话挂在嘴边。但矶村与哥哥不同，对中国人怀恨在心。

矶村继续描述着他的遭遇。他愤然离家出走，成了流浪儿，后又被送进了孤儿院。在孤儿院里，有许多中国孩童都是因父母遭日军杀害才成为孤儿。当时孩童之间流行一种在地上画方格并在里头踢石子的游戏，称为"跳房子"，但矶村根本无法加入他们的游戏，每天不是跟他们打架就是遭受欺凌。那些孩子最常骂矶村的两个字眼，是"东洋鬼"跟"日本鬼子"。

"过了一阵子，另一对中国夫妇领养了我。这对夫妇比一开始的养父母好得多，为了利用他们的善心，我一直装个好孩子。他们供我上高中，毕业后我当上了教师，收入还算不错。"

"——即使如此，你还是想要回国？"

"那当然，就算活在中国，我的心还是日本人。我满心期待只要能回日本，就不会再有人骂我'日本鬼子'，从此就能过幸福快乐的日子。但是——这个心愿一直无法实现。"矶村的声音中充满着焚烧的怒火，"当时的岸内阁[1]走的是亲美、亲台湾路线，引起了中国的不满，后来的长崎国旗事件，更成了压垮骆驼的最后一根稻草。"

日中友好协会在长崎市的百货公司内举办了一场中国商品展示会，有日本青年强行将会场上悬挂的中国国旗扯了下来。其虽一度遭警察逮捕，但警察事后以"国旗没有损坏，因此不能以器物毁损罪论处"为由将其释放。

我虽然眼睛失明，却可看出眼前的矶村就像一座盖上了盖子的熔铁炉，乍看之下有如粗犷而冰冷的铁块，其实内部熊熊燃烧着红莲烈焰。

"接下来就进入了'文革'时期。我们这些日本遗孤，也背负了祖国的罪名。在'文革'期间，我被红卫兵吊了起来，他们说我是日本派

⁜ ——————

[1] "岸内阁"指的是日本前首相岸信介在一九五七年到一九六〇年之间组成的内阁。

来的间谍，剃掉我的头发，最后他们剥夺我的教师身份，将我流放到农村。"

"中日恢复邦交，我记得是——"

"一九七二年九月。"矶村的语气中带了一丝谴责之意，似乎在怪我竟然没办法立刻说出这种重要历史事件的发生之年，"那时我分别寄信给日本的厚生省及北京的日本大使馆，请求协助寻找亲人，他们却不当回事，只回应我'战争已经结束了'！我无计可施，只好亲自到北京碰碰运气。当时外国人专用的宾馆里，住了许多来到中国的日本义工及记者。宾馆周围聚集了许多日本遗孤，在那寒风彻骨的天气下，我们只能拉紧衣领，搓着手苦苦等待。最后有位亲切的日本义工走出来听我们诉苦，又经过一番波折，才促成了遗孤的访日调查团。"

直到一九八一年，厚生省才终于为此展开了行动。在媒体的舆论压力下，日本政府以公费将这些遗华日侨接至日本，展开了一连串的认亲活动。

"——你终于能回日本了？"

"事情没那么简单。你知道法务省对我们做了什么事吗？他们竟然把我们这些遗孤都当成外国人，要求我们提供'身份担保人'！中国政府官员明明已拍胸脯担保我们都是日本人，日本政府却似乎把中国人都当成了骗子，完全不予相信。不仅如此，日本政府还祭出了《国籍法》第十一条当武器，'自愿取得外国国籍者，将丧失日本国籍'。但我们可不是自愿取得中国国籍的！"

矶村的声音已不再哽咽，取而代之的是强烈的恨意。我所回应的每一句话，都成了火炉里的燃料。我仿佛看见熔铁炉的盖子弹起，一条鲜红色的火焰之蛇从中喷射而出，想要将我烧成灰烬。

"日本政府基于国家政策而将人民送往中国东北，最后却对遗留在那里的孩子们置之不理，竟然还有脸说我们是自愿留在中国的！我们明明是日本人，想要回国却遭到重重刁难！如果在日本没有找到亲人，或是虽然找到亲人但对方不愿成为'身份担保人'，我们就都会被遣返回中国！"

矶村说得口沫横飞，我完全没有加以制止。虽然我知道继续听下去很可能会产生不想再追究可可的来历的想法，但我还是不肯放弃。因为我心中抱着一丝期待，毕竟矶村是真正的遗孤，从他的话中或许能听出一些玄机。如果哥哥是假货，他在东北的那些回忆都是胡诌或是听来的，那就很可能会与矶村的描述有些矛盾。

"我参加了访日调查团，在代代木的会场里听见有人喊着'铁平'，沉淀在内心深处将近四十年的记忆重新浮上心头。那是我的日本名字。我终于与母亲重逢了，身旁每个遗孤同伴都在向我道贺。"

"——矶村先生，我现在明白你想要控告政府的心情了。"

"不，日本政府总共抛弃了遗孤四次，我刚刚只说了其中三次而已。战败时抛弃一次，中日断交时抛弃一次，重新建交时抛弃一次——我们好不容易回国了，却又被抛弃了一次。"

"回国之后吗？"

"没错，我们这些遗孤无法说流利的日语，对日本生活也难以适应，日本政府却没有提供任何支持。我们就像被扔进了大海的正中央，身上连救生衣也没有。少得可怜的清寒补助金，根本无法让我们过正常的生活。在政府的严格监视下，我们只能假装自己会游泳——这种痛苦你能体会吗？"矶村的粗重呼吸声，宛如在恫吓一般，"现在还有许多愚昧无知之徒，把遗孤当成外国人。这种人若不减少，隔阂就不会消失。我们要让所有人都知道，我们也是堂堂正正的日本人。"

矶村接着又说明，他在中国担任过教职，回到日本后却只能领到每个月两万日元左右的年金。一九九四年后虽然通过了援助遗孤的法律，但遗孤们若要申请每个月六万六千日元的国民年金，得先缴纳保险费免除期间没有缴纳的每月六千日元的保险费[1]。

"我们遭到这种对待，当初抛下开拓团自行逃走的退伍军人却能支取高额退役俸禄——真是混账！而且我若与儿子同住，就无法继续支取清寒补助金，因此我就算身上有再多病痛，也无法叫儿子来照顾我。这样的制度完全拆散了我的家庭。不仅如此，我若选择支取那少得可怜的年金，清寒补助金的金额就会遭到削减。"

现在的日本社会，就像一条高速公路，每个人都狂踩油门往前冲，生怕在奔流中落后他人。像我们这种故障的"二手车"，根本跟不上这样的速度。同样的悲剧，也发生在这些遗孤身上；当初在中国的生活，已让他们的"轮胎"严重磨损，"引擎"也已老化，如今只能不知所措地徘徊在日本的道路上。

"——矶村先生，这么说来，你恨着日本？"

"当初刚提起诉讼的时候，社工常说我'生活挺好的'。"矶村在模仿时，口吻充满了讥刺之意，"若我生活好过，我就不会提起诉讼了。我们不是恨着日本，只是想要争取一个能够安心养老的未来生活。"最后这句话说得感慨万千，"村上先生，算我求求你，别把事情闹大。"

我若揭发哥哥是个假遗孤，下次询问证人时，被告方的律师一定会针对这点紧咬不放。如此一来，原告方将处于极度不利的位置，最后在诉讼中败北，导致无辜的归国遗孤们继续活在水深火热之中。但是——

"矶村先生，我明白你的立场，也能体会真正的遗孤们所遭遇的困

---

[1] 根据日本国民年金保险费制度，每个月的保险费虽可申请免除，但所能领到的年金也会跟着减少。若想支取全额年金，就必须补缴原本欠缴的保险费。

境。但如果我哥哥真的是假遗孤，我认为还是应该公开真相。"

"何必如此看重血缘关系？"

"遗孤们不也是渴望回归祖国，渴望与血亲重逢？注重血缘关系，是人之常情。"

"你们已当了将近三十年的兄弟，难道还不能成为真正的兄弟？"

"若在正常的情况下，我也不打算追究，但哥哥可能企图用砒霜毒死母亲，我不能置之不理。哥哥为了打这场官司，日子过得非常拮据，我想他一定很想拿到遗产。"

"砒霜——？这不可能吧？"

"还有一点，如果现在的哥哥是假货，那就表示真正的哥哥另有其人。他可能还在中国，也可能住在日本的其他地方，只要能找到他，或许他会愿意将肾脏捐给我的外孙女。换句话说，这场调查行动关系到我母亲及外孙女的性命。"

要查出哥哥的真正身份，只能向当年跟我的家人待过同一个开拓团的人询问详情。但这样的人要上哪里找？是不是该向专家寻求协助？

"请问你是否认识经常帮助遗孤们的专业人士？请放心，我绝对不会给你们添麻烦。就算查出了真相，在你们的官司结束前，我也会尽量不对外公开。"

矶村沉默了一会儿，我听见了抚摸纸张的细微声音。那是什么声音？是他在翻看笔记本吗？但若是如此，为何我没听见翻动纸张的声音？

"比留间雄一郎，遗孤援助团体的职员。我跟阿龙当初获得永久居留权，受过他不少帮助。"

"谢谢你，还有一点——请你不要跟我哥哥说我在调查他的事。"

从矶村的声音听来，他又陷入了迟疑。

"——好吧，我不会说的。"

"谢谢你。"

我站了起来。就在这时，我的膝盖内侧不小心撞到长椅的边缘，陡然失去了平衡。为了避免跌倒，我急忙扭转身体。但就在身体向前倾的瞬间，我撞到了某物体。就触感而言，那应该是某个人的身体。我本来以为我撞到的是矶村，但我听见右侧传来"啊"的一声轻呼，那是矶村的声音。既然前方这个人不是矶村，那就肯定是路人了。

"对不起。"我对着前方的黑暗空间鞠躬道歉。

对方什么话也没说，我只听见快速离去的脚步声。

有很多人在给他人添了麻烦后，一发现对方是视障人士，就会选择默不作声地悄悄离开。但这次的事情是我不对，而且我也道歉了，照理对方该给个回应。我甚至无法判断，对方就这么默默离开，是因为心情差，还是因为完全不放在心上。

回到家之后，我又收到了一封信。里头仍是用点字组成的俳句。同样是寄到了老家，哥哥再转寄给我。算起来这已经是第六封了。

にげまわる	うらぎりのいぬ	おいつめる
逃げまわる	裏切りの犬	追い詰める
四处逃窜	背叛之犬	追到天涯海角

到底是怎么回事？怎么会有人寄给我这种让人背脊发凉的俳句？我摸索着从抽屉中取出过去的五封信，用手指重新读起上头的点字。

まいそうも
埋葬も
没有被埋葬

されずさまよう
去れずさまよう
只能四处徘徊的

たましいよ
魂よ
灵魂啊

おんねんが
怨念が
怨念是

こころのほのお
心の炎
心中的火焰

もやさせる
燃やさせる
使其燃烧吧

んもなくし
運も無くし
失去了好运

われとらわれて
我捕われて
我遭到捕捉

かごのとり
籠の鳥
成了笼中鸟

さいおうの
塞翁の
塞翁的

うまはかえれど
馬は帰れど
马虽回来了

われひとり
我一人
我独自一人

もうあえぬ
もう会えぬ
再也见不到了

わがことつまは
我が子と妻は
我的孩子与妻子

ゆめやぶれ
夢破れ
美梦破碎了

意思完全连贯不起来，却可以感受到强烈的恨意。

我在东北到底做了什么事？当时我才四岁，怎么可能做出令人恨之入骨的事情？难道因为年幼无知，对某人做出了某种残酷的举动，而我丝毫没有自觉？

这些信到底是谁寄的？目的又是什么？

6

✡

透析仪不断发出细微的声响。

医生曾告诉我们，床边有监控装置，在进行洗肾的过程中，护理师与临床工学技师可以随时观察血液量及透析液的温度等数值。许多医院都禁止病患洗肾时家人陪在旁边，但由香里挑选了一家没有这个规定的医院。

"唉，没事做——好无聊，好无聊——"夏帆咕哝道。

我想办法挤出与外孙女的共同话题。

"对了，夏帆，你不是在踢足球吗？最近还有射门成功吗？"

"我不踢了。"

"不踢了？身体变得那么差吗？"

"我大部分时间都在透析室里，没办法跟其他队友一起练习。"

夏帆的声音有气无力，简直像是发条松了的机关玩偶。

"你知道吗？医生跟我说过，还有其他洗肾的方式呢。"

"腹膜透析，对吧？"

"对，就是那个。"

所谓的腹膜透析，是事先在腹部插入导管，病人每隔数小时自行更换透析液包。虽然配件的清洁维护有些麻烦，但好处是不必到医院，自己在家里就可以排除血液中的废物。

"我很讨厌那个方法。以前体育课换衣服时，同学说我肚子上有根管子很恶心。"夏帆说道。

"腹膜透析不管用了。"后方传来由香里的声音，"听说持续了五年之后，腹膜就会渐渐失去机能，所以我们才换成了血液透析。"

"原来如此——"

"妈妈，帮我拿那本书。"夏帆对由香里说道，似乎是不想再与我交谈。

"来，拿去吧。"

听说血液透析通常使用的是非惯用手的手腕静脉，必须插两根针管，所以人没有办法自由活动。

我默默地坐着，坚持了三十分钟左右，每隔几分钟，我就会听见翻动书本的声音。

"——外公，你知道'かんじん'这个词的汉字怎么写吗？"夏帆突然说道。

"肝脏的肝，肾脏的肾，'肝肾'？"我回答。

"嗯，因为肝脏跟肾脏都是很重要的东西，所以'肝肾'这个词的意思就是'重要'。但是我的'肝肾'已经坏掉了其中一个——不对，肾脏有两个，所以是坏掉了其中两个。"

夏帆或许是在强忍悲伤，这几句话说得轻描淡写，简直像是在诉说童话故事中的公主的遭遇。然而，这样的态度更令我感到心疼。

"外公，你的眼睛不是看不见吗？为什么会看不见？"

"这个嘛——"

我一时拿不定主意，不晓得该不该说。由香里曾提过，夏帆在小学里跟健康的同学们相处时，总是郁郁寡欢，连老师都必须提心吊胆地随时注意着她。但是在透析室里，她跟年龄、性别都与自己不相同却同样必须洗肾的病人们相处时，却显得相当开朗。这种必须目睹他人的不幸才能让自己振作起来的精神状态，实在令人感叹。但若我的不幸遭遇能成为她的精神食粮，那就无所谓。不如就跟她说吧。

"应该是在中国生活造成的。至少外公是这么认为。"

母亲曾跟我提过，一九二九年美国发生大萧条，日本也遭到波及，城市里有几百万人失业，农村里卖女儿的情况更是屡见不鲜。两年后，日本东北地区桑叶严重歉收，养蚕业者无法继续养蚕，再加上蚕丝价格因大萧条而暴跌，蚕茧卖价跌落至每贯两日元八十钱，不到往年的三分之一。母亲的老家正是经营养蚕业的，生计因而遭受严重打击。

就在这个时期，区公所职员开始大力鼓吹农民到中国东北开垦。他们声称只要过去，就可获得十町步的农地，能够栽种出大量农作物，过着无忧无虑的生活。

于是，这些满怀希望的农民便在日本国旗及"万岁"呼声的欢送下，搭船自新潟港出海，来到了三江省桦川县[1]。开拓团周围一带尽是农地，必须走上很久才能看见森林或河川。

虽然地广人稀，但就像当初区公所职员所说的，每一户都分到了一头牛、一匹马，以及十町步的农地。跟当初住在日本时相比，农地面积是原来的十倍以上，加上土壤肥沃，大豆、玉米等农作物年年丰收。母亲一家人不仅雇用了三名苦力，而且还扩大耕种面积，三年后收获的谷物已多达十二吨。

我便是出生在这片广大的中国土地上。

在东北生活的点点滴滴，此时历历在目，令我有种错觉，仿佛人生的轨道硬被拉成了 V 字形，现在与过去已联结在一起。多次听母亲提起的生活琐事，与我自己的亲身体验已难以区别。岁月的界线变得模模糊糊，全没入了记忆的奔流之中。

有一次，我发高烧昏睡了一整天。到了三更半夜，我偶然醒来，从

[1] 原属吉林省，伪满洲国时期被划入三江省，今属黑龙江省。

棉被里坐了起来。转头一看，哥哥就睡在我身边，父亲则盘腿坐着，不眠不休地照顾着我，我左右张望，却看不到母亲。

"——妈妈呢？"

"在外头熬夜为你祈福。"

当时我的烧已经退了，于是我打开门向外望去。苍白的月光，母亲正独自用毽拍将毽子往上打。母亲身上穿着颜色朴素的雪裤，黑色头发盘在头上并用手帕包住。

咚——咚——咚——

除了毽拍一次又一次将毽子往正上方送的声音外，我还听见了母亲的清澈歌声。

> 一是最初一之宫
> 二是日光东照宫
> 三是佐仓宗五郎
> 四是信浓善光寺
> 五是出云的大社
> 六是各村镇守神
> 七是成田不动明王
> 八是八幡的八幡宫
> 九是高野弘法大师
> 十是东京的招魂社
> 祈求各方神明庇佑
> 让吾子平安无病痛

母亲看见了我，蓦然停下动作，毽子跟着落到地上。她小跑步朝我奔来。"怎么起来了？快回去躺着休息！"

"好——"我点了点头，"刚刚那是什么歌？"

"妈妈在向神明祈求让你早点恢复健康。"

我回到房间，听着母亲的歌声沉沉睡去，隔天早上，身体已完全恢复健康。

后来母亲告诉我，毽子是用"无患子"的果实制成，因为其字面上的意思，经常被使用于祈祷孩子平安无事的仪式。

仪式中所唱的歌，似乎是日本孩童之间流行的手鞠[1]歌。前面的十句，举出了十种神佛寺社的名称，借以沾其法力；后面的两句，则据说典出小说《不如归》。在这部小说中，有个名为浪子的少女，因此歌词原本唱的是"让浪子平安无病痛"。但是中文的"浪子"带有不肖子、坏儿子的意味，所以母亲将歌词改成了"吾子"。

后来母亲病倒了的时候，我也以拍毽子唱数字歌的方式为母亲祈福。当时正下着大雪，我一边冷得发抖，一边拍着毽子。刚开始的时候，我总是在第七句或第八句处失败，但持续练了好几小时之后，我终于能够将数字歌唱完一轮了。

"和久！"父亲喊了我一声，"快回房间去吧，别把身体冻坏了。那个歌只能为孩子祈福，对父母没效的。"

当时我才四岁，个性却比任何人都顽固。从那天起，我每天都在外头拍着毽子唱数字歌，直到被硬拉进屋里为止。母亲在四天后恢复了健康，我一直为此感到自豪。

对我而言，相较后来的人生，在东北生活的那段日子要幸福得多。那时候，我的父母每天一大早便忙于农务。当时他们采用的是"犁杖农

[1]"手鞠"是日本传统的球类玩具，主要在女孩之间流行。

法"，将一种名为犁杖、外形类似锄头的农具套在马身上，牵着马耕田。这跟故乡的农耕方式不同，虽然不太适应，但好处是能活用牛、马的力量，不必做得腰酸背痛。

鸡都放养在住家的周围，我只要发现鸡蛋，就会偷偷吃掉。此外，开拓团的加工厂还能生产酒及酱油，在食物上完全不虞匮乏。

我跟哥哥经常与开拓团的其他孩子一起游玩，有时我们会比赛吐西瓜籽，看谁吐得远。家里雇用的苦力们也对我很好，我经常跟他们要馒头吃。如今回想起来，那些馒头应该是他们的珍贵粮食，但雇主的孩子在一旁不断吵着要吃，他们不敢不给。

我们虽然没有玩具，但还是能想出玩的法子。哥哥在相扑游戏上特别有一套，虽然身材矮小，却能将年纪比他大的中国少年摔出去。对方往往也不甘示弱，不管被摔倒多少次都会爬起来继续挑战，但哥哥一次都不曾输过，久而久之，每个孩子都把哥哥当成了老大。当时我年纪还小，在孩子群中拥有"横纲"地位的哥哥一直是我心中的骄傲。

但是就在昭和二十年（一九四五年），风云突变，苏联开始攻打东北日军。在一个月前的全体动员令（以十八岁至四十五岁男性为对象的征召令）中，包含父亲在内的所有开拓团男人都被征召了，开拓团内只剩下老弱妇孺。

就在这时，一名传令兵骑着马来到了开拓团的驻扎地。

"大事不好了！苏联军队终于要打过来了！"

聚集在一起的开拓团成员们都吓得说不出话来。

"不快点逃会没命的！"

所有人吵成了一团，几乎听不见传令兵的声音。该不该抛下好不容易建立的家园？苏联军队应该打不过日本关东军吧？

"我们应该相信日本的军队！"母亲大声说，"在崇山峻岭之间乱窜实在是太危险了！"

"听说关东军早已抛下我们独自逃走了。"

"不可能，军队绝对不会对我们见死不救的。"

"我也不愿意相信这种事，但是——"

"我们应该对军队有信心！"

开拓团成员们出现了意见分歧。大部分成员都将身家财产及粮食分别装上数辆马车，离开了驻扎地。但包含我们家在内，有二十多人选择留下。

过了两天之后，留下来的人也逐渐失去了信心。向关东军发电报，却得不到任何回应，甚至有人听到谣言，其他开拓团已被全灭。

"我们还是快逃吧。"留在驻扎地的妇人们开始带着孩子整理起行李，"再不逃，恐怕真的会被那些苏联兵杀光。"

"可是——难道要抛弃这个家？"母亲疑惑地问道。

"是啊。"

"再等一天——不，再等半天看看吧。"

"天一亮，容易被发现，要走就得趁现在。"

其他开拓团成员的态度相当强硬，母亲最后只好屈服。打包完行李后，母亲在家里的柱子上用日文及中文刻下了一家人的姓名及日本岩手县的老家地址。当然，中文的部分我是看不懂的。

"爸爸要是回到家里却找不到我们，一定会很焦急，得让他知道我们已经回日本了。"母亲说道。

就在我们即将出发之际，突然有个中国孩童朝哥哥奔了过来，他先用中国话吆喝了几句，接着又用别扭的日语说道："老大，别死，再来比相扑，约好了。"

哥哥将拳头举到下巴前，接着与中国孩童互相拥抱。之后，我们与将近三十人的开拓团成员一同出发，所有的食物及毛毯都堆放在一辆由一匹马拉着的马车上。

我们趁着夜色不断赶路，有时会看见天上飞着宛如恶魔眼珠的红色光点，伴随着可怕的轰隆声。一旦被发现，就会遭到机枪扫射。

在阳光耀眼的大白天，我们一行人躲藏在高粱地里头。从前这种里头可以躲人的高耸农作物是被禁止栽种的，没想到此时高粱地反而成了逃亡时的最佳掩蔽。

我每跨出一步，前方开了口的鞋子便发出"啪啪"的声响，裸露在外的脚指甲沾满了污泥，变成了茶褐色。

一架苏联飞机陡然朝我们飞来，在轰隆声中迅速下降，用机枪对着我们扫射。地面的泥土不断弹跳，宛如承受着骤雨的水面。灰尘满天飞舞，妇人们一个接一个倒下。几乎每个人都陷入半疯狂的状态，甚至有精神错乱的母亲带着孩子跳进了附近的井里。

那简直跟地狱没两样。放眼望去，尽是遭机枪子弹撕裂的尸体，地上随处可见残缺不全的手或脚。

敌机离去后，幸存者面面相觑，五官皆因恐惧而扭曲变形。敌机随时有可能带着其他敌机返回，要活命就得尽快离开此地，每个人都以类似这样的话互相催促，匆忙捡拾散落一地的行李。马匹卧倒在血泊中，早已肚破肠流，这意味着众人失去了马车。

每个人各自背起行李，匆匆迈开步伐。

太阳逐渐没入山峦的棱线后方，一望无际的高粱地都被夕阳染成了深红色。数不尽的高耸穗株在风中摇摆，形成了波浪状的景色。当时在我眼里，那就像是大量战场亡魂的鲜血所汇聚成的大海。

就在我们走到第五天的时候，西方一片宛如白骨的白桦林的另一头，传来了枪响及爆炸声。

看来是死定了——

不知是谁发出的悲恸呢喃，宛如传染病一般蔓延开来，感染了所有人的心情。开拓团成员一个接一个跪倒在地上。

团长身上携带的手枪及手榴弹，是一行人唯一的武器。

"——现在是让敌人见识大和魂的时候了。"年老的团长环顾众人说道。

妇人们的扭曲面孔上，流露出了某种觉悟。团长掏出数颗胶囊，分给了几个人，没有人开口询问胶囊里塞的是什么。

"药不够，其他人我会另外想办法。"

"——这很有营养哟。"一位头发盘在脑后的妇人带着半哭半笑的表情将胶囊塞进怀中婴儿的嘴里，自己也吞了一颗，接着以宛如捧着佛珠一般的姿势双手合十，念起了佛号。

"把这个药吃下去吧。"另一位瘦削的妇人对着年幼的女儿说道，"这样就能到佛祖的身旁，吃很多好吃的东西。"

瘦得头上清晰可见头盖骨形状的女儿抬头问母亲："妈妈也能吃好吃的东西吗？"

"当然，我们一起去极乐世界吧。"

过了一会儿，吞下胶囊的那些人开始猛抓喉咙，痛得在地上打滚，口中不断喷出鲜血。我瞪大了眼睛，看着这惨绝人寰的景象。身旁其他人的表情各自不同，有的别过了脸，有的开始啜泣，有的大声哀号。

哥哥神色茫然地看着眼前的噩梦，突然摇了摇头。

"不能死——"他用微弱的声音说道，"得活下去才行——"

但孩童基于本能所发出的呢喃，根本不会有人在意。

年老的团长接着要剩下的妇人及孩童排成一行。每个人都跪在地上，凝视着前方的某个点。团长站在所有人的后方，用手枪朝着每个人的后脑勺——开枪。

开了六枪后，第七名妇人双手交握，闭上了眼睛。但第七声枪响迟迟没有响起，妇人似乎是等得心焦，睁开眼睛望向身后。团长紧握手枪，对着她摇头说道："只剩下一颗子弹了。"

"既——既然还有一颗——"妇人抱住了团长的脚，"请用这颗子弹杀了我吧。"

"我得为自己留一颗才行，抱歉。"

"求求你行行好——请你一定要杀了我——下一个明明轮到我了——"

团长紧咬嘴唇，举起手枪将最后一颗子弹打进了妇人的脑门。接着团长环顾剩下的人，取下腰际的手榴弹高高举起。

"所有人都过来吧。这是最后的法子了——"

十多个人全都凑了过去，为了尽量靠近握着手榴弹的团长，所有人你推我挤。团长的手宛如生了病一般颤抖个不停。

"我不想死——妈妈——我想活着回日本——"哥哥抬头看着母亲。

我与哥哥手牵着手，被母亲抱在怀里。

"大家都准备好了吧？"

团长这么一问，所有人都点了点头，一位抱着小女孩的妇人念起了南无阿弥陀佛。

"天皇陛下万岁！"

团长拔下了手榴弹的插销。就在这时，白桦林的深处走出了几道人影，那是身穿军服的日本人，是自己人。所有人察觉这一点后，都急忙站起，想要远离团长手中的手榴弹。团长的手指或许是僵住了，没有做出扔掷的动作，一声轰天巨响，泥沙喷上了天空，数人的身体像纸片一样飞了出去。

浓浓的烟雾遮蔽了我的视线，幸好我一直紧握着哥哥的手，才不至于离得太远，勉强爬到哥哥的身边。母亲及哥哥都还活着，虽然三人身上的衣服都沾满了鲜血与肉块，但都没有受重伤。

之后我们便与那几个幸存的关东军士兵一同行动，有的士兵甚至还带着孩子。那些士兵对我们说，他们一群人没有赶上避难的列车，只好在山中东逃西窜，一次又一次的遭遇使得同伴不断减少。那些士兵皆满脸胡楂，身上的军服脏污不堪且破损严重。

在手榴弹爆炸后，存活的开拓团成员仅剩八人，包含四位妇人、三名孩童及一个婴儿。至于关东军士兵那边，则有五名士兵及一名孩童。双方聚集在一起，重新展开逃难行动。

当时是八月，正值东北的雨季，夜晚下起了滂沱大雨。

"苏联的军舰都守在松花江上。这孩子的哭声比铜锣还响，必须封住他的嘴才行！"

就在一行人来到松花江支流附近时，一名士兵如此说道。哥哥为了保护婴儿，背上遭士兵砍了一刀。这件事发生之后，关东军残党决定跟开拓团分道扬镳，提早半天渡河。说穿了，就是扔下不断发出婴儿哭声的开拓团一行人。

我们忍受着豪雨，等了半天的时间，直到旭日开始绽放光芒，为我们掩藏身影的夜色逐渐遭到晨曦驱赶，才站了起来，朝着松花江支流的岸边迈步。母亲扔下身上所有行李，将包扎了伤口的哥哥背在背上，我则跟在母亲的身旁，紧紧抓住了母亲所穿的雪袴。

因雨季而水量大增的河面，将大地切割成了两半。河的对岸笼罩在灰色的大雨及薄雾之中，朦朦胧胧看不清楚。气势惊人的波涛浊流不断冲刷着岸边的土石，将枯木及杂草卷入河中。关东军的残党们全都站在河岸边，不知如何是好，放眼望去根本不见苏联军舰的影子，看来那只是讹传而已。打从一开始，就没有必要将婴儿杀死。

看来只能等雨停了之后水势减弱再渡河——某人如此提议。但没过多久，远方传来了枪响及爆炸声。此外，还有强而有力的车辆引擎声及随之而来的大地颤动，那恐怕是战车吧。这次真的是苏联军队逼近了。

士兵们只好抱着横竖都是死的心情开始渡河。如今河面的浊流正激起阵阵漩涡，就算是卡车恐怕也会遭到吞噬。士兵们的身影一道道消失在大雨形成的幕帘及薄雾之中。就算士兵能勉强渡河，女人跟小孩又该如何是好？就在妇人们都望河兴叹的时候，竟有一名士兵走了回来。这个人正是当初企图杀死婴儿的士兵，他的身上绑着一条麻绳。

"我把绳子的另一头绑在对岸的树干上了，你们拉着这条绳子过河吧。"

关东军士兵早已全身湿透，说话时上气不接下气。由于这一侧的岸上没有能够绑麻绳的大树，他只能像拔河一样奋力将麻绳拉撑。

一行人于是踏入了颜色如枯叶一般的混浊河水中。

母亲看了看我，又看了看哥哥。

"不用担心我。"脸上冒着汗珠的哥哥笑着说道，"有绳子，我可以拉着过河。妈妈，你背和久吧。"

哥哥那勉强挤出来的笑容，如今依然烙印在我的记忆深处。当时他才七岁，只比我大了三岁，却抱持着保护弟弟的责任感。

母亲迟迟无法下决心，但她知道自己绝对没有体力来回两趟，而且年仅四岁的我不可能独自渡河，因为当我站在河底时，河面会淹过我的头顶。

母亲最后只能选择背着我过河。浊流不断以强大的力量朝我们推来，我感觉背后仿佛有只手要把我拉入水中。由于母亲的双手紧紧抓住了绳索，我只能靠自己的力量攀附在母亲的背上。大浪一次又一次淹过我的头顶，我必须等浪潮过后努力将头探出水面呼吸。鼻孔一进水，脑袋里顿时变得一片空白。

就在隐约可看见对岸的时候，走在前面的哥哥松开了抓着麻绳的手，下一瞬间已遭浊流吞噬。

母亲尖叫一声"龙彦"，朝着哥哥消失的河面伸出手臂，却差一点连自己也被卷走，赶紧重新抓住了绳索。

倾盆大雨中，母亲一边哽咽一边渡过了河。来到河岸上时，她整个人瘫倒在地上，哀伤地凝视着滚滚河水。

这条河的下游似乎有个东北人的村子，沿着河往下游寻找实在是冒太大的风险。开拓团每个人都告诉母亲："只能放弃了。"

一行人继续朝着东北方不断前进。

当我们来到了某个荒废的开拓团旧址时，我们全被送进了一间仓库，这间仓库如今被当成了难民收容所使用。

窗户玻璃早已破损，进入十月后，风雪不断从窗外灌入。此地冬季的气温，有时甚至低于零下三十摄氏度。每个人都只能将麻布袋的底部挖个圆洞，套在身上勉强抵御寒风。更可怕的是，这里蔓延着大肠黏膜炎、痢疾、感冒、肺炎、流行性斑疹伤寒等在当时的中国被合称为"伤寒病"的各种疾病。每当有人断气，活着的人身上就多了一点御寒的衣物。

收容所里永远弥漫着死亡与绝望的氛围。有一位妇人流着眼泪剪下死去的女儿的指甲，期盼在回归祖国后能为女儿盖座坟墓；另一位妇人的儿子生了病，却因为没钱买药，只好到中国人的店里恳求对方"收养这孩子"；还有一个男孩总是拿一顶钢盔在街上乞讨，那顶钢盔似乎是他父亲的遗物。

失去父母的孩子们，则像子宫中的胎儿般蜷曲在地上整日昏睡，这些孩子的头上满是虱子，白得像是撒上了一层石灰。

我总是紧紧抱住母亲，躺在粟梗编成的草席上头。每天的食物只有少许高粱粥，除此之外，只能找些烤地瓜的皮、白菜的根、白萝卜的叶子等食物残渣来充饥。我们总是拿钢盔当锅子，或许是因为里头渗入了汗水的关系，煮出来的开水都是咸的。

由于泥土都已冻结，无法挖掘墓穴掩埋尸体，大家只能将一天比一天多的尸体胡乱堆叠在一起，在上头盖上一层雪了事。每天早上总是会出现啃咬死尸的野狗。我亲眼看见一个披头散发的女人，一边歇斯底里地挥舞铲子，一边大喊"别吃我的孩子"，但赶走了野狗后，她还是挥舞个不停，直到数小时后断气为止。野狗围绕在尸堆周围的景象，如今依然清晰地残留在我的脑海里，自从失明之后，每当听见狗叫声，当时的可怕记忆就会宛如从坟墓里被挖了出来。

到了来年，我们才得以被送回日本。后来我看到报纸上的统计，死亡的八万名开拓团成员之中，有六万名是死于难民收容所。

当时每个日本人都拿到了一张用蓝墨水写在粗纸上的"退去证明书"。当看到遣返船时，我忍不住掉下了眼泪，终于能回祖国了。通过港口的检疫关卡时，每个人都被撒上了大量除虱用的杀虫剂，全身白得像是拿了一整只麻布袋的太白粉倒在头上一样。但一想到这是回归日本的最后一道程序，大家就都没有放在心上。

然而回国之后，我的眼前犹如蒙上了一层薄纱，看什么都是模模糊糊，原因大概是收容所的生活条件太不卫生，以及营养失调吧。我到医院就诊，并且摄取正常标准的营养，视力渐渐有了改善；但疾病的种子，此时已潜藏在我的眼球之中。在接近四十岁的时候，我的视力开始快速恶化，到了四十一岁时终于完全失明。

说完了这一长串悲惨的经历后，夏帆语带哽咽："好可怜——外公，原来你吃过那么多苦——"

回想起来，就像遣返船的船底破了个洞一样，自从搭上那艘船，我的人生便不断往下沉。

"是啊，外公吃过很多苦。"

"我是不是比那些人幸运得多？至少我还活着。"

"——幸不幸运没有必要跟别人比较。夏帆吃了多少苦，只有夏帆自己最清楚。"

"能够活着回到日本，对外公来说是件幸运的事？"

"日本刚战败时也有很多问题，每个人都活得很辛苦。"

"完全没办法玩游戏？"

"不，正因为每天都活得很辛苦，所以更加热衷于微不足道的游戏。"

"'微不足道'？要怎么玩？"

"'微不足道'不是游戏的名称，而是一点也不重要的意思。小陀螺、尪仔标、剑玉、抓鬼、跳绳——虽然娱乐不像现在那么多，但人与人之间关系紧密，大家都热心助人——"我苦笑着摇了摇头，"算了，别说这个了。一聊起过去的事，就会忍不住抱怨。每个人都必须活在当下，不能活在回忆之中。夏帆，外公并没有瞧不起现在这个你所生活的时代。"

身旁传来八音盒的童谣旋律。洗肾似乎终于结束了，我听见夏帆疲惫不堪地吁了口气，接着是护理师们匆忙来去的声音。夏帆似乎下床想要穿上拖鞋，却突然发出一声尖叫。

"好痛！妈妈，我的脚——我的脚抽筋了！"

我听见了由香里奔近的脚步声。

"对——就是那里——"夏帆重重叹了口气，说道，"每次洗完肾，都很容易抽筋，而且还会头痛——呜呜，好想吐——"

有没有什么办法能为她找到肾源呢？遗体肾脏移植的排队等候人数实在太多，希望相当渺茫。除非能找到愿意将肾捐给夏帆的六等亲之内的血亲——

倘若如今跟母亲在老家一起生活的哥哥是假货，那或许真正的哥哥还活在世界上的某处。只要能把他找出来，也许就能说服他捐出肾脏。我揭穿哥哥真面目的决心变得更加坚定了。

一回到家，又收到了俳句信。这已经是第七封了。我用指腹读了上头横书的点字。

ろがおどり	こころもへやも	ゆれうごく
櫓が踊り	心も部屋も	揺れ動く
船橹舞动着	心灵跟房间	都随之起舞

7
✡

莲蓬头喷出的热水冲击着头发，流在瓷砖上。

我伸出手掌探索，摸到了一个容器，先轻触其瓶身，洗发精的瓶身侧面有着凹凸纹路，这是为了避免与润发乳搞混。接着我从右侧的钢架上取来了头皮按摩梳，在失明之前，我使用的是橡胶材质的梳子，但由于掉到地上时几乎没有声音，找起来相当麻烦，后来换成了塑料材质的梳子。

用按摩梳按摩了头皮，冲去泡沫，并完成润发之后，我擦干身体走出浴室。先穿上衣服，用吹风机将头发吹干，然后走进厨房。取出"液体探针"，装在杯子上头，倒入烧酒，不久便听见"哔哔"声响，于是停止倒酒，从三角盒中取出镇静剂，配着烧酒吞下。

接着我打开了收音机。收音机与电视机的最大不同就在于没有画面，只靠听力就可以理解内容。今天报的都是一些令人心情忧郁的新闻：遭少年凌虐致死的流浪者、因清寒补助金遭取消而饿死的贫困者、遭遗弃的婴儿尸体、老人赡养院里死于意外的老人。

最后一则新闻是关于集体偷渡的，似乎是之前发生的案子的后续报道。一群人企图利用日本企业"大和田海运"的货柜船偷渡进入日本，通气孔却遭人蓄意封闭，导致偷渡者几乎全部死亡，只有两个人存活。其中一人依然在逃，另一人则遭到了逮捕，目前尚在医院接受治疗。

我关掉了收音机。服药一小时之后，开始有种飘飘然的感觉。正打算入眠时，电话却响了起来，我叹了口气，起身以五斗柜为基准点，来到了内廊，沿墙面走向发出铃声的电话，拿起了话筒。

"和久？是我。"是哥哥的声音。

"——你以为现在是白天吗？"

我故意将左手手腕靠近话筒，按下语音手表的按钮，手表旋即发出声音："晚上十一点三十分。"

"那是什么声音？算了，这不重要。我想问你，你把装砒霜的小瓶子拿到哪里去了？仓库里又有老鼠了，赶快还给我。"

"你怎么会向我讨？当初在仓库里，那小瓶子不是被你拿走了吗？"

我担心哥哥对母亲下毒，曾暗中吩咐由香里到仓库取走那小瓶子，但女儿从仓库回来后，说没看到那种东西。

"哥哥，不是你将小瓶子藏起来了吗？"

"不要装傻了。我刚刚打听过了，有村人看见你带着小瓶子走出了仓库。"

我带走了装砒霜的小瓶子？这不可能，哥哥在说什么鬼话？那间仓库我应该只进去过一次才对。我试着回想当时的状况，却怎么也想不起来待在岩手县老家的最后一晚，我到底做了些什么。这段往事完全从我的记忆中消失，宛如电影胶卷被剪掉了一节。

"一定是哪里搞错了，我没拿砒霜。"

残破不全的记忆让我感到恐惧。我这么说，有一半是为了说服自己。

"——好吧，那就算了。"哥哥停顿了半晌之后，以充满怀疑的口吻说，"我只提醒你，千万别干下什么蠢事。"

哥哥挂断了电话。我紧握着话筒，愣愣地站着不动。每当我想要挖掘那零碎得犹如万花筒景象的记忆时，大脑便宛如遭到无数细针扎刺一般疼痛。到底有没有取走砒霜，我自己也不敢肯定。难道在吩咐由香里去拿小瓶子之前，我已偷偷将小瓶子移往他处保管？

我沿着墙壁回到客厅，从架子上取下一把锉刀，坐在沙发上。每当我感到压力时，就会用这把锉刀磨指甲。我不使用指甲刀，因为容易将指甲剪得太深。

一边用锉刀磨着食指的指甲，一边细细回想那一天发生的每个细节，但脑袋宛如一条干毛巾，不论怎么拧，都挤不出一滴记忆。

事实上还有另外一种可能。当初在老家里，由香里曾对哥哥说过，"吃镇静剂会造成记忆力受损"，哥哥因而得知我的记忆力已变得不可靠。于是哥哥利用了这一点，对我灌输错误的讯息，想要将罪责推到我头上。如此一来，我就成了毒杀母亲的凶手——

倘若如此，哥哥为了将这个局布得完美，如今一定是在村里到处对人说我拿走了砒霜。

"好痛！"

我忍不住大喊。一个不小心，竟用锉刀磨掉了指尖的肉。我将手指拿到鼻子前面，顿时闻到了浓浓的铁锈味。我感到头痛欲裂，起身倚靠着客厅墙壁。

　　过了好一会儿，我想要让背部离开墙壁，却察觉出不对劲。将手伸向身后，在墙面上一摸，竟发现墙壁呈圆柱状。此时，头顶上方传来一阵宛如铁桶在铁板上滚动的轰隆声，而且伴随着震动逐渐远离。右前方则传来断断续续的宛如用木槌敲打大地的撞击声。我的皮肤感受到了微风——而我的手上竟然拿着导盲杖。

　　我转身仔细抚摸那根圆柱，探索了一会儿后又将左腕往旁边探出，感觉手掌摸到了一片粗糙的墙壁。眼前的黑暗完全没有任何变化，但触摸到的物体竟已完全不同，像是电线杆跟某一户人家的庭院围墙。

　　我什么时候跑到户外来了？耳中听到的撞击声，似乎是道路施工的声音。这到底是怎么回事？我刚刚不是还在客厅里吗？

　　我战战兢兢地按下语音手表的按钮，发现时间已变成隔天的下午。空间跟时间都不同了，这意味着我有半天的记忆消失得一干二净。此时我的心情就像是意识曾遭另一个人格占据。这也是镇静剂的副作用吗？自从开始怀疑哥哥，我增加了镇静剂的服用量。

　　今天——对了，今天是赴约的日子。我跟遗孤援助团体的比留间雄一郎约在公民馆见面。据说每星期的二、四、六，他都在那里为遗孤们提供咨询服务。

　　我摸了摸身上的衣服，确认已换上外出的服装后，努力让心情恢复平静，接着朝走近的脚步声询问公民馆的位置。那个人带着我走到了大路上，我一边敲打导盲杖，一边跟着人的说话声前进。熙来攘往的说话声能带给我安心感，因为至少我能确定自己还走在人行道上。

　　都市里的风会被写字楼、公寓或广告牌等障碍物阻挡及反弹，产生诡异的风声。相较之下，还是岩手县乡下那种吹过田野、拂过草木的凉风更令人身心舒畅。

　　接着，我来到了一个人潮密集的地方。高跟鞋的声音及香水味、沉重的脚步声及汗臭味，若有似无地像流行乐一般掠过我的身旁。不知何处的自动门时开时关，每次开启时都会流出电子提示声及店内播放的音乐声。无数的脚步声、说话声、往来车声及扩音器宣传声环绕在我的四周，我不知所措地停下脚步，心里有种遭到噪声洪水淹没的错觉，到底该往哪个方向走，我已没了头绪。声音太多，不仅没办法成为判断的依据，反而会令我头晕眼花。

我摸到了右边有一排围墙。于是我一边敲打着导盲杖，一边沿着墙前进。骤然感觉一道横向的冷风向我袭来，这意味着围墙已到了尽头，果不其然，导盲杖也挥了个空。有时，风的流向也能成为掌握环境状况的线索。

我拐过转角，笔直前进了一会儿，向附近交谈中的路人询问，确认自己来到了公民馆的前方。我站在原地等了十五分钟，却没有人过来与我相认，就连原本进进出出的脚步声，此时也都消失了。

此刻，我的心情就像是独自站在没有街灯的夜晚的街道上。有些人在黑夜里也能看见东西，他们可能会做出对我不利的事。不，这些也可能是幻想，我的大脑记忆机能出了严重的问题，我担心自己很可能随时会移动到另一个完全不同的地方。例如，满心以为自己一直站在公民馆前，却在一眨眼后移动到某栋大楼的屋顶上。一想到这个可能性，鸦雀无声反而令我更加恐惧了，还是说话声等各种声响能带给我安全感。

相约见面的对象迟迟没有出现，我心里不由得浮现种种担忧。是不是搞错地点了？是不是搞错时间了？是不是我在不知不觉间移动到其他地方了？

"——请问你是村上先生吗？我是比留间。抱歉让你久等了，遗孤的就业咨询多花了不少时间——"

对方终于出现了，那声音相当古怪，简直像是从老旧铁管深处传出来的一样。

"谢谢你拨冗与我见面，我是村上。"

我递出写着手机号码及住家电话号码的名片，接着习惯性地伸出右手，对方也伸手与我紧紧交握。但我发现对方的手掌形状似乎与一般人的不太一样——

"你发现了吗？我从前在东北时，冬天铲雪冻伤了，失去了中指及无名指。请跟我来，我们进会议室谈。"

"能不能让我抓住你的右手肘？"

"当然可以，请。"

我先找到比留间的手腕，接着轻轻抓住了手肘，在他的引导下，我一边敲打着导盲杖，一边走在发出冷硬声响的走廊上。接着似乎转进了会议室里，导盲杖敲在地上的声音变得清脆，应该是木头地板。我摸到一把铁椅的椅背，于是坐了下来。前方似乎是张长方形的木桌。

"比留间先生，你也是遗孤？"

"不，我很幸运，在战败的来年就回日本了。"

"在那之前，你一直在中国东北生活？"

"是的。"

从回音的状况听来，这间会议室比我想象的要小得多。没有其他说话声，会议室很可能只有我们两人。

"归国之后，你就投入遗孤的援助活动了吗？"

"从二十五年前开始的。"比留间的深沉嗓音流露着难以承受的悲愤，"当初在难民收容所里，母亲在昏迷中不断呢喃着'口好渴'，我在她的嘴里倒了一点水，她露出了笑容，对我说了一句'啊啊，终于活过来了'——接着她就断气了。一星期后，收容所的日本人搭上了回日本的船。没有办法让母亲也回归祖国，一直让我觉得好不甘心。"比留间说到这里，突然话锋一转，以坚定的口吻说道，"遗孤们渴望回到祖国的心情，我非常能够体会，所以我想要尽可能地帮助他们。直到现在，还有一些人误以为遗华日侨的问题是中国人的问题。我想让大家知道这个理解是错误的。这些遗孤都是日本人，而且这是个攸关日本人尊严的问题。"

我等比留间恢复平静后，才开口说道："比留间先生，听说在我哥哥申请永久居留权的时候，你帮了不少忙。今天我前来拜访，是有件事想征询你的意见。或许你会觉得很突兀——我觉得哥哥的行为举止有些古怪。"

"你跟尊兄曾失散多年，当然会感到疏远。"

"哥哥一直心怀不满，仇视日本政府，而且想法相当自私，满脑子只想着打官司，毫不在乎给人添麻烦。"

"这也很合理。遗孤们与骨肉至亲被活生生拆散数十年，当然会有愤怒、不满及绝望的情绪。加上生活贫穷，就算想要回中国探望养父母或扫墓，也没有办法办到。你知道吗？倘若他们回中国探亲，'旅行期间'的清寒补助金就会被扣除。"

"——过去不是发生过多起亲人认错遗孤的悲剧吗？"

比留间停顿了一下，似乎是在琢磨我这句话，半晌后才说："是的，毕竟只能仰赖身体特征及离散时的情况来判断，虽然认亲的过程相当慎重小心，但还是无法完全避免悲剧的发生。"

"我哥哥会不会也是这样？"

"你怀疑龙彦先生并不是你的兄长？"

"是的，哥哥的一举一动都让我感到不对劲。是因为他是遗孤，还是因为他是假货？我想查清楚。"

"假货？"

比留间的声音显得颇为错愕，我这才察觉自己失言了。"假货"这个字眼实在用得过重。

"——难道你认为龙彦先生是假遗孤？"

既然已说漏了嘴，我只好老实说出想法，征询专家的意见。

"是的，我确实这么怀疑。"

"你没有证据吧？"

"我正在找证据。当年我们一家人参加的是三江省桦川县的开拓团，我想要寻找这个开拓团的归国人士，向他们询问当年的详情。任何一位都可以，能不能请你帮我查一查地址？"

我听见比留间用鼻孔吁了口气的声音。

"请恕我说句老实话，我建议你别这么做。万一真的如你所说，你们不是亲人，这会带来巨大的悲伤与痛苦。曾有遗孤确信找到了亲人，还为此举办了庆祝会，却在会场上被厚生省的人员告知'经检查确认无血缘关系'。那个遗孤当场痛哭流涕，最后甚至想不开而自杀了。"

"如果哥哥心知肚明自己是假货，怎么会感到悲伤？"

"就算尊兄不悲伤，令堂也会悲伤。我记得龙彦先生是在一九八三年归国的，换句话说，在长达二十七年的岁月里，令堂一直当他是亲生儿子。如今倘若得知儿子是个毫无瓜葛的外人，你能想象她会多么绝望吗？我相信令堂的年纪应该很大了，还是别伤她的心为好。更何况倘若这一切都只是你多心，这样的举动会伤害所有人。"比留间说得头头是道。

当年的日本正处于百废待兴的状态，因此政府对于迎回遗华日侨一事表现得相当消极。大部分的遗孤都具有中国籍身份，日本政府将他们比照外国人办理，要求他们在日本的亲人必须担任身份担保人。担保人得视情况负担遗孤的归国旅费及生活费，而且负有督促遗孤遵循日本宪法的责任。但这些日本的亲人大多已经退休，仰赖儿女扶养，不见得有能力扛起这些责任。因此，有些人虽确认了与遗孤的亲属关系，却拒绝担任担保人，导致这些遗孤无法返回日本。

"遭到亲人无情对待，想必是心如刀割吧。有些亲人则是考虑到遗产继承问题而反对遗孤返回日本。在这些案例里，遗孤必须先签下放弃继承权的同意书，亲人才愿意担任担保人。"

比留间就像一名以知识为甲胄、以理论为长刀的战将。我心里想要调查、揭穿哥哥真面目的意志，被他毫不留情地斩断了。为了与他对抗，我也只能拔出自己的刀。

"如果你知道我哥哥为了遗产而打算毒杀我的母亲，你还会这么认为吗？"我说道。

比留间顿时陷入沉默。

"哥哥偷偷藏有一小瓶砒霜。我母亲最近病倒了，或许正是因为哥哥每天在饮食里下了一点毒。"

我说到这里，忽然闻到一股抽烟后的残余烟味自我身旁飘过。我霎时感到一阵寒意自背脊蹿上了后颈，一时之间忘了呼吸，只觉得口干舌燥，嘴里的唾液似乎都消失了。

在我身边还有另一个人？这是我的错觉，还是——？

如果这个人正因紧张而心跳加速，或许我可以听到他的心跳声。我抱着这样的期待仔细聆听，却什么也听不见。

我故意做出在胸前口袋掏摸的动作。"比留间先生，要不要来根烟？"

"——谢谢你，但我不抽烟。"

其实我已戒烟将近二十年。本来打算如果比留间真的要拿烟，我会说刚好抽完了。既然比留间不抽烟，我刚刚闻到的残余烟味又是怎么回事？是谁身上穿着沾染了烟味的衣服？这会议室里应该只有我跟比留间两个人才对，难道有人蹑手蹑脚地偷偷跟在我旁边？

我竖起了耳朵，仔细注意着周围的动静，心里有种想要举起双手在四周乱挥的冲动，若是这么做，或许会在不应该有人的地方碰到人的身体。

我故意轻轻呼吸，装出平静的态度。"比留间先生，你反对我调查哥哥的事？"

"是的，我反对。"

"好吧，但我不会放弃。我会让真相摊在阳光下，拯救母亲跟外孙女的性命。"

"当你看着深渊，深渊也正看着你。"

"什么？"

"尼采的名言。"比留间用低沉的嗓音说道，"太靠近黑暗，可能会落入黑暗之中。"

"早在二十八年前，我就已经落入黑暗之中了。"

"每个人都有不欲人知的过去。抱着半吊子的好奇心乱揭他人的疮疤，可能会惹祸上身。"

这突如其来的恫吓，令我一时哑口无言。这男人原本态度谦和，此刻却说出这种威胁之语，更令我心里发毛，不得不信以为真。此时我的心情，就像是被他用一把沾满鲜血的尖刀抵住了喉咙一般。如今这个人在我眼里已不是战将，而是夜叉。

比留间一定知道些什么隐情。但哥哥到底是何方神圣？这让我回想起了从前看过的一部电影。剧中描述一群纳粹高官为了逃避战争罪责，在战败后乔装成了犹太人。哥哥是否也跟比留间暗中勾结，想要掩盖某种天理难容的罪行？

伪装成日本遗孤，能得到什么好处？

"很抱歉——我不能帮你这个忙。这种怀疑家人、查探过去隐私的行为，只会招来不幸而已。"

比留间说得斩钉截铁，看来我再说下去也只是白费唇舌。

"好吧——谢谢你的意见。"我站了起来。

"我送你到门口。"

"不必了。"

我听见椅子脚在地板上摩擦的声音。比留间的脚步声绕过了桌子，朝我的后方而去，接着传来转动门把、拉开门的声音。

"门口在这边。"

我一边敲打导盲杖，一边朝声音的方向前进。走了几步后，导盲杖的前端敲到了障碍物。轻敲两三次之后，确认那是一面墙壁，接着我沿墙面平行移动，数步之后导盲杖不再敲到墙面，显然那里就是门口。

"告辞了。"

我走出门，来到走廊上，对着门内微微颔首，接着一边确认墙壁的位置，一边在走廊上前进。拐过转角时，我忽然听见不远处传来老妇人的声音："啊，你的眼睛看不见吗？"

"对，请问出口要怎么走？"

"这里的路有点复杂，常常会搞得人一头雾水，实在应该在墙上贴一张大地图才对。来，请往这里走。"

我感觉导盲杖突然遭到拉扯，一时之间差点摔倒，赶紧说："请不要拉这根棍子，很危险。"

"哎呀，真是抱歉，是我一时心急。"

对方放开了手，于是我将导盲杖的前端放回地面上。

"如果方便的话，能不能让我抓着你的右手肘？"

"我都这把年纪了，手肘像枯树根一样，如果你不介意，请抓吧。"

我用左手抓住老妇人的右手肘，一边敲打右手中的导盲杖，一边跟着她前进。老妇人似乎左足微跛，走路慢条斯理，令我感到安心。

"你也是遗孤吗？"

"不，我是遗孤的亲人。"我说。

"你的家人们一定也吃了不少苦吧？我不是遗孤，是遗妇[1]。当年在东北——"

老妇人边走边絮絮叨叨地说起了自己的过去。我抓着她的手肘，无须花太多心思在注意环境上，因此可以一边走一边听她说话。

"——日本战败后，有很多日本女孩像我一样为了活下去而嫁给中国人。不仅能求得温饱，连自己的家人也能受到照顾，当时哪个日本女孩会拒绝？"

老妇人接着对我解释，当时的中国还存在着"童养媳"的风俗，许多人会事先买下将来要作为妻子的女童。在一九五〇年的《婚姻法》明文禁止这种做法之前，买卖婚姻并不是什么稀奇的事。

"我为了亲人着想，只好嫁给了东北人。当时就算是在日本的农村，为了维持家庭生计而结婚也是常有的事，穷到必须卖身的少女更是不少，因此我并不特别感到排斥。"

说起结婚，我突然想到了一件往事。从前我曾询问哥哥为何一直不结婚，他迟疑了许久后回答："一个当不成日本人也当不成中国人的窝囊汉，怎么讨老婆？"

然而，已婚的遗孤相当多，大多数都曾娶过或嫁过中国人。哥哥年过七十依然未婚，恐怕有难言之隐。例如，因为某种缘故而必须躲避追踪的假遗孤，当然不适合拥有家庭。

哥哥的真正身份到底是什么？

"我在一九八五年刚回国时，日本对我来说简直像外国一样。"老妇

---

[1] 指战后因嫁给中国人而滞留中国的妇女。

人接着说，"但是到了夏天，我看见大家在跳盆舞[1]，就忍不住流下了眼泪。直到那一刻，我才深深体会到自己回到了祖国。"

"——你一定有过许多悲惨的遭遇吧？"

"为了善加利用这些经验，我在这里接受遗孤们的咨询。如果你的家人有任何这方面的烦恼，欢迎来找我聊一聊。我每星期的二、四、六都在这里。"

"咦？你也是援助团体的职员吗？"

"是啊，我是这里的义工。"

既然她也是职员，或许有机会——

"请问——周围有没有可疑人物在偷听？"

"咦？可疑人物？"老妇人停了下来，我感觉到她的手肘晃了几晃，"这里一个人都没有。"

"是这样的，我有件事想请你帮忙。"

"若有我帮得上忙的地方，你尽管说吧。"

"有没有什么办法可以找到当初跟我在同一个开拓团里生活过的人？"

"这个嘛——可以查名册，上头记载了所有查得出来的数据，包含开拓团各家族成员的姓名、性别、出生日期、籍贯、出发日期、开垦地点、后来的下落等等。"

"你能帮我查一查吗？"

"当初是以同乡组团为原则，团员们在归国后大多有所往来，要找到从前的旧识应该不难。"

"刚刚那位比留间先生不肯帮我查，因此这件事务必请你帮我保密。"

---

[1] "盆舞"（盆踊り）是日本盂兰盆节时跳的一种传统舞蹈，使用的音乐及手势有各种不同的版本。

"比留间先生不帮你查？这不可能吧？平常他总是很亲切地为遗孤们解决问题呢。"

"我想向熟知当时情况的人询问关于我哥哥的事，请你帮帮我。"

"好，我很乐意。"

我说了声谢谢，递出一张写着联络方式的名片，在公民馆外与老妇人道别。幸好公民馆的门口处有一幅用凹凸线条标示道路、建筑物及地形的盲人专用点字地图，让我得以事先确认了出租车乘车点。

左边的车道上有一阵汽车引擎声自后方靠近，超越我之后在前方不远处刹车。我走到该处，听见前方左右两边不断有往来的汽车引擎声，于是我贴近人行道的建筑物，前进时尽量跟建筑物保持平行，在导盲杖不再敲到身旁墙面的地点停下脚步，并将脚尖的方向调整至正对着前方。接下来，就是必须把握车声消失的时机穿过马路。

若是常走的路线，我可以在穿越马路后的地点找一个标志物，如此一来，我就可以确信自己平安抵达了马路的正面。但第一次造访的地方，几乎没有什么讯息能让我确认前方的状况，穿越马路时需要相当大的勇气。

正当我迟疑着不知该在什么时机过马路时，导盲杖的前端敲到左边一个类似电线杆的物体。我伸手仔细一摸，那杆状物上有个方箱，上头刻着点字，似乎是个带有提示音功能的信号灯。我按下上头的"视障专用钮"，过了一会儿便听见模拟小鸡叫声的电子音，这表示已转变为绿灯。在有这种提示音装置的十字路口，就算前进的角度有所偏差，也能借由前方传来的电子音随时调整方向。

我放下了心中大石，开始穿越马路。抵达马路另一端后，我回想着刚刚记住的地图，转过了几个街角，朝着出租车乘车点前进。但是当我来到某处时，便发现不对劲。按照地图的标示，这附近应该有个可以向右拐弯的 T 字路口才对，但我走了半天，右边一直有建筑物。难道是公民馆的点字地图太过老旧了吗？还是我已错过了道路而不自知？我曾经遇到过转角处的路口停着一辆大货车，完全挡住了横向吹来的风，导致我没有察觉岔路的情况。

我不由得在永远的黑暗世界中左顾右盼。在这漆黑的环境里，我完全找不到能够判断正确道路的讯息。我现在在哪里？在哪个地点、因什么缘故而走错了路？每当我在没有路人通行的街巷内迷路时，就只能站在原地，不知如何是好。右前方传来了尖锐的平交道警示声，我一惊，心脏仿佛被人紧紧揪住了一般。片刻之后，又传来了刮磨铁轨的刺耳巨响及震动。好可怕——得离远一点才行——

我用导盲杖敲打路面，转身朝着平交道的相反方向前进。猛然间，一阵狂风袭来，风声有如狼群的嘶吼。不管是人声还是车声，都被这阵狂暴的风吹得一干二净，令我分不清楚东西南北。车道在哪个方向？是右边还是左边？是前面还是后面？一旦连声音也无法依赖，我心里就会顿时涌起被抛弃在废墟内的不安与孤独。

我沿着围墙前进，抵达围墙的尽头时，竖起耳朵聆听两侧是否有汽车引擎声。因风势太强的关系，车声已遭到了扭曲，难以辨别距离及方向。我无法肯定耳中听到的车声是来自远处，还是近在咫尺。咆哮的狂风宛如一桶黑色颜料，将我心中描绘的街景泼洒成了黑压压一片。

蓦然，车声停了。

我正犹豫着该不该迈步，突然察觉背后似乎站了一个人。我一回头，耳中登时听到某人吓了一跳的急促呼吸声。下一秒，原本我所面对的方向突然有道可怕的汽车引擎声，宛如凶恶的狂犬般直冲而过。

这意味着，有人企图将我推到疾驶中的汽车前——

我顿时全身颤抖，胸腹深处涌起一股凉意，心脏的鼓动只能以震耳欲聋来形容。

依我平常缓慢的行进速度，在我一步还没跨出之时，我就会听到疾冲而来的引擎声并停下脚步。但此时假如被人推了一把，想必我会整个人扑倒在车子前，耳中听到宛如要刺穿鼓膜的刺耳刹车声，鼻中闻到轮胎在柏油路面上摩擦的焦臭味，整个人被撞得像根枯树枝般在空中翻滚，人生中的种种昔日景象在鲜红色的视野中宛如走马灯般轮番上演。

"是——是谁！"我的怒吼声微微带着颤抖。

明明感觉到眼前有人，却完全没有听见脚步声。这个人就站在我的面前，但我不知道他是谁。到底会是谁想要把我推入车道，刻意营造出视障人士意外遭车撞死的假象？

我踏出一步，想要抓住对方，但我骤然听见了转身奔逃的脚步声。我的眼睛看不见，当然不可能追上去将对方制伏。我听着奔跑的脚步声逐渐远去，只能选择转身继续迈步。

就算对方又溜回来跟在我身后，我也无从得知。

8

✡

我坐在沙发上，拿出了一个看起来像两把尺子交叠在一起的工具。这是"纸钞辨别板"，只要将纸钞插入其中，并将纸钞边角抵住工具边缘隆起的部位，就能借由各种面额纸钞之间大约五毫米的长度差距来辨别纸钞的种类。在外出之前，我会先像这样一张一张确认纸钞的面额，并利用对折一次或对折两次的方式加以区分。折到第五张时，电话响起。

我摸索着来到内廊上的电话台旁边，拿起了话筒。来电者是在遗孤援助团体当义工的老妇人。

"我找到了一位曾待过相同开拓团的先生。"

"那是个什么样的人呢？"

"他叫大久保重道，今年九十岁了，说起话来却精神矍铄。我跟他说起你的名字，他说他还记得你的母亲。"

"既然如此，他应该也记得关于我哥哥的事。"

"我还跟他提到你眼睛不方便，他说他可以过去找你。还说明天就有时间，但最好约在咖啡厅，比较能静下心来好好谈。"

"明天吗？那就——"我回想着住家附近的咖啡厅名称，说道，"请帮我转告他，约在黑猫咖啡厅，早上十点半，问他方不方便。"

我接着说明了黑猫咖啡厅的大致位置。

"我会继续帮你找开拓团的其他成员，不晓得是否帮上了你的忙？"老妇人问。

"已经帮了我大忙，真是谢谢你。"

挂断电话后，我用点字器在纸上记下了地址、相约见面的店名及时间。接着我吃了从便利店买来的便当，洗了澡，穿上衣服后，将手掌在餐厅桌上探摸。先是摸到了一个四角形的盒子，这里头放的是安眠药，三角形的盒子就在旁边。我打开盒盖取出了镇静剂。

配着烧酒吞下两颗镇静剂后，我打开了收音机，听了一会儿新闻，突然感觉上半身难以维持平衡，脑袋昏昏沉沉，全身使不出力气。或许是这几天走访了一些陌生的地方，耗费太多心神的关系，此时我骤然感受到强烈的睡意。我的双腿几乎不听使唤，踉跄着走向卧室，整个人瘫倒在床上。就在我咬着牙设定好闹钟的瞬间，意识已离我远去。

刺耳的电子闹铃声钻入了梦境，将我拉回现实世界。我按下闹钟上的按钮，闹钟旋即发出"上午九点"的电子语音，接着我又确认了今天是星期几。虽然差点睡过头，但时间上并没有出现空白。于是我起身梳洗，准备出门。我围上腰包，里头放了"液体探针"、折叠式的备用导盲杖及残障手册。为了安全起见，我又戴上一顶有帽檐的帽子，以及保护眼睛用的墨镜。

黑猫咖啡厅就在住家附近，几乎不可能迷路。我一推开店门，头顶上便传来吊钟的声响，刚烤好的面包及咖啡豆的香气扑鼻而来。我告诉店员自己跟人约在这里见面，店员引导着我走进店内。除了爵士风格的音乐外，我还听见了此起彼落的玻璃或陶瓷器皿的轻微碰撞声。店员带着我从相隔一定距离的客人交谈声旁通过，并指引我在一张桌子的桌边坐下。我点了一杯咖啡。

我按下语音手表的按钮，电子语音告诉我现在的时刻是"上午十点二十五分"。不久之后，略带苦味的咖啡香气随着脚步声而来，接着面前的桌上发出轻微声响。我端起咖啡杯，小心翼翼地啜饮，以避免烫伤。就在喝了大约半杯的时候，我听见低沉的说话声。

"请问你是村上和久先生吗？"

"是，你是大久保重道先生？"我朝着声音的方向反问。

"对，我当年也是三江省桦川县的开拓团成员，我还记得你的母亲，你不记得我了？"

"真是非常抱歉，我那时才四岁——"

"是吗——"

不知道为什么，大久保的声音有点像是松了一口气。

我听见了桌子另一头的椅子被拉开，以及有人坐在椅子上的声音。"请问要点什么？"一旁传来年轻女人的问话声。"一杯红茶。"大久保说道。他的日语发音还残留了一点中国腔。

"大久保先生，你是在战后回到日本的吗？"

"对，当初跟你们一起逃离开拓团，还进了同一处难民收容所。虽然我也搭了遣返船回到日本，但后来我又好几次前往中国寻找儿子，在中国住了许多年，连日语也几乎忘光了。可惜最后还是没找到儿子，他可能已经在地下长眠了，连成为遗孤的机会也没有。"

"我能体会你的心情。"

"谢谢。"

我听见女服务生说了一句"久等了"，接着却又狐疑地问："呃——请问点红茶的客人是哪一位——？"

多半是我把自己的咖啡杯放在桌子的正中央，令女服务生有些摸不着头绪吧。此时或许是大久保举起了手，我听见女服务生低声说了一句"好的"。

前方的黑暗空间传来啜饮液体的声音。

"先不谈我的事了。村上先生，听说你有些话想问我？"

大久保的低沉嗓音勾起了遥远昔日的回忆，令我既怀念又有种莫名的安心感。既然我对他的声音感到怀念，这或许就意味着从前在东北我们曾经说过话。

"事情是这样的——我怀疑那个从中国回来的哥哥不是我真正的哥哥。"

"你认为他是假货？"

"是的，我认为有这可能，而且不是认亲时发生的误会，是刻意的冒名顶替。目的可能是母亲名下那一点遗产，或是日本的永久居留权。要不然，就是有什么连我也猜不出来的动机。"

"——你确认过伤痕了吗？"

"你指的是背上的刀伤？"

"不，你哥哥右手腕上应该有烫伤的痕迹。"

我努力回想深埋在记忆中的触感。当初哥哥刚回国时，我曾抓着他的手腕，泪流满面地说着"太好了，太好了"。我记得他的右手腕上——应该没有烫伤的痕迹。

"应该没有。我哥哥的右手腕曾经烫伤过？"我问。

"是啊，那时你还小，应该不记得了。你哥哥曾经遭火炉的火焰灼伤，听说是为了保护你。当时你父母都在田里工作，我听到哭声后赶去你家，为你哥哥包扎了伤口。"

"我母亲不曾跟我提过这件事。"

"可能是不想让你难过才瞒着你吧。如果你知道哥哥为了你而受伤，一定会相当自责。"

我心中的怀疑逐渐得到了印证。但有一点令我想不通，如果哥哥是假货，那就表示他背后的刀伤是刻意加上去的；但那是真正的刀伤，他必须叫人在自己的背上砍一刀才行。一个人为了假冒成我哥哥，可以做到这个地步，但为什么没有顺便复制右手腕的烫伤痕迹？

更何况，是什么样的动机让他宁愿背上挨一刀也要假冒我哥哥？如果只是为了获得日本永久居留权，大可以找个日本女人结婚。比起承受严重刀伤，这个方法不是更简单？

再者，假哥哥与真哥哥之间是否曾有过接触？倘若是的话，他们是什么关系？在战争结束后的中国，到底发生了什么事？他们是朋友，还是敌人？

真正的哥哥是否还活着？

我突然感觉到一阵恐惧自体内蹿起，仿佛有一群毒蜘蛛正从我的脚边往上爬。哥哥会不会已经在中国遭到了杀害？会不会已在土中化为白骨？这种接近妄想的景象在我的眼前一闪而过。

倘若哥哥已被杀了，凶手肯定就是如今住在老家的假货。

"如果没有烫伤的痕迹，你最好别相信这个人。你哥哥身上有着一辈子不可能消失的烫伤痕迹。那痕迹的模样像大佛，一摸就知道。"

我为这番忠告向大久保道了谢，接着便离开了黑猫咖啡厅。回到家里一检查电话答录机，发现有一则留言，来电者是那老妇人，留言的内容是希望我回电。

我按下留言中所说的电话号码，数响之后，话筒另一端传来了老妇人的声音。

"我又找到了一位女士，可惜本人已经过世了，我只联络上她的儿子，是第二代遗华日侨，他说他的母亲生前曾受你们家很多恩惠，因此想当面向你道谢。"

所谓的第二代遗华日侨，指的是日本遗孤在中国与中国人所生的孩子。虽然我已证实哥哥是假货，却还不明白他伪装成我哥哥的动机为何。他跟真正的哥哥是什么关系？人生中有何交集？只要向认识哥哥的人询问，或许就能探听出一些端倪。

"请问——我是不是反而给你添麻烦了？"

"不，没那回事，你帮了我大忙。能不能告诉我她儿子的联络方式？"

"当然没问题。他叫张永贵，住在江东区北砂町的一栋公寓里，地址是——"

我记下了地址，道谢后挂断电话。

走回客厅的途中，我在一片漆黑的世界里听到了"滴答"一声轻响。

于是我转进了没有门的浴室。水龙头或许是没关紧，不断有水滴落下。那水滴的弹跳声让我联想到了自伤口坠落的鲜血。滴答——滴答——滴答——

下了出租车后，我一面敲打导盲杖一面前进。导盲杖的前端敲到了金属质感的障碍物，为了确认形状而轻轻左右敲打。这似乎是一座楼梯，多半是设置在公寓墙外的铁梯吧。

我用左手在半空中探摸，摸到了楼梯的扶手。一踏上铁制的台阶，整座楼梯便因我的体重而发出吱嘎声响。我将导盲杖以垂直的方向上下移动，一边往上踏一边确认下一级的位置。在登上楼梯的时候，必须注意步伐不能歪斜，否则很可能会踏空。

登上十四级之后，导盲杖再也探不到上一级台阶，看来是已经抵达二楼了。我一边用手掌轻抚公寓外侧墙壁，一边沿着外廊前进。格子窗户、木制门板、格子窗户、木制门板、格子窗户、木制门板——我心想这扇门应该就是二〇三号室了。我的指尖摸到了突起的门铃，按了下去。

一阵脚步声后，我听见门把被转开的声音。我往右退开一步，接着便感觉到门板开启所带动的风拂上了脸颊。

"敝姓村上，请问是张永贵先生吗？"

"不是。张永贵，隔壁二〇三，这里二〇四。"

对方说话带有中国腔，或许这栋公寓住的都是外国人吧。这个房间明明是从楼梯数来第三间，却是二〇四号室？或许是因为房号是以离楼梯最远的房间为二〇一号室，跟我数的方向相反的关系吧。我道了谢，走向二〇三号室，背后又传来那男人的声音："张永贵，上工去了。作业员，突然病了。张永贵，去替补。"

看来张永贵忘了今天跟我有约。

"工厂在哪里？"

"室井工厂，就在那边。"

"离这里很近吗？能不能告诉我怎么走？"

"下楼梯，左转，直走，第一个路口，右转——在那里，找不到，问路人。"

于是我下了楼梯，照着指示前进。挥舞于前方的导盲杖不时敲到砖块、围墙或电线杆。走了几分钟后，导盲杖的前端敲到了某种具有弹性的物体。我将敲击的位置拉高十厘米，再一敲，变成了金属的板状物，这应该是汽车的轮胎及钢圈吧。我平移一步，与轮胎拉开了距离，倘若走在轮胎旁边，有可能撞到车子后视镜。

过了这辆车子之后，前方再也没遇上障碍物。我来到了路口，谨慎地转了弯。就在我停下脚步思考接下来该怎么走的时候，头顶上忽然传来敲打棉被的噼啪声。我仰头询问室井工厂的位置，一道听起来像是家庭主妇的声音亲切而详细地回答了我，最后甚至还说要带我去。

"不用了，谢谢你的好意。"

我脱下帽子颔首致谢，戴上帽子继续前进。不论是健全者还是残障者，任何人都是仰赖他人的善意才得以存活。每当单独外出，我总是对这一点特别有感触。

我照着家庭主妇指示的路线前进，不久后右边传来机械声。现在的时间是十一点五十五分，但不晓得工厂有没有午休时间。

一到十二点，顿时涌出大量脚步声与说话声。

我朝说话声的方向喊了一句"请问"，有个年轻人应了，我向他询问认不认识张永贵。

"喂！张永贵在哪里？"年轻人问身旁的人。

"还在里头赶工。"另一人笑着回答，"他终于明白工作比吃饭重要了。"

"你听到了吧？若你有急事，我可以进去叫他出来。"

"那就麻烦你了。"

我听见年轻人的脚步声逐渐远离，等了大概五分钟，脚步声走了回来。

"他说希望你在晚上九点过后到公寓找他。"年轻人对我说。

我无计可施，只好先回家一趟。信箱里有一封信，我本来以为是广告信，但拆开一摸，又是一首俳句，这已经是第八封了。我用手指读了上头横书的点字。

ひのいずる　　くにをめざして　　ちをあびる

日の出ずる　　　　国を目指して　　　　血を浴びる

日出之国　　　　　心之所向　　　　　　沾上鲜血

"日出之国"指的应该是日本。向往日本却沾上了鲜血？这是什么意思？首先浮现在脑海的，还是那些遗孤，也就是遗华日侨。他们每个人都向往回到祖国，却有许多人在途中送了命。若这是这首俳句的主旨，那么寄信者或许是个遗孤。问题是他寄这些俳句来给我做什么？

我将这首俳句与过去其他俳句互相比对，还是找不出寄信者的动机及目的。一按语音手表，才察觉我已在这些俳句上耗费了数小时。

我收拾了信封，在晚上九点半时再度造访张永贵的公寓。空中不断响起盘旋飞舞的鸟叫声。

"我是中午曾到工厂拜访的村上。"

"我是张永贵，今天突然接到工作，完全忘了你要来。"

我伸出了手掌，对方迟疑数秒后，握住了我的手。就在这一瞬间，我的指尖碰触到了类似金属手环的物体，还发出清脆声响。

"我的房间在这里，请进。"

我在张永贵的引导下进入门内，脱下鞋子后夹上晾衣夹。一踏进屋内，每走一步都会碰到各式各样的东西——塑料袋、圆筒状的轻盈纸盒

（大概是泡面容器）、塑料盒子、绑在一起的一大捆貌似杂志的纸张。整个空间充塞着一股恶臭，简直像是把头探进了装满厨余垃圾的垃圾桶。

"坐垫在这里，请坐。"

我小心翼翼地踏步，避免踩到地上的东西，伸手探摸到坐垫后坐了下来。

"我得吃饭，中午没有吃。"房间的右侧深处传来金属容器轻微碰撞的声音，"'民以食为天'，但是日本人只在乎工作，想法跟中国人不同。从前一到了午休我就吃饭，结果被讨厌了。最近我明白了，没完成上头交代的工作，不能吃饭。"

"真是辛苦。请吃吧，不要在意我。"我说。

"谢谢。我日语说得不好，是中国人，薪水很少。我的工作是组装手机里的主板，每天一直做一样的事，像一台机器。这个工作不必说话，所以日语没办法进步，老是被日本人瞧不起。"

我没有搭腔。

"现在的工厂，已经好多了。以前的工厂，日本人的手指被机械切断，他们怪到我头上，说我操作错误。但是，他们根本没有让我做操纵机械的工作。我做的工作，都是单纯的重复动作。从前我的日语比现在更差，跟他们解释，也没有用。他们骂了我一顿，还把我开除，连薪水也不付给我。"

张永贵的言语之间不带丝毫感情，让我心中浮现出一只老旧的中国人偶，在异国的社会受尽风霜，连上头用毛笔画上去的五官也消失了。

我听了张永贵这番描述，再次体会"哥哥"在日本的生活有多么艰苦。当初我在老家的浴室为"哥哥"搓背时，他曾提到在中国获得了"先进生产者"的手写奖状，还说那是唯一一次工作受到了肯定。我心想，"哥哥"口中所说的"唯一一次"，或许还包括在日本工作期间。若是如此的话，他在日本可说是吃尽了苦头，竟然把那样的一纸奖状当成唯一的安慰。

"张先生——你没有取得日本国籍？"

"对，因为我资格不符。我的情况，妈妈是遗华日侨，而不是爸爸。"

"妈妈是遗华日侨，跟爸爸是遗华日侨，情况不一样？"

"嗯——这有点难解释。遗华日侨若是男性，第二代随时可以取得日本国籍。但如果遗华日侨是女性，只有在一九六五年一月之后出生的第二代，在归国的三个月内提出申请，才能取得日本国籍。这根本是差别待遇。我早生了十个月，所以资格不符。"

我听见张永贵朝我走近，接着我正前方大约是我坐姿的腹部高度，响起了餐盘碰撞声。

"中国籍的遗华日侨第二代，遭到一年以上不得缓刑的判决，就会被驱逐出境。这很不公平。"张永贵叹了口气，接着说道，"我差一点就被驱逐出境了，幸好被判了缓刑。"

"请问你犯了什么罪？"

我心想，多半是窃盗或伤害吧。遗孤第二代、第三代所组成的不良帮派近年来气焰嚣张，经常闹上新闻。

"我涉嫌'假认亲'——被警察抓到。"

"假认亲？"

"我在街上认识了不良帮派的人，听他们说，他们在找拥有日本国籍而且缺钱花的遗孤。他们告诉我，二〇〇九年，日本在修改《国籍法》之后规定，只要拥有日本国籍的男人承认并且提出申请，他跟外国女人之间生的小孩就能获得日本国籍，两人不需要具有婚姻关系，小孩也不需要接受 DNA 鉴定。我的工作是帮他们寻找缺钱的日本人，介绍给他们。他们会付给那个日本人报酬，还会付给我一笔介绍费。我答应了他们。'无毒不丈夫'——意思是会干坏事才称得上男子汉。"

"但是被警察抓到了？"

"日本的警察很厉害，一下子就看穿了。他们调查了认亲的中国人待在中国的时期，以及母亲怀孕的时期。这门生意没做成，我也遭到了逮捕。"张永贵的方向传来叮当声响，"我手上戴着假的手铐，这是一对没有锁链的铁环，我用这个来警告自己。我太穷了，一不小心就会为了钱干坏事。因此我戴着这玩意，让自己不要忘记被铐上手铐时的绝望感。"

张永贵说得战战兢兢，就像是在地狱的入口处走着钢索，一个不小心就会失足跌入万丈深渊。

"——村上先生，你们家的事，我经常听我妈妈提起。"

"令堂说了些什么？"我问。

"她说，她很感谢村上女士为我外婆举办了葬礼。我妈妈在一九四一年跟着父母一起到了中国东北，当时她才六岁。但是生活实在太辛苦，过没多久外婆就病死了，每年五月十二日是她的忌日。村上女士不仅安慰悲伤的妈妈，还代替沮丧的外公为我外婆举办了葬礼。"

"这我是第一次听到。"我说。

"当初住在中国的时候，妈妈每年都会带我去扫墓。那是生下妈妈的外婆的坟墓，去扫墓也是应该的。每次扫墓的时候，妈妈都会告诉我当年的事。"

我听见了细微的咀嚼声、吞咽声及餐盘碰撞声。

"回到日本之后，每到外婆的忌日，妈妈总是担心，不晓得你们平安回日本了没有。妈妈经常在遗华日侨的聚会上到处问你们一家人的下落。"

"没有办法跟你母亲重逢，真是可惜。我跟我母亲在哈尔滨的难民收容所住了一年，才搭上返回日本的遣返船。虽然在逃难的途中跟哥哥失散了，但最后我们还是平安回到了祖国。令堂有没有跟你提过关于我哥哥的事？"

"有，妈妈最常提起的人，就是你哥哥。战争还没结束的时候，外公被军队征召，妈妈才十岁，没有人照顾，是你们村上家收留了她。"

我努力挖掘出童年时的记忆。当我们一家人围着餐桌吃饭时——确实有个小女孩，年龄比我大一些，绑着辫子，模样相当可爱。

"你哥哥对我妈妈说：'我会保护你。'你哥哥拿出木头做的假枪，又对我妈妈说：'苏联兵来了，我会保护你。'妈妈说，她那时听了好感动。每次提到你哥哥的事时，妈妈就会露出怀念的表情。"

哥哥当时才七岁，每天到开拓团里的一栋红砖盖的学校上课。当时高年级的学生都必须接受军事训练，使用真正的枪。哥哥还是低年级学生，只在体育课的时间用假枪练习持枪动作。

对当时的我而言，战争只是不存在于实际生活中的幻想情节。

我不禁在心中想象哥哥手里拿着假枪，打肿脸充胖子地跟一个年纪比他还大的女孩说"我会保护你"的景象。那个女孩——如果我没记错的话，她也曾跟我们一起逃难。哥哥的右手握着我的手，左手则握着那个女孩的手。但那女孩在途中突然发高烧，大人们没办法继续带着她走山路，只好在一处开拓团的遗址将她托付给一对中国夫妇。临别的时候，哥哥还曾经声泪俱下地跟她道歉："对不起，对不起，我答应要保护你，却没有做到……"

女孩正发着高烧，却在满是汗水的脸上挤出微笑，对着哥哥说："谢谢你，阿龙。"

既然张永贵的母亲已过世，这就意味着那很可能是哥哥跟她这辈子最后一次见面。在追寻真相的过程中，我逐渐回想起原本早已遗忘的那些关于真正的哥哥的点点滴滴。

"对了！"张永贵突然提高声音，"除了我妈妈之外，好像还有其他人在找村上家的人。我想起来了，有个人在寻找你哥哥的下落。"

"那个人是谁？"我问。

"——请等一下，我找一下妈妈的笔记本。"

左边传来翻动一整捆纸的声音。

"有了，那个人叫曾根崎源三。这里有他的电话号码。"

9

✡

我将"液体探针"装在杯口，倒入烧酒，液面碰触到探针的瞬间，仪器发出了"哔哔"声响。接着我摸到三角盒子，打开盒盖，取出两颗镇静剂，就在我打算配着烧酒将药吞下的时候，手机响起。

"喂？"我接了起来，对方却没有发出声音。知道这个手机号码的人，只有女儿及其他寥寥几人。"喂？请问你是哪一位？"

我正感到狐疑之际，手机另一头传来了带着中国腔的日语。

"请问——你是村上和久吗？"

"对，你是谁？"

对方迟疑不答，对话再度中断，我只听见了拿不定主意的细微呼吸声。

"我要挂电话了。"我说。

"等等——我是村上龙彦，是你的哥哥。"

我顿时瞠目结舌，一句话都说不出口，原本想要说的话都哽在喉咙，张大了的嘴只冒出嘶嘶气声。心脏宛如遭狂牛踢了一脚，在肋骨内侧剧烈弹跳，握着手机的手掌一瞬间已汗水淋淋。

哥哥？这个人说他是哥哥？

"你——"我勉强挤出了沙哑的声音，"你是——我哥哥？"

这句话连我也不禁觉得可笑，竟然问了这么愚蠢的问题，却没有提及关键。

"我的哥哥住在岩手县的老家，如果你只是想恶作剧的话——"我接着说道。

"住在岩手县的那个人是假货，我才是真正的村上龙彦。"

我为了证明住在岩手县的哥哥是假货而四处奔走，这两天才印证了自己的怀疑，没想到此时接到自称是真正的哥哥的男人打来的电话，我反而开始为岩手县的哥哥说话。这样的矛盾，只能用滑稽来形容。或许最大的原因在于我无法相信这个突然打电话来的男人吧。

"那家伙抢走了我的人生——因为他的关系，我没办法以遗华日侨的身份回归祖国。我迫不得已，只好在一个月前躲进了货柜船的货柜里，以偷渡的方式来到日本。那个假货已利用我的身份取得永久居留权，我除了偷渡之外没有其他选择。"

货柜，偷渡——这两个字眼刺激了我的记忆。前阵子我确实通过收音机广播听到了这个新闻。一大群偷渡客因货柜通气孔遭封住而死亡，只有两个人存活，其中一个人逃了，另一个人遭到逮捕，目前还在住院观察。

"我看过这个新闻。你就是那个逃亡的偷渡客？"

"对，我躲在尸体堆里，趁警察及入管局人员不注意时逃走了。据说在日本战败后，有些遗孤为了避免被苏联兵杀害，故意躲藏在同胞的尸体堆中。这次我用了相同的法子。"

我听着对方的声音，内心竟涌起一阵怀念。从前我一定听过这个声音——这是能够带给我安心感的声音——

"你忘了吗？当年在东北的时候，你才四岁，一天到晚跟在我后头。

那时我很照顾你，现在轮到你帮助我了。"

我的本能——或者该说是我体内所流的血，在告诉我"这个人是真正的哥哥"。但我不能囫囵吞枣地相信他的话，还是得找到明确的证据才行。

"若你是我真正的哥哥，现在立刻来找我，证明给我看。"

"现在不行，我正被一群可怕的家伙追杀，一旦泄露行踪，马上就会没命。"

"是谁要杀你？"

"这我不能说。总之，你不能相信除了我以外的任何人。"

"我可还没有相信你。"

"别以一副陌生人的口气跟我说话！我要说什么，你才会相信？逃难途中被日本兵砍一刀那件事？渡过松花江时被冲走那件事？还是右手腕上的烫伤？"

大久保重道告诉我，我的哥哥曾被火炉的火焰烫伤，是他为哥哥包扎伤口的。这件事应该只有大久保知道——难道这个人真的是我哥哥？

"还是要我告诉你，我被一对中国夫妇救起，他们把我扶养长大，还给我取了个名字叫'徐浩然'？"

"徐浩然——这就是你的名字？"

岩手县的"哥哥"是被一对姓刘的夫妇救起并收为养子的。倘若电话里这个人才是真正的哥哥，那就代表那对姓刘的夫妇也是假货。这三人（他们说养父已经去世了，但这可能也是假话）联手欺骗了我跟母亲。

"我刚刚说的，你都没听进去吗？徐浩然只是我的中国名字，我的本名是村上龙彦。"

"——对我来说，你现在还只是徐浩然。"

在掌握明确证据之前，我不能随便称这个人为"哥哥"。或许他只是当年在东北曾跟我一起玩过的中国孩童。若是如此的话，我对他的声音依稀有些印象，也是理所当然的事。开拓团里有不少中国工人，这些人的孩子们经常与我跟哥哥玩在一起。

"老大，别死，再来比相扑，约好了。"

我蓦然想起，在抛弃开拓团家园的那一天，有个中国男童与被誉为"横纲"的哥哥相拥而别，嘴里说出了这句话。

"好吧——"徐浩然的声音夹带着叹息，"你现在就当我是徐浩然吧。总有一天，真相会水落石出的。总而言之，千万别相信假货说的话，否则你也会有生命危险。"

这两个"哥哥"，到底哪个是假货？抑或，两个都是？

"你是怎么查到我的手机号码的？"

"——这太简单了，方法多的是。"

这句话显然只是在搪塞。为什么他不肯实话实说？知道我手机号码的人，只有由香里及从前帮助过我的视觉障碍训练中心职员，还有最近才联络的遗孤援助团体职员比留间及那位老妇人。若不是其中一人告知，他绝对不可能知道我的手机号码。

徐浩然到底是从何处得知了我的手机号码？要查出训练中心职员或比留间等人跟我之间的关联性，绝对不是件容易的事，对一个刚偷渡至日本且遭警察及入管局通缉的人而言，更是难上加难。这么说来，应该是由香里？难道她将徐浩然藏匿在她的住处？仔细想想，女儿倘若遇上了我的亲哥哥，绝对会紧抓着不放吧。因为我哥哥与夏帆属于六等亲之内，符合捐赠器官的规定。难道由香里是以捐赠肾脏为条件，才答应让徐浩然躲在她的公寓里——？

"我可是警告过你了，"徐浩然说道，"千万别听假货说话。那些假话听久了，总有一天耳朵会烂掉的。"

对方挂断了电话。紧贴着手机的耳朵里，依然缭绕着徐浩然最后那句警告之语，久久无法散去。

我一回过神来，就依着早已记下的步骤操作手机，打开来电记录，回拨了那个号码；但我只听见拒人于千里之外的"嘟——嘟——嘟——"的电子信号声。

"您拨的号码没有响应。"电话另一头的语音如此回复。

我咂了咂嘴，切断手机通话。看来徐浩然已不打算与我对话，这个人擅自打电话给我，却又擅自挂断电话。

于是我改为拨打女儿的号码。

"干什么？夏帆要开始洗肾了。"由香里的口气相当不耐烦。

"没什么，只是那个——"

"什么事？有话快说。"

"啊，嗯——刚刚我接到一通电话，该怎么说呢——"

"不能下次再谈吗？"

"等等，我只问你一句话。你——是不是让徐浩然躲在你家里？"

"什么？那是谁啊？"

对于我这突如其来的问题，由香里丝毫没有表现出不自然的反应。

"啊，没烟了——"

"烟？你抽烟吗？"

我回想起当初在公民馆会议室内，与比留间交谈时闻到的那一丝烟味，当时在场的第三人到底是谁？

"不行吗？"由香里说，"只要我死了，就可以把另一颗肾脏给夏帆了——我开玩笑的，这种话可不能在夏帆面前说，不然她又要哭着跟我道歉了。我想听她说的是'谢谢'，而不是'对不起'。"

女儿那种强忍悲伤的口气，令我听得心如刀割。

"洗肾要开始了，先这样吧。"由香里挂断了电话。

我疲惫不堪地吁了一口长气，整个人瘫坐在沙发上。到底哪些事情是真的，哪些事情是假的？到底是谁，为了什么目的，说了什么谎言，又欺骗了谁？我已经被搞得晕头转向。

刚开始只是为了调查哥哥是否为假遗孤，没想到越查越是疑点重重。向遗孤援助团体的比留间寻求协助，却遭到言辞暗示与恫吓。回程的路上，又差点被人推入车道，若不是我及时回头，恐怕已经被车撞个正着了。甚至连岩手县的"哥哥"也打电话来，说有人看见我拿走了装砒霜的小瓶子。

而现在——我竟然接到了自称真正的哥哥的人打来的电话。

我到底该相信谁？

高中毕业后，我选择成为一名摄影师，而非上班族。摄影界是个相当封闭的圈子，要成功只能仰赖严格的师徒制度、私交及人脉。但我并没有因此放弃，我持之以恒地靠着手中的相机保存了日本各地景色、历史及传统。

一九六六年，我与为了出版我的摄影集而尽心尽力的女编辑结了婚，三年之后生下了由香里。我拍的照片渐渐受到青睐，靠着夫妻俩的收入，我们买下了一栋房子。若刨除待在难民收容所那噩梦般的一年，我的人生到这时为止都还算是幸福的。

但当年在东北的那些遭遇，并没有随着时间流转而成为过眼云烟。那段过去宛如滴着鲜血的恶鬼之爪，神不知鬼不觉地暗中伤害着我的身体。刚开始的时候，我只是感到视野变得模糊，小字看不清楚而已，但那时我已接近四十岁，我满心以为那只是来得有点太早的老花眼。当时我正沉浸在拿着照相机跑遍全日本的快乐之中，根本没有注意自己的身体健康。

　　直到眼睛的问题开始影响摄影工作，我才前往眼科就诊。一检查，发现自己得了白内障，我这才回想起当年刚离开难民收容所时，曾因营养失调而一度双眼失明。如此想来，病灶很可能早在那时候就潜藏在眼球中了，由于眼睛内的水晶体没有血管及神经，就算出现了病变也不会感到疼痛。

　　白内障的恶化没办法以服药的方式阻止，水晶体中的混浊物绝对不会消失，而且水晶体无法随意更换，不能与照相机的镜头相提并论。我的视力越来越差，只剩下动手术一途。做法是将硬化的水晶核整个摘除，并植入人工水晶体。据说只进行局部麻醉，手术过程中身体会有感觉，听得见周围的声音，也可以开口说话。

　　医生的说明让我越听越害怕，最后我选择了逃避。过了好一段日子，当我再度至眼科就诊时，已错过了能动手术的时机，我从医生的口中得知，再过不久我就会完全失明。我的社会地位、人际关系及价值观都在那一瞬间完全瓦解，一股人生已走到尽头的绝望感，令我整日食不下咽。我原本抱着医生有可能是误诊的期待，前往其他医院接受检查，换来的却是一次又一次的绝望。

　　"在下初雪的日子洗眼睛，眼睛就会变得很健康。"

　　我想起母亲说过的这句故乡俗谚，曾经也试着照做，迷信成了我唯一的希望，但没有收到任何效果。我失去了四十一年来肉眼所看见的世界，也失去了长年使用的文字，从那时候起，我便活在黑暗当中。

　　日常生活的一切琐事都变得困难至极，就连在自己家里，我也没办法独自走动。那时由香里还是初中生，正在准备考试，我却没办法帮上任何忙。吃饭的时候，用筷子夹菜也变得相当困难，我曾经在失败了数次后，气得直接用手抓起菜肴塞进嘴里。

早知如此，就应该在确定即将失明时，先接受生活训练才对。点字、步行、饮食、外出——听说在失明前先学会这些基本能力，失明后的生活就会完全不同。当初医生劝了我很多次，但我无动于衷，总认为一旦接受训练，就等于接纳了失去光明的未来，最后的一丝希望也会消失。长期不肯面对现实的结果，就是我变成了什么也做不到的废人。

"吃饭的时候掉饭粒，眼睛会看不见。"

小时候每当我吃相不雅，母亲就会用这句话告诫我。难道我失明真的是因为小时候没有好好吃饭的关系？去他的，当然不是。

"要不要买根导盲杖？学会使用方法后，我陪你出去走走。"妻子菜菜美好几次向我提议这件事。

根据《道路交通法》第十四条的规定，视障人士外出必须使用导盲杖，或是带导盲犬。但我就是不愿意这么做，一旦依赖了那种东西，长年建立的尊严就会土崩瓦解。

失去了视力之后，我依然选择逃避现实，整整有七年的时间，家成了我的全世界。就算走到户外，眼前依然是一片漆黑，那跟待在家里有何不同？熙攘的人群？喧嚣的都市？大自然的气息？失去了景象之后，对我来说这些都不过是幻觉。

据说有百分之八十五的讯息来自视觉，换句话说，我仅能获得百分之十五的讯息。但就连这些借由其他感官获得的讯息，我也弃之不理。我选择了依赖，在视力正常者的帮助下，生活不再困难。

菜菜美及由香里不再当着我的面看电视。失明前，家人之间争夺遥控器也是生活乐趣之一，不论谁赢了，三人都会看得很开心。

如今家里不再有笑声，每天都像在办丧事一样。我则像是变成了灵魂，自空中俯瞰着自己的葬礼——

失明之后，每当沉默之时，我的眼中便会"看"到焦虑、不耐烦与不满的面孔。因此，只要妻子及女儿不说话，我心中就会有股难以克制的怒火。

"怎么不说话？一定又在想逃离我身边的方法吧！"

即使是一点小事，也会让我大发脾气。每当菜菜美建议我报名参加住宿制的视觉障碍训练中心课程，我就会产生被害妄想，破口大骂："你想甩开我这个包袱，对吧？"由于看不到表情，妻子的啜泣声更让我感到焦躁、不耐烦。

由香里参加成人式后一个月，菜菜美有一天将笔递到我手里。

"大学要交的数据，需要父亲的签名。"

在黑暗中写字并不容易，但只要使用有着长方形开口的签名尺，就不用担心字写歪或超出范围。

我依着菜菜美的指示签下了自己的名字。

从这一天起，菜菜美再也没有回过家。我察觉不妙，伸手到柜子及书架上一摸，发现许多东西都不翼而飞了。

我每天过着完全依赖菜菜美的生活，竟没有察觉她的东西一天比一天少。又过了几天之后，我才得知我们已经离婚了。菜菜美知道我绝对不会答应离婚，因此骗我在离婚协议书上签名。

当我得知这件事时，我歇斯底里地推倒了空荡荡的书架。但随着呼吸越来越急促，心情却逐渐恢复冷静。原来妻子如此想从我身边逃走，我成了她的沉重负担。当我醒悟时，一切已经太迟了，就算后悔也无济于事。

或许我可以控告妻子伪造文书，但我没这么做，既然她这么想离开，放手才是对双方都好的决定。

由香里打从一开始就知道母亲想跟我离婚。这也是理所当然的事，母亲的东西一天天减少，除了我之外任谁都会发现。由香里说她曾试着说服母亲，但最后还是无法让母亲回心转意。我能明白菜菜美的心情。在我失去视力的同时，也失去了希望的光芒。每当我迷失在黑暗中而无法自拔，就只能仰赖身旁的人伸出援手，帮助我重新恢复理智，但我马上会再度迷失，每天的日子便在重蹈覆辙中度过。菜菜美忍受我的任性想法与火暴脾气整整七年之久，想必已达到了忍耐的极限；女儿由香里基于对我的同情，没有跟着母亲一起离开。从那天之后，打扫、洗衣、购物、做菜都落在由香里一个人的肩上，每天她大学一下课，就必须立刻回家，只要稍微晚了一点，我就会不断拨打她的寻呼机。只是洗个衣服，我也没办法自己处理，随着科技的进步，洗衣机的功能越来越多，操作也越来越复杂，我根本搞不懂。

就连吃饭，我也需要女儿的协助。

有一次，她对我说"饭在右边"，我将手掌朝右边伸去，手指却浸入了液体之中。我顿时感到又麻又烫，大喊一声"烫死我了"，反射性地将手挥开，打翻了汤碗，转眼间满桌都是味噌的气味。原来女儿所说的"右边"，指的是对她自己而言的右边。

女儿忙着擦拭，我凶巴巴地对她说："你只说左边右边，我哪搞得清楚？直接把碗拿给我！"

我对着前方的黑暗空间伸出左手手掌，女儿将饭碗放我手上，我紧紧捧住了，将碗移到脸前，用筷子扒饭。

那个时期，我唯一的兴趣是"欣赏"那些充满回忆的相片。

我的工作室书架上陈列着数百本相簿，柜子里也堆满了底片。

"你看，由香里。"我翻开了珍藏的相簿，"右上角这张，是爸爸出生时的照片，一九四一年六月二十五日。"

"照片里的婴儿，右脚踝绑着一条缎带，上头有乌龟的图案。"

"多半是充当'守背神'吧。当时的习俗，会把象征吉祥的龟、鹤等图案缝在和服的背上，帮孩子驱赶妖魔鬼怪。"

我一边解释，一边翻向下一页。这是我最珍惜的一本相簿，里头放的都是我精挑细选的照片。除了我的照片之外，还有母亲及女儿的照片。由香里出生、七五三[1]纪念、入学典礼、毕业典礼——由于这本相簿我已翻看了无数次，哪一页有什么相片，我记得清清楚楚。

"你看，你在阳光下笑得多么灿烂。"

"嗯——"由香里的口气也充满了怀念，"我在公园里，比着'耶'的手势。"

我经常像这样翻开相簿，与女儿分享从前的回忆。对无法见证女儿的成长与都市发展的我来说，记忆与照片所营造出的过去才是唯一的现实。

菜菜美在离婚后过着什么样的生活，我一无所知。但两年后，我接到了讣闻，菜菜美因车祸去世了。刚开始，我心中的痛楚只像是指尖被针扎了一下那么轻微，但在她的葬礼上，我竟忍不住号啕大哭。

某个寒风呼啸的冬夜里，我在工作室内一边抽着烟，一边沉浸在怀旧之情中。蓦然间，香烟从我的指尖滑落，我惊呼一声，整个人赶紧趴在地毯上摸索。在哪里？那根烟到底掉到哪里去了？

抽了一半的香烟实在太小，摸来摸去总是摸不到。桌脚的周围、椅子的滚轮边、堆积如山的杂志附近——所有可疑的地方，我找遍了。

我张着鼻子四下嗅了半天，并没有闻到任何焦味。我趴在地上摸了老半天，指尖终于碰触到柔软的物体，这种宛如蚯蚓尸体的触感——绝对不会错，是香烟的烟蒂。

⁜ ————

[1] "七五三"是日本神道教习俗，三岁（男、女）、五岁（男）及七岁（女）的小孩，必须在该年十一月十五日至神社参拜并举行各种仪式（男女不同），合称为"七五三"。

我放下了心中的大石，摸到桌上的烟灰缸，将烟蒂扔了进去。

我坐回椅子上过了不久，却听见了毕剥声响，一股烟味蹿入了我的鼻子。我错愕地转头一看，眼前的空间由漆黑变成了深蓝色，这意味着前方出现了相当强烈的光芒。

我心中大喊不妙。眼前的火焰燃烧声正迅速扩散，我忍不住伸手往前一探，手指顿时感觉到了热气。果然没错，房间正在燃烧。我刚刚捡起来的香烟，多半是从前掉落在地板上而没有察觉到的烟蒂吧。真是太大意了。

我在黑暗中四下翻找，想要找出那本珍藏的相簿，却说什么也找不到，背后不断响起火舌吞噬木材及书籍的声音。

该死——！

我放弃了那本相簿，摸黑找到书桌，确认房门口就在我的正后方。就在我转身想要一口气奔出房间的时候，一股热气扑上了我的脸，令我心惊胆战。若是再近一点，那温度足以在一瞬间烧焦皮肤，我变得不敢贸然行动。火焰到底是从哪里烧起来的？若是房门周围已遭火焰吞没，草率冲过去可能会被烧死。该不该从右侧窗户跳下去呢？但这里是二楼，跳下去肯定会骨折。

犹豫了一会儿后，我还是决定朝着房门口猛冲。热流霎时包覆了全身，我撞在木门上，慌张地寻找门把，浓烟钻入了眼鼻之中。一摸到门把，我立刻将门打开，奔出了门。

"爸爸！这边！"

由香里拉住了我的手腕，我跟着她奔下楼梯，冲出了大门。看热闹的人群不断喊着"失火了"，远方传来了消防车的警示音。

房屋没有全毁，也没有延烧至邻居家，可说是不幸中的万幸。

屋子虽然重新整修了，但数百本相簿及大量底片付之一炬，我感觉人生也被烧得一干二净。对已经没有光明未来的我而言，失明前所拍下的家人容貌及美丽景致是我的一切。然而一场大火，夺走了这一切。

就在我万念俱灰之时，由香里将一本极厚的书递到我的手上。

"爸爸，你最珍惜的相簿没事。它放在另一个地方，所以没被烧掉。"

我战战兢兢地翻开那本相簿，抚摸第一页上头的照片。

"那是婴儿时期的爸爸，右脚踝卜绑着乌龟图案的缎带。"

我一页一页地翻过去，每次抚摸照片，女儿就会对我说明照片中的景色与状况。我将相簿抱在怀里，忍不住泪如雨下。我找回了我的过去。这本相簿是我一生的证据，是我曾存在于这世界上的证据。

从这一天起，我戒掉了烟。在女儿的坚持下，参加了视觉障碍训练中心的课程。那里是个充塞着欢乐笑声的地方。学员们虽然残疾程度不同，但毕竟都属于视障人士，因此待在那个地方令我感到自在且安心。

我挑选了一根比身高短四十五厘米的导盲杖。视障人士手持导盲杖有三项功用：第一，避免撞上障碍物；第二，确认自己的位置；第三，让周围的人知道自己是个视障人士。

我在中心学会了导盲杖的拿法、挥动法及保持节奏的方式，借由导盲杖前端敲在地上的声音，判断周围的环境变化。走在住宅区里、横穿马路、过十字路口、搭乘交通工具——各种不同的情境都必须练习。

"就算没办法笔直前进，也不要气馁。"老师振振有词地说，"视力正常的人也是在不知不觉中借由视觉矫正方向，才能够走得笔直。只要一点一点修正，就可以了。"

有一次，老师带着我进行室外训练，走到了半路上，老师突然不再开口说话。在那之前，老师会提醒我很多事情，例如，"前面有个沟，非常危险，要走慢一点"。如今老师默不作声，令我有种在黑暗中遭到抛弃的不安。

我喊了一声"老师"，依然没有听到响应，就在我手足无措之际，老师突然开口："我若提醒你太多事情，会让你产生依赖的心态，以为随时随地都有人在旁边帮着你。从现在起，除非真的有危险，否则我不会再告诉你任何讯息，请你自己加油。只要你能自行渡过难关，就能产生自信。"

老师这番话说得相当有道理，但我还是抱着希望得到帮助的心态，与其自行努力，我更希望有人随时在我身旁帮着我。刚开始的时候，中心里有许多处境相同的人，因此待在那里令我感到轻松自在；但自从老师开始训练我独立生活的能力，我感觉肩膀上的负担一天比一天沉重。

到头来，我只学会了导盲杖的使用方式，便离开了视觉障碍训练中心。

相较之下，由香里学得比我更加勤快。她戴上眼罩，实际体验视障人士的感受，并通过这次经历，学习协助行走及照顾日常起居的技巧。她的学习成果，在父女相依为命的生活中发挥了极大的作用。

例如，在餐厅里，她除了会念出菜单上的名称及价格之外，还会用"时钟方位"告诉我各餐盘的摆放位置，而非过去的前后左右。她所使用的"时钟方位"是以一小时为单位，即使是在同一个餐盘内也适用，例如，六点钟方向有炸虾，十点钟方向有高丽菜，两点钟方向有西红柿，等等。

我逐渐开始享受跟女儿外出的乐趣。

"今天的天空是什么模样？"

"云有点多。"

"云长什么模样？"

"长得像响板。"女儿发出了温柔的笑声。

过去她一直避免跟我谈及跟视觉有关的话题，但其实正因为我眼睛看不见，才更希望她告诉我各种事物的模样，我才能在心中加以想象。有了她的说明之后，我的世界开始出现色彩丰富的画面。

"闻到鲜奶油的香味了吧？右边有家可丽饼店。"

就像这样，由香里会利用一些能让我活用听觉和嗅觉的话题，引起我对外出的兴趣。不仅如此，她还会将地面高低差、道路状况、人群拥挤程度、车辆往来等沿路讯息巨细靡遗地告诉我。

"爸爸，这边有块突出的招牌，你一个人外出时要小心。"

"你会跟在我旁边，我一点也不担心。"

由香里突然不再说话。我一边用右手挥舞导盲杖，一边用左手抓着女儿的右手肘。由于女儿身高较矮，我必须微微躬着身。

"我们身高差太多，爸爸不太舒服吧？要不要请个负责带路的护理师？"

"不，我要你带。若是换成了陌生人，我会不自在。"

由香里再度陷入沉默。

女儿大学毕业后，进入了一家旅行社工作，但我跟她之间依然维持着"视障者与看护者"的关系。每次女儿介绍男朋友给我认识，我都会向那个人提出"带我出去走走""你得搀扶着我"或是"你得扛下我女儿肩上的一半责任"之类的无理要求。有些年轻人为了讨女朋友的父亲的欢心，会爽快地答应，但过了两三个月，就会以"跟我毫无关系"等种种理由与由香里分手。

十年之间，我大概吓跑了由香里五任男朋友。这时我已六十岁，女儿也三十二岁了。一天，我赶走了由香里带回家里的新未婚夫。我端坐在椅子上说："真是没用的家伙。我问的问题，没有一个答得出来，连看护技术也不肯学，还敢来见我。"

"我受够了！"由香里的怒骂声钻入了我的耳朵，"上次我就说过了，他每天都要加班，哪有时间照顾爸爸！"

"只要有心，一定腾得出时间。"

"——我不想一辈子只为了照顾爸爸而活。"

"你怎么突然说这种话？没有了你，我要怎么过日子？"

"别再说这种任性的话了！"

"你以为是谁把你养大的？"

"我想过我自己的人生！既然你是我的父亲，不是应该为我着想吗？要是你没办法一个人过日子，怎么不请个居家护理师？"

"你想跟你妈一样弃我而去吗？"

"一下安抚，一下责骂——我受够了！"

我气得咬牙切齿，愤然站了起来，手腕在桌上一撞，接着便听见玻璃材质的块状物落在地板上的声响。我趴在地上摸索，却摸不到那只跌落的玻璃杯。我越找心情越是烦躁，好不容易才摸到那只圆筒状的玻璃杯，紧紧握在手中。

"爸爸，我要睡了，明天早上你自己一个人吃早餐吧。"

我一时火冒三丈，气得失去了理智，强烈的无力感与怒火的冲动，让我不由自主地扔出了手中的玻璃杯。我本来以为女儿已经离开，这一掷只是想掷在墙壁上，以表示对女儿的抗议。没想到下一瞬间，我听见了尖叫声及玻璃碎裂声。

我整个人呆住了，只能愣愣地站着不动。

"我的脸——流血了——"

女儿痛苦的呢喃声钻入了我的鼓膜。

"你不要紧吧？我不是故意——"我朝声音的方向踏出了一步。

"别过来！"由香里的声音竟然是从大约膝盖的高度传过来的，"地上都是玻璃碎片——好痛。"

这一掷，不仅粉碎了玻璃杯，也粉碎了我跟女儿的关系。由香里说她的右脸颊留下了明显的疤痕，两天后她便打包行李搬了出去。我并没有阻止她，对于自己的冲动行为，实在是悔不当初，心中残留着苦涩的罪恶感，久久难以忘怀。

于是我回到了视觉障碍训练中心，开始接受独立生活的训练。我所遭遇的困境，就好比是一个人被扔进了连月光也没有的大海正中央。习惯了接受他人的协助，便会把协助当成天经地义的事情。

既然必须在不依赖视觉的前提下过生活，那我只好学习利用其他感官的技巧。刚开始时，练习的是"拿东西"之类的简单动作，用手背靠近小指的部位轻轻抚过桌面，若碰到东西，就把它拿起来。重复失败会令自己失去信心，甚至对人生不抱希望，但只要能成功，即使只是微不足道的小事，也能增添自信。

从前的我是个生活相当邋遢的人，东西总是随手乱丢；但自从失明之后，我开始极度重视东西的摆放位置，要是随便乱丢，下次要用时就得摸索好一阵子才能找回来。

点字的学习相当困难，据说就算是视障人士，点字的识字率也只有一成左右。但为了提升往后余生的生活质量，我决定挑战看看。

"只要能摸出第一段是一个点还是两个点，就可算是学会了八成。"老师充满热情地说道，"接下来只是使用相同技巧继续往下摸，确认第二段及第三段是一个点还是两个点。"

但过了六十岁后，指尖触感灵敏程度已不若年轻时，光是要做到这点就不容易，其困难程度有点像是年纪大了才想学外语。不仅如此，要让手指每次只横向平移一个字（点字都是横书），也不是件简单的事，因此要读出排列在一起的文字可说是难上加难。字与字之间的间隔并不算宽，摸起来像是所有的点都黏在一起。

刚开始每天练习时，使用的是排列了数十个六点都是凸点的"め"（me）的教材。这可以让手指习惯每次只平移一个字的宽度。由于每一排的长度不一，读完了一排后就要回到排头，接着跳到下一排。

努力练习了半年以上，我已能读完一整页的点字，只不过要花上一个半小时的时间。老师说希望我再努力练个一年，以五分钟读完一页为目标。如今已过八年，我依然没有达到这个目标，但已将时间缩短至十分钟左右。

我终于习惯了全盲的世界，开始能够一个人生活。但心中的孤独与落寞从来没有消失过，妻离子散的人生，就像一艘老朽的小船漂浮在波涛汹涌的海上。我好想挽回女儿的心，与外孙女创造共同的回忆。

为了实现这个愿望——无论如何，必须让夏帆获得器官捐赠才行。

我收到了第九封点字俳句。

かくいどり　　**ちまみれのては**　　**ぬぐえない**

蚊食鳥[1]　　　　血まみれの手は　　拭えない
食蚊鸟　　　　　沾满鲜血的双手　　无法擦拭干净

---

[1] 蝙蝠的别称。

10

✡

导盲杖的前端敲到了类似塑料袋的物体，我试着上下左右地敲打那个物体，声音各不相同。有敲在纸板上的声音，有敲在塑料板上的声音，还有似包装盒一般略硬却带有弹性的声音，显然是袋垃圾。

对了，今天是收垃圾的日子。但最近实在太忙，完全忘记要清掉家里的垃圾，看来只能下次再丢了。

我一边敲打导盲杖一边继续前进。

"村上先生，请等一下！"右边传来女人的说话声，"你是不是将垃圾袋扔在我家门口了？"

"咦？我今天没丢垃圾。"

"——噢，那到底是谁？真没公德心。"

我听见那女人不耐烦地在垃圾袋里翻来翻去，多半是想要找出足以证明垃圾主人身份的东西。虽然我不知道她是否还在看我，但我还是向她行了一礼才转身离开。

在等红绿灯的时候，我忍不住想起了那几首俳句，里头的用字遣词一句比一句耸动。

这些信到底是谁寄的？为什么要做这种事？这些俳句有个特征，那就是没有"季语"。若是日本人，应该会知道俳句中表现季节气氛的"季语"的重要性。当然，若是中国人的话，那就另当别论了。据说中国式俳句的"汉俳"，并不特别重视季语。

寄这些信的人，会不会就是自称村上龙彦的徐浩然？他在中国住了这么久，照理应该熟悉汉俳胜于俳句。但他的动机是什么？他到底想要向我传达什么讯息？不对，他可以直接打电话给我，大可不必使用这种神秘兮兮的联络方式。倘若这些俳句中隐藏着暗号，那就表示寄信者处于只能以这种方式与我联系的状态。

我静静地等着信号灯变绿。前方不断传来疾驶而过的车声，感觉等了大约两分钟，左侧与我前进方向平行的车道开始传来车辆前进的引擎声。旁边的平行车道既然是绿灯，眼前的垂直车道应该是红灯。我竖起耳朵仔细聆听，确认前方没有车声后，才一边用导盲杖敲打路面，一边跨入了车道。两步、三步、四步——我蓦然听见"啪"的一声清响，手上的重量顿时减半，再也感受不到导盲杖前端传来的触感。

我心里惊疑不定，拿起导盲杖一摸，竟然已从中折断。视障人士所使用的导盲杖与老人的拐杖不同，不需要承受身体的重量，何况刚刚也没有发生不小心插入脚踏车车轮缝隙之类的状况，导盲杖怎么会自己折断？

我独自站在完全无法掌握周围环境的马路中央，一时慌了手脚。借由导盲杖的前端，我可以获取地点、距离、方向、地形、有无障碍物等讯息，但如今我失去了这重要的工具。

难道是有人为了不让我继续追查下去，故意在我的导盲杖上动了手脚？

蓦然间，我想起腰包里还有一根备用的折叠式导盲杖，赶紧将它拿了出来。若不是随身携带着它，如今我就只能站在斑马线上发呆了。

无法折叠的直杆式导盲杖比较有韧性，而且能够使我清晰感受到前端传来的触感，但缺点是体积较占空间。相反地，折叠式导盲杖具有携带方便的优点，但容易折断，且杆身连接部位会吸收震动，减弱了触感传达力。

我用这根用不惯的折叠式导盲杖敲打路面，好不容易走到了马路的对面。

突然间，我的左手手腕感觉到了束缚，似乎有人抓住了我的手腕。由于毫无前兆，我吓得心脏扑通乱跳。

"请问——有什么事吗？"

或许对方只是一片好心，想要帮助视障人士，我尽可能不让语气过于严厉。

"你是村上和久吧？"

对方的声音相当嘶哑，仿佛抽了太多烟，损伤了喉咙一般。

"对，请问你是——？"

"我们是东京入管局的人。"

对方用了"我们"这个字眼，显然至少有两个人。入管局应该是东京入境管理局的简称，如果我没记错的话，那是专门处理外国人问题的单位。他们来找我，若不是与岩手县老家的"哥哥"有关，就是与偷渡进入日本的徐浩然有关。

对方依然抓着我不放，我甩开了对方的手。

"真是失礼的家伙。"

"请问——是不是遇上麻烦了？需要叫警察吗？"突然有个年轻女人说道。

"小姐，请别误会，我们是入管局的人，这是我的手册。"另一个男人对她说道。

"——上头写着法务省，照片也是你本人没错——抱歉，看来是我误会了。"

接着我听见高跟鞋的清脆声响快步离去。

"我很想让你也看一看，可惜你的眼睛不方便——"

"没关系，我并不是怀疑你们，只是手腕突然被抓住，吓了一跳。你们找我有什么事？"我说。

"你知道徐浩然这个人吧？他是否曾跟你联络过？"嘶哑的声音说道。

这个人说话口气相当蛮横霸道，令我想起了战争期间的关东军士兵。对于他的问题，我不敢贸然说出真话。那个偷渡进入日本的徐浩然，声称自己才是真正的村上龙彦，倘若此话属实，这意味着他是个在平成年号已过二十多个年头的现代，依然无法回归祖国的遗华日侨，更是——我的亲哥哥。我的一句话，可能会害他被强制遣送回中国。

"那是谁？他姓徐？是个韩国人吗？"我问道。

"别装疯卖傻了。他是个中国人，应该曾跟你接触过。"

"你们会不会认错人了？"

"徐浩然是个在中国遭到通缉的罪犯，他很擅长欺诈，他企图诓骗拥有日本国籍的人，好取得居留资格。他还有一些同伴，这些人也参与其中。"

"不会吧——"这话一出口，我赶紧闭上了嘴，但已经太迟了。

"看来你认识他。"嘶哑的讪笑声传来，"你已经被他骗得团团转了，快告诉我他在哪里。"

我心中迟疑，不晓得该不该说出曾接到他电话一事。难道徐浩然只是为了伪装成遗孤，才调查了村上龙彦的经历，然后打电话来诓骗我？抑或，这些都是想要将他逮捕归案的入管局人员所胡诌的说辞？我到底该相信哪一边？

"我——不知道他在哪里。"我说道。

嘶哑的声音哑了哑嗓，朝我踏出一步，我可以清楚感受到他的敌意与暴躁的情绪。

"好吧，算了。"另一个男人开口，"如果徐浩然再跟你接触，请你一定要联络我们。这个人满嘴谎言，说起谎来连他自己也信以为真，难怪每个人都被他唬得一愣一愣的。"

特别看护赡养院的泡茶间里，看护人员与老人的闲聊声此起彼落。有的人说话快得像连珠炮，仿佛要利用人生最后的时间能说多少就说多少，也有人说得相当缓慢，简直像是机器生了锈一般。但所有的声音都有个共通点，那就是语气开朗愉快，不带丝毫感伤。

右边还不时传来将棋或围棋的棋子在棋盘上碰撞的声音。

我坐在椅子上，一边喝着绿茶一边等待。没过多久，我听见了宛如尖叫的吱嘎声响逐渐靠近，最后停在我的桌子对面。

"我是曾根崎源三，真是非常抱歉，我只能坐着轮椅跟你说话。"

这个人的声音让我联想到涩柿子。第二代遗孤张永贵告诉我，这个人也曾到过中国，而且长期以来一直在寻找村上龙彦，也就是我的哥哥。

"你好，我是——"我站了起来，隔着桌子伸出右手。

"抱歉，我是左撇子。"对方说。

于是我改为伸出左手。对方的手掌宛如受尽寒风摧残的枯枝。

"我是村上和久。"

"噢——！"曾根崎的沙哑嗓音中带着几分感叹与兴奋，"你是村上家的次男，对吧？"

"是的。曾根崎先生，你也去过中国？"

"对，我是长野县出身。"

"长野县——如果我没记错的话，那是去中国人数最多的一个县？"

"没错，这是县的方针。早在大正年间，长野县的信浓教育会就以海外发展主义为主流，把到海外去当成五大教育宗旨之一。老师一天到晚跟学生强调海外有多么美好，鼓励学生到海外发展。每个市镇都设置了信浓海外协会分部，学校也设立了'拓殖科'。我的父亲就在教育界工作，经常对我提起这些。"

我突然想起那位担任义工的老妇人曾经提过，"当初是以同乡组团为原则"，我家是岩手县，为何这个人却是长野县出身？

"曾根崎先生，你不是岩手县人？"

对方突然陷入了沉默。周围老人们的欢谈声似乎变得更响亮了。

"——同乡组团不是绝对原则。我们真的在同一团里，听到战败的消息后，我们还一起逃难，你不记得了吗？"

曾根崎不仅吞吞吐吐，而且似乎急着辩解。这是怎么回事？难道他隐瞒了什么？

"抱歉，我当时才四岁——"

"嗯，这么说也对，你那时年纪还小。我却是记得清清楚楚，简直像是昨天才发生的事情。"

"曾根崎先生，听说你战后一直在寻找我哥哥？"

"——是啊，我一直在找他。如今我晚上做梦，还是常常梦到你哥哥被松花江的滚滚河水吞没的那一幕。我当时实在应该背着他渡河才对，但是我那时候实在是自顾不暇——"

这句应该是曾根崎的真心话吧。他的声音让我联想到一棵伤痕累累的老树，一字一句都是充满了血泪的肺腑之言。

"曾根崎先生，这不是你的错。"我也受了他的影响，心中百感交集，"——那个时候，母亲选择背负年幼的我，而不是哥哥，所以哥哥必须靠自己的力量渡河——结果他就被冲走了。"

回想起来，不管是在中国东北，还是战后的贫穷日本，母亲一直是全心全意地照顾着我。但在我四十一岁失明之际，母亲也成了我宣泄怒气的对象。我满心认为自己罹患眼疾，全是当年在难民收容所内营养失调所致，最大的证据就在于当时我两眼失明了一阵子。因为这个缘故，我一直恨母亲愚蠢，当初竟然相信关东军会保护开拓团，因而延误了逃难的最佳时机。

"当年的村上龙彦，我也记得一清二楚。在逃难的时候，他背着沉重的背包，走起路来摇摇晃晃。"

背包？我一听到这字眼，心里蓦然有个说不上来的疙瘩。仔细寻找四岁时的记忆，我想起来了——没错，哥哥确实背着一个塞满了食物及衣服的背包，除了睡觉之外，他随时都背在身上。对了，我又想起来了——那是因为苏联战斗机的机关枪射死了马，令我们无法再用马车载运行李。我依然清楚地记得当时的景象。

但令我不解的是——

如果哥哥一直背着背包，怎么会被士兵的军刀砍中背部？但他的背确实被砍了一刀，那一幕是我亲眼所见，何况我还见过那伤痕。到底是哪个环节出了问题？我的记忆似乎不太对劲——再试着回想，却引发了一阵剧烈的头痛，仿佛被人用木槌在脑门上敲了一记。

我按着额头摇了摇脑袋，朝曾根崎问道："你一直在寻找我哥哥，是因为你认为该对我哥哥的不幸遭遇负责？"

"我——"

曾根崎沉吟了好一会儿。右边依然不断传来将棋或围棋碰撞棋盘的声音。

"当年的一切，都让我后悔不已。"曾根崎顿了一下接着说，"在难民收容所里，我跟我的儿子分开了，当时他病得快死了，有个中国人看不下去，叫我把孩子让给他当养子，我只好答应。半年后，我活着回到了日本，但这期间一直不知道儿子的生死吉凶。二十多年前，我参加访日调查团举办的认亲活动，竟然真的与儿子重逢了，他的脸上有烧伤的疤痕，那是在逃难的时候被炸伤的痕迹，让我可以肯定他就是我的儿子。我很想紧紧抱住他，但我强忍着泪水，对周围的人说：'这个人不是我儿子——'"

"为何你要这么说——？"

"当时我已退休，生活过得很拮据。我没有能力扛起身份担保人的那些沉重义务，只好选择逃避，我也是迫不得已。后来虽然有了非亲人也能担任身份担保人的制度，但那时我儿子已经在中国病死了。"

曾根崎说得痛心疾首，仿佛随时会被自己说出来的话语压垮。我仿佛看见了一棵因无人照顾而逐渐枯萎的孤独老树。

"我寻找村上龙彦的理由——"曾根崎用鼻子吁了一口气，痛苦地说，"抱歉，我现在还没有说出口的勇气。我希望有一天能跟他见一面，说上几句话，在我断气之前——"

哥哥与曾根崎到底有着什么样的关系，我无从想象。在我的记忆之中，当初逃难时，我们一家人与其他家族并不常交谈，但毕竟是四岁时的记忆，早已模糊不清。

这个人一定隐瞒了什么。我心中抱持着强烈的怀疑。曾根崎话锋一转，用他那沙哑的声音说道："对了，听说你到处探访当年的开拓团成员？"

"是的，我拜访了一些人。"

"在我寻找村上龙彦的下落时，曾遇到一位女士，据说她跟你们一家人是在同一时期到的东北。"

"真的吗？我想跟她见一面。"

我将身体往前凑。若是与母亲在同一时期前往的东北，应该跟哥哥相处过不短的时间。

"——她住在北海道。若你需要她的地址，我查一查再联络你。"

右边传来了在棋盘上放置棋子的声音，接着一名老人大喊："将军！"

11

✡

东京正下着倾盆大雨，有的雨滴声像是敲打着铁板，有的雨滴声则像是拨弄着无数枝叶。我用左手拿着雨伞，右手拿着导盲杖。晴天时敲打路面的声音清脆响亮，下雨天敲打路面的声音却是阴湿忧郁。前进了一会儿，我听到不少雨滴敲击塑料布的声音在周围来来去去，一阵雨滴弹跳声越来越响，经过我的面前后又逐渐远离。

视障人士不适合穿雨衣，因为雨帽会阻碍听觉。相较之下，雨伞则是很好的选择，因为障碍物会先碰到伞，脸部的安全多了几分保障。

今天我没有走在导盲砖上，因为下雨天的导盲砖又湿又滑，相当危险。自从摔过一跤之后，只要遇到下雨天，我就会避开导盲砖。车辆引擎声伴随着宛如舰船乘风破浪的水声，在我的右边疾驶而过。

到了邮局后，我利用具备点字画面提示功能的提款机领了一笔钱。只要拿起一旁的话筒，计算机就会以语音的方式告知金额，通过这样的方式，就不用担心被别人听见，而且视障专用提款机在独立隔间内，也不必担心有人在背后偷看。

昨天，曾根崎打电话至我的手机，告诉我那位女士叫稻田富子，并提供了地址给我。据说她原本是土生土长的北海道人，后来搬迁到岩手县，来年便在区公所人员的鼓吹下前往东北。一九四六年归国，其后便一直住在北海道。曾根崎似乎是到处询问了不少人，才探听到这位女士的联络方式。

搭飞机需要花费一笔不小的钱。

我再度踏入了豪雨之中。汽车引擎声也几乎被雨声掩盖，等到我听见车声时，车子往往已近在咫尺。

我走得比平常更加小心谨慎。大雨冲刷着一栋栋混凝土建筑的外墙，令空气中弥漫着一股灰泥的气味。蓦然间雷声大作，宛如天摇地动一般。由于我看不见闪电，突如其来的雷声往往会把我吓一大跳。

继续前进了一会儿，我听见不少雨滴撞击铁板的声音，伴随着汽车引擎声，在前方数米远处穿梭着，并不时交杂着喇叭声。强烈的恐惧，令我感觉心脏宛如被揪住了一般。每当我想象车了突然自黑暗中冲出来的景象，就会害怕得全身动弹不得。倘若听到尖锐轮胎声才闪避，根本来不及。雷声气势惊人，宛如神正用铁锤击打着大地。

回到家门前，伸手到信箱里一探，摸到一封信。走到客厅拆开，又是点字俳句。

けおされる	しのおおあらし	いきぐるし
气压される	死の大岚	息苦し
受到了震慑	死亡的狂风暴雨	没办法呼吸

寄信人到底想对我表达什么？回想过去的俳句，全是"背叛之犬""沾上鲜血""沾满鲜血的双手"等耸动骇人的词句。是否就像上次所想到的，这些俳句都没有季语，可见作者是中国人？会不会就是徐浩然，那个声称自己才是真正的村上龙彦，一口咬定岩手县的"哥哥"是

假货的男人？但入管局人员说，徐浩然是个在中国遭到通缉的骗子。我到底该相信哪一边？

在被大雨封闭的世界里，我听见了手机的铃声，一接起来，另一头传来熟悉的声音，竟然是遗孤援助团体职员比留间雄一郎。仔细一想，我确实曾递给过他一张名片。

"有什么事吗？"我问。

"听说你要到北海道拜访稻田富子女士？"

我的警惕心顿时攀升，不禁紧紧握住了手机。

"——你怎么知道这件事？"

"曾根崎先生向我询问稻田女士的地址，我查了之后告诉他，随口一聊，才知道你们见过面。"

"原来如此，所以你才打电话来——"

打电话来威胁我？

"什么意思？"

"没什么——你找我有什么事吗？"我说。

"若你还没决定由谁带路，就请让我陪你去吧。我对北海道很熟。"

"今天是吹什么风来着？"我依旧没放松警惕，满心狐疑地问，"你不是反对我挖掘哥哥的秘密吗？"

"——我就实话实说吧。警察正在调查龙彦先生的事。"

我一听，顿时吃了一惊。警察正在调查"哥哥"？

"是关于假遗孤的事？"我问。

"是的，有刑警来向我们援助团体问话。"

"刑警说了什么？"

"总之——问了一些事。"

"既然是查假遗孤嫌疑，我应该有权利知道吧？"

"这么说也没错——但警察并没有告诉我详情。你也知道，警察向来是只问问题，不回答问题的。"

"那就告诉我，警察问了什么吧。"

"倒也不全是关于龙彦先生的事，该怎么解释呢——说起来我也觉得很遗憾，但假遗孤及第二代在歌舞伎町一带干下不少违法勾当是事实，警察主要想查的是这个。"

"警察怀疑哥哥也是假遗孤，对吧？"

"——倒也称不上是强烈怀疑，但既然惊动了警察，总不能置之不理。毕竟当初是我协助龙彦先生取得的永久居留权，我有责任证明他是真的遗孤。你似乎非常怀疑他的遗孤身份，虽然我们的出发点不同，但追求真相的心情是一样的。既然如此，何不一起去拜访稻田女士？"

他说得相当诚恳，若不是上次遭他莫名其妙地威胁，我恐怕会相信他的话。他跟"哥哥"到底有着什么样的关系？看样子绝非单纯协助哥哥取得了居留权。他到底对我隐瞒了什么？

但是断然拒绝他的提议，似乎也不是明智之举，要是不让他陪同，他反而会设法暗中阻挠，令我更加困扰。现在有机会掌握主导权，就不该轻易放弃。更重要的一点是，我在失明后从不曾单独外出旅行。打从昨天开始，我就一直在烦恼着该请谁带我去北海道，比留间愿意当我的"眼睛"，也算是帮我解决了一个难题。

"好，那我们就一起去吧。"

谈完了具体的行程细节后，我切断了通话。片刻之后，手机再度响起。

"喂？"

"和久吗？是我。"打电话来的是住在老家的"哥哥"。

我心想，绝对不能被他察觉我在怀疑他，一旦让他发现不对劲，他可能会马上对母亲下手。当然，或许比留间早已将我的行动一五一十地向他报告了。

"——你怎么会知道我的手机号码?"

"你家里的电话打不通,我只好问由香里。她现在还是经常打电话来求我捐肾脏。"

"你要我劝她别再打电话?"

"我说过很多次了,我不会捐出肾脏。不过我今天打给你,是想问你愿不愿意搬回老家跟我们一起住。我一个人照顾妈妈,实在很吃力。"

"——我一个瞎子,能做什么?"

"虽然你眼睛看不见,但总归是多一个帮手。例如,当我下田工作时,你可以在家里照顾妈妈。"

"算了吧,我连照顾自己都感到吃力。"

不过话说回来,倘若"哥哥"真的是假货,我确实该思考一下未来该如何照顾独居的老母亲。

"和久,我跟你说,我今年想回中国探望那边的妈妈。我不在的时候,希望你能代替我照顾这边的妈妈。"

一想到他可能是假货,便觉得他这句话充满了虚伪。我忍不住讽刺:"生母跟养母,对你来说哪边比较重要?你为了回中国,宁愿抛下体弱多病的妈妈?"

"——这怎么能放在一起比较?"哥哥沉吟了一会儿,"对我来说,养母也相当重要。她养育了我几十年,跟亲生母亲已没什么不同。养育之恩当然大过血缘关系。"

"我可不这么想。有句话叫'血浓于水',不是吗?"

"一边是抛下自己的生母,一边是养育自己几十年的养母,当然会觉得养母跟自己比较亲,这是很正常的事吧?"

我心想,这家伙终于说出真心话了。

"哥哥，这么说来，你认为我们在东北抛弃了你？妈妈选择背我渡河，而不是背你，所以你心里恨着我跟妈妈？"

"你别挑我语病，我刚刚那句话只是打个比方而已。妈妈跟你都是我最重要的家人，我从来不认为你们抛弃了我。"

"也不知是真是假。"

老实说，我实在无法判断这个"哥哥"到底是真货还是假货。

"若你不相信，我也没办法——""哥哥"重重地叹了口气，"今天就先说到这里吧。家里的电话记得挂好，我没记下这手机的号码，要打手机给你挺麻烦。"

切断了通话后，我沿着墙壁走向电话台，在黑暗中摸到了电话。话筒挂得好好的，并没有脱落。但我试着用手机拨打家里的电话，确实就像"哥哥"所说的，电话打不通。

难道电话机出故障了？我摸了摸电话机，又将手探向电话台的下方，摸到了电话线。感觉似乎有些不太对劲。电话线插孔的位置与地板有些距离，电话线像蛇的尸体一样躺在地上。我一拉，发现电话线的接头根本没有接在插孔上。

有人将家里的电话线拔掉了。

我顿时感觉一股寒意沿着背脊往上蹿，那种感觉，就像是被人拿着冰冷的刷子由下往上轻抚一般。心脏剧烈跳动，我可以清楚地听见自己的心跳声；胃部隐隐抽痛，仿佛被人紧紧揪住了。

难道是在失去记忆的那些时间里，我自己拔掉了电话线？不，应该不能，我没有理由做这种事。这么说来，难道有人偷偷溜进了家里——？

我猛然想起上次导盲杖突然折断一事，那恐怕也是有人潜进了家里，对我的导盲杖动了手脚。

我心中霎时浮现出一个可怕的疑问。那个抱持恶意的歹徒，会不会现在还躲在家里头？那个人使家里电话打不通，总不可能没做什么就离开了吧？

此时，突然响起惊天动地的雷鸣声，几乎令我心跳停止。随着断断续续的轰隆声响，内廊的玻璃窗也发出微微颤动的碰撞声。

对我而言，抱持恶意的人就跟栖息在黑暗中的影子一样，是看不见、摸不着的东西。假如家里真的有个侵入者，他要杀我可说是易如反掌。只要静静地躲在卧室里，等我睡着后，用枕头压住我的脸就行了。

我紧张地吁了一口长气，转身走上内廊。平常毫不在意的地板吱嘎声响，此时听来却是异常可怕，明明是自己的家，我却仿佛来到了一间鬼屋。除了敲打着屋顶的雨滴声之外，我只听得见自己紊乱的呼吸声。我摸黑抓到了门把，轻轻将门拉开，略微生锈的轴承铁片发出的声响宛如女人的尖叫声。

这是从前女儿的房间。我赤着脚踏了进去，脚下传来地毯的柔软触感，一点声响也没有，与走在内廊的木头地板上完全不同。如果此时有人经过我的身旁，我听得见声音吗？在这雨声几乎掩盖了家中各种声响的日子，我更加对自己不抱信心。

我赶紧反手关上了房门，如此一来，就算侵入者打算悄悄靠近我，至少我会听见开门声。

我一面挥舞双手，一面慢慢前进，却什么也没摸到。指尖蓦然碰触到了坚硬的物体，仔细一摸，原来是长年跟我的心灵一样处于空荡状态的书架，上头积了厚厚的灰尘。

我沿着书架摸向墙壁，接着走到房间最深处，摸到了窗帘。除了少数家具之外，房间里几乎所有东西都被女儿带走了，因此显得特别冷清。能够确认自己所站位置的家具太少，不安的情绪也随之增强，心脏扑通乱跳，仿佛要把肋骨撞断。

我看不见对方，对方却看得见我，如今他可能正站在我面前，观察着我的一举一动。

我试着突然挥出拳头，却什么也没碰到。

我重重一吁，吐出肺里所有的空气，再度挥动双手，转身在黑暗中朝着房门口前进，直到走出房门，我没有摸到除了墙壁以外的任何物体。接着我又走进了过世前妻的房间，但里头就跟由香里的房间一样空无一人——或者该说至少没有被我发现。

我维持平举双臂的姿势，再次回到了内廊。这么做是为了不让侵入者从我身旁悄悄溜过，但假如对方弯下腰避开我的手臂，我根本无法察觉。接着我又走进了浴室，如果我的双眼没有失明，此时镜中会不会映照出一个面露奸笑的男人？我心中害怕，忍不住将左臂朝后方挥出，却只是撞在墙壁上，引来一阵疼痛。

我又回到内廊，这次我以小心翼翼的步伐登上了楼梯，即将抵达二楼时，我突然产生会被人一把推下楼梯的被害妄想。

幸好我平安上了二楼，接着我拐过转角，进入了自己的卧室。

"是谁在那里！"

我对着黑暗空间大喊，换来的只是一片死寂，但我仍不忘反手关上房门。

我用左手轻触书架，右手在空中挥舞，一边慢慢前进。我的手臂长度远不及房间墙壁的长度，因此侵入者若是在房间的另一头避开我悄悄移动位置，我根本摸不到他。我不禁幻想，如果这浓密的黑暗是液体就好了，如此一来，侵入者只要移动就会带动水流，使我察觉其存在。

我摸到了书桌，接着绕向床边。有时我会突然转身挥舞双手，却只是搅拌了无穷无尽的深邃黑墨而已。

我变得焦躁不安，几乎快要发狂。

我摸到了橱柜，毫无目标地往下探摸，手指竟钩到了第五层的抽屉，那只抽屉没有完全关上。这是怎么回事？我每次都会确认关好，这显然是曾被其他人打开过。于是我将手伸进抽屉，确认里头的东西是否曾被动过。我在这层抽屉里放了一些自从失明就没再用过的账簿，账簿里藏了一枚信封，里头放了一些应急的现金。但我翻来翻去，发现那枚信封已不翼而飞。

难道是家里溜进了闯空门的窃贼？不对，若只是窃贼，根本没有必要拔掉电话线。侵入者的目的到底是什么？想从这屋子里得到什么东西？是我所查到的消息，还是我的性命？这人的立场很容易推测，一定是不希望我继续查探"哥哥"的底细。问题是这个人到底是谁？现在是否还躲在这个屋里？会不会正站在我的面前？光是想象那画面，便不由得背脊发凉。

我花了半天的时间，在屋里仔细摸索，即使是已检查过的房间，还是不放心地又检查了数次。

最后我累得精疲力竭，只好说服自己屋里没有人，回到卧室躺下。但我依然担心侵入者躲过了我的探摸，如今依然躲在屋里的某个房间内。我一颗心忐忑不安，直到早上还是辗转难眠。

两天后，我又收到了带有警告意味的点字俳句，这是第十一封了。

たえだえに	もがきくるしむ	しかばねよ
絶え絶えに	もがき苦しむ	屍よ
气若游丝	痛苦地挣扎着	尸体啊

12

✡

北海道

我在北海道北部的问寒别车站走出车厢，长靴的靴底踏在积雪上，发出"吱吱"声响。狂暴的风雪不断刮上脸庞，来自西伯利亚的寒气冻得脸颊隐隐刺痛，令我回想起小时候所待过的那个天寒地冻的东北。如今我终于能远离那个有如陌生宅子一般的自家，反而有种解脱感。

"这里真的是车站吗？怎么完全听不到其他旅客的声音？"我问。

"这里是'货车厢车站'，顾名思义，就是把货车厢当成车站建筑，你可以想象成是一个有窗户的货柜。由于经费不足的关系，北海道像这样的车站有不少。请往这边走。"比留间雄一郎回复。

我脚下穿着长靴，小心翼翼地踏着积雪，朝着声音的方向走去，伸手往周围一摸，墙壁的触感像是生锈的铝制薄板，确实让人联想到遭丢弃的货柜。

来到车站外，我们拂去身上的雪，上了出租车。北海道的雪不同于东京的雪，由于较干，不会濡湿衣着，只要轻轻一拍就会落在地上。

"客人，你们是内地[1]来的？"驾驶座传来中年司机的说话声。

"对，来拜访朋友。北海道真冷，一整天在外头开出租车很辛苦吧？"我说。

❖ ————————

[1] 此处是北海道居民对本州岛的称呼。

"倒也习惯了。这里一年有一半的时间会看到雪。"

我正倾听着小雪块敲在车窗上的声音，忽然一阵打滑声钻入了耳膜。全身仿佛被人从椅背的方向捶了一拳，安全带紧紧扣住了胸口，接着全身重量都偏向右半身，腰部也不由自主地跟着扭转，似乎是车身紧急转了个大弯。

"又是虾夷鹿　　"司机叹了口气，"真是抱歉，你们没受伤吧？开在这雪道上，毕竟没办法像花式溜冰那样想怎么转就怎么转。"

对我而言，所有的危险都是突如其来且无法预期的，因为毫无防备，危险程度更是大增，幸好这次我并没有受伤。

"没事，只是吓了一跳。"

出租车掉转了车头，重新开始前进，但开了三十分钟后，又突然停了下来。

"到了？"我问司机。

"不是的——积雪实在太深，没有人铲雪，车子没办法继续前进。请问要不要回头？"

"快到目的地了吧？我们走过去就行了。"比留间说道。

"但隔壁这位客人似乎眼睛不方便。"

"风雪不大，应该不会有事，何况我们跟人有约。"

"——好吧，那两位请小心。"

"谢谢。来，村上先生，我扶你下车。"

"但是——"

我心中有些迟疑。在黑暗中踏入这片陌生的冰雪大地，恐怕有性命之忧。

"车子没办法前进了，村上先生，但走路没问题。"

比留间那一边的车门一开，风雪顿时灌了进来，吹乱了我的刘海。

一会儿之后，我身旁的车门也开了。

"来，下车吧。"

我拗不过他，只好踏出车门，长靴约一半顿时陷入雪中。

"客人，别忘了穿手套！"

比留间苦笑道："对，要是再失去手指，可就连汤匙也没办法拿了。"

我回想起从前跟比留间握手时，他的右手没有中指及无名指，听说是在天寒地冻的东北铲雪时冻伤后割除的。

"两位请务必小心点走，不然可会摔得鼻青脸肿！"

我一边从口袋里掏出手套，一边对着司机的方向微微颔首，说了一句"谢谢"。

"请别客气，我才要跟你们说谢谢。"

引擎声远去后，我抓着比留间的右手肘，随着他前进。此时导盲杖完全派不上用场，就算拿在手里挥舞，也只是打中积雪而已，没有办法获得任何讯息。

"看来是没办法撑伞了。"比留间说道，"一来少了一只手，二来风雪太大，撑伞太危险了。"

我的头上戴着羽绒外套的帽子，温暖的羽毛包覆着仿佛随时会冻结碎裂的耳朵。

"村上先生，你还在怀疑龙彦先生吗？"

我心想，徐浩然的事最好还是别提比较保险。入管局人员说他是个骗子，是真是假不得而知，倘若"敌人"认定徐浩然就是真正的村上龙彦，有可能会设法杀他灭口。

"——我总觉得哥哥的性格实在太像中国人。"

每说一句话，我都感觉喉咙仿佛快要结冰了。我必须先将脚从积雪中拔出来，才能往前踏。我抓着比留间的手肘，加上周围一带都是雪

（应该是如此），因此与走在一般道路上不同，即使边走边说话也不会感到恐惧或不安。

"村上先生——"比留间的语气宛如僧侣的谆谆告诫，"每个遗孤的经历都不相同，有的父母双亡，有的在逃难途中遭到抛弃，有的从难民收容所被带走，有的遭到买卖——但他们有个共通点，那就是战败时他们的年纪都还很小。根据调查，这些遗孤在战败那年大多不到六岁，他们长年在中国生活，价值观及生活模式接近中国人也是理所当然的。"

"话是这么说没错，但我还是怀疑那个人不是我哥哥。这些年来，我一直感觉跟他有隔阂，尤其是跟他保持距离之后，关系可说是越来越疏远。我跟母亲都努力想要填补这四十年来的空白，但——"

"——龙彦先生想必也感觉到隔阂吧。而这个隔阂，或许来自亲眼看见自己的坟墓时心中所产生的芥蒂。虽然这不是村上先生的错，但我希望你能体会他当时大受打击的心情。"

坟墓——

一九五九年，日本政府颁布了《未归国者特别措施法》，其中新设立了"战时死亡宣告制度"。在此制度之下，除了亲属之外，国家（厚生大臣）也拥有宣告失踪人口的权利，接受宣告的"遗族"能获得吊慰金。自最后音信算起，隔了七年以上且无法确认是否存活的三万三千名遗华日侨被宣告"战时死亡"，并有近一万四千个户籍遭取消。

"哥哥"在取得永久居留权的两个月后，前往家族的墓园扫墓，看见了刻着自己名字的墓碑。他必须办理户籍重建手续，才能"死而复生"。若他真的是我"哥哥"，心里想必很不好受吧。

"或许正是这件事，点燃了龙彦先生心中的怒火。一九七二年，中日恢复邦交的时候，你知道大藏省做出了什么样的裁决吗？他们说，'政府不应承担已经死亡之国民的认亲及返国费用'，因此整整有九年的时间不肯实施遗孤的返国认亲活动。村上先生，你能体会龙彦先生心中的苦闷吗？"

"在确认他是我的亲哥哥之前，我不打算对他示好。"

"——好吧，我感到很遗憾。"

比留间叹了口气，似乎明白不可能说服我。就在这个时候，大自然开始爆发其惊人的威力，风雪的呼啸声越来越响亮，掩盖了世界上所有的讯息。我不禁有些后悔，刚刚实在应该搭出租车折返才对。蓦然间，比留间的手肘从我的手中消失了。

"比留间先生——！"

"啊——"比留间的声音在风雪中变得断断续续，"——手机掉了——我回去找——"

我还来不及将他唤住，脚步声已踏着积雪逐渐远去。我独自被遗留在严寒的黑暗之中，只能愣愣地站着不动，全身几乎冻僵，牙关不断打战。

我大声呼唤比留间，但声音被狼群嘶吼般的暴风雪淹没，听不到任何回应。

时间一分一秒地过去。

比留间最后那句话好像提到了手机。是手机掉了，要回去找吗？我从口袋里掏出自己的手机，选了记录在第五位的他的手机号码。或许是风雪太大的关系，竟然拨不通。

他什么时候会回来？在这风雪萧萧的环境里，根本听不到脚步声。等比留间回来，我可能早就冻死了。

冻死——一想到这个字眼，我心里突然感到恐惧，剧烈跳动的心跳声越来越响，仿佛心脏就紧贴在鼓膜内侧。

比留间真的会回来吗？

他一直反对我追查"哥哥"的身份，还曾威胁我："每个人都有不欲人知的过去。抱着半吊子的好奇心乱揭他人的疮疤，可能会惹祸上身。"

这次的事情，会不会全是他的阴谋？先取得我的信任，然后把我独自丢在北海道的暴风雪之中——？

我的脑袋想着应该不会有这种事，本能却无法摆脱忧虑与不安。刚刚的对话，会不会就是他的最后通牒？说到后来，他明白再劝下去也是白费唇舌，才下定决心要杀我灭口？若是如此，我刚刚实在应该敷衍他一番才对。他最后的叹息恐怕意味着已经动了杀意，我却浑然不觉——

如今我什么也做不了。被同行者扔在这片大雪纷飞的陌生土地上，我连东南西北也无法判断。以这风雪的威力，就算我两眼没有失明，恐怕眼前也是一片雪白，连自己的双手也看不见。

但我必须采取行动才行，比留间多半是不会回来了。不，他搞不好正站在数米远处，眼睁睁地等着看我遭大雪掩埋。我就像是一只被扯断翅膀后扔进池塘的蜻蜓，在他的残酷眼神注视下逐渐沉入水中——

我将长靴从积雪中拔出，往前踏了一步，为了找出正确的前进方向，我弯腰轻触眼前的积雪。这里是比留间刚刚所站的位置，只要找到他行走时踩下的洞，就能知道他往哪个方向去了。但我摸来摸去，地上的雪一片平坦。

于是我又踏出了一步，抚摸地上的积雪。平的——平的——平的——我改变身体的方向，检查前方的雪，还是一样找不到足迹。我只好一边慢慢改变位置，一边检查四周的积雪。

最后我终于摸到了洞。

于是我将自己的长靴踩进那个洞里，继续在那个洞的周围摸索。九点钟方向摸到了第二个洞，我就这样沿着足迹造成的深坑一步步往前踏，走了几步之后，心头蓦然涌起一股怀疑。我所找到的，会不会是我自己的足迹？比留间的足迹，会不会早已被风雪填平了？

我懊恼地紧紧咬住了牙齿，到底该往哪个方向前进，我已完全没了头绪。如今我所在的位置，到底是北海道的哪个角落？我该走多少米，甚至多少千米，才能找到民宅？如何判断方向？

我豁出去了，不管三七二十一地往前走。站着不动只有死路一条，只要持续前进，就有一线生机。

每踏出一步，小腿直至膝盖都会没入雪中。我奋力一拔，长靴竟然脱落了，我咂了咂嘴，将手探入洞里，挖开积雪将长靴抽出来。风雪朝我袭来，吹掉了头上的羽毛帽子，耳朵早已冻僵，似乎随时会脱落。每吸一口气，都感觉鼻孔及喉咙快要冻结了。

我尽量保持笔直前进，因为若稍有弯曲，就可能会在原地绕圈子。

排山倒海而来的暴风雪实在太过猛烈，令我有种在雪海中溺水的错觉。每前进一步都必须对抗风雪的推力，并将长靴从积雪中抽出。

不知不觉，我发现自己走在东北的大陆上，周围充斥着严寒、轰炸、怒吼、啜泣、异国语言，以及如影随形的死亡阴影。赤裸裸的白桦树，宛如自地底下伸出来寻求救助的瘦瘠手臂。每一次呼吸，都有雪水自鼻孔随着鼻水一起喷出。我不断向前走，深深插入积雪中的两条腿宛如被铐上了脚镣一般沉重。

蓦然间，我似乎听见了汽车引擎声，但由于风势太强，我无法判断声音的方向。那声音宛如坐着线路复杂的云霄飞车，时而上升，时而下降，时而翻转，最后才进入我的耳朵。是左边还是右边？是前面还是后面？车子到底在哪里？

我朝着四面八方扯开了喉咙死命地呼喊，但声音在凶猛狂暴的大风雪里几乎被淹没。汽车引擎声逐渐远去，就像是希望的灯火已被大自然的恶魔捻熄。

我的心中充满了绝望，几乎就要跪倒在地，但我的双腿深埋入雪中，直没至膝盖，因此就算想跪也跪不下去。

我再度振作起精神，抬脚继续前进。雪粒打在皮肤上，寒气却足以令胸腹最深处冻结。

随着一次又一次的举步，我已丧失了对时间的感觉。不知何处传来了鸣叫声，那不是狗或猫，而是类似用竹筒敲打树根断面的声音。那是北狐吗？但愿它能像古老传说一样，带着我回到人类的村落——

走了一会儿之后，我的脸骤然间猛往后弹，头盖骨隐隐发疼。我战战兢兢地伸手一摸，前方竟然有根冰冷的圆柱。这是电线杆吗？这么说来，附近有道路？我的胸口涌起了一股期待。但拨开了圆柱表面的雪粉之后，摸起来竟相当粗糙。是树皮，这并不是一根电线杆，或许是一棵虾夷松吧。我满心希望它是一棵行道树，但倘若这里是山脚下，而我又走错了方向，就可能意味着我正朝着深山之中前进。

我犹豫了半晌，最后决定转向与树木相反的方向。雪粒有如巨浪般袭来，我不断用手挡开，顶着寒风前进。

我已搞不清楚方向，或许我正在走回头路——

冻僵的皮肤早已失去知觉，全身血管里流的仿佛是冰水。连心脏似乎也结了冰，鼓动了六十九年的脉搏随时会停止。

走了一会儿，右手忽然碰触到障碍物，那是一片沾满了雪粉的壁面。我拍掉雪粉，仔细抚摸，那壁面相当光滑，似乎是扇玻璃窗，是一栋民宅。

我不断敲打玻璃窗，大喊："有没有人？救命！有没有人——"

但我的声音顿时停了，因为我察觉不对劲，这窗户的位置未免太低了，难道是——

我一边横向移动，一边摸索前方的壁面，触感变成了铁片。我心中充满了恐惧，不敢举手往上摸。但最后我还是鼓起勇气，抬起手一摸，果然摸到了水平的顶盖。

这不是民宅，而是一辆车。一辆静止不动的车，遭大雪掩埋的车子。我试着敲打车窗，但没有听到回应。开车的人是死在里头了，还是发现大雪封路，因此下车步行，将车弃置在这里？

我没有能力撬开车门确认。

但既然有车子，就表示这附近有车道，并非荒凉的雪原，只要我继续前进，而且够幸运的话——就或许能碰到民宅。

我挺起身想要继续举步，背脊却隐隐发出声响，无数的冰针刺上了毫无防备的面孔。

我似乎听见了呼唤声，大概是幻听吧。

两条腿仿佛化成了又硬又脆的纤细铅棒，只要一跨步就会折断。我闻到了弥漫在难民收容所内的腐臭气味，堆积如山的尸体，贪食尸肉的野狗群。

在暴风雪的摧残下，我终于倒了，深陷在积雪里，已分不清上下。在这由雪形成的海里，我随时会溺毙。雪块覆盖了我的脸，柔软的雪粉因我的呼吸而融化，雪水让周围的雪变得像灰泥墙一般坚硬。我感到呼吸困难，想要举起双手挣扎，却因雪堆的压迫而没有办法做到。

随着意识逐渐模糊，恐惧也离我远去。

我就要死了——

脑中只是淡淡地浮现了这个想法，此时我已不再感到寒冷。

蓦然间，右手腕传来了奇妙的感觉，仿佛是一株食人花在黑暗中伸出触手，钩住了我的手腕。

我的全身被拉了起来，脸部终于离开了雪堆。我吐出了口中的雪块——雪块在口中竟没有融化，可见身体的温度有多么低。我贪婪地呼吸着，不再理会这冰冷的空气是否会把肺部冻伤。心脏剧烈鼓动，仿佛随时会炸裂。

"你——你是——比留间先生——？"

我没有听到任何回应。

突然，对方开始拉扯我的右手腕。紧握着我手腕的那只手掌，是如此强而有力，我被这么一扯，只能跟跟跄跄地向前进。对方的动作蛮横而强硬，但这里不是熙来攘往的都会，这样的举动反而让我感到安心。

"谢谢你救了我，请问你是——"

对方还是没有响应。我甚至无法想象这是个有血有肉的人，若不是因为手腕被紧紧握住的清晰触感，我恐怕会认为这不是现实，而是一种幻觉。

若是本地人，没必要一直保持沉默。这个救我的人到底是谁？是我认识的人吗？对，一定是这样。他不想让我知道身份，因此不敢发出声音。

我一边任凭身体被神秘人物拉着走，一边在心里思索着。

若是想杀我的人，不敢泄露身份是合情合理的事，就像上次那个想要把我推入车道的歹徒一样。但这个人并非想杀我，而是将我从鬼门关前救了出来，有什么必要隐瞒身份？

走了大约十五分钟，进入了一片地面积雪只有五厘米厚的区域。是有人铲过雪，还是上头有屋檐？前方不断传来每走一步都会陷入雪中的脚步声，这个人走路的方式听起来有些别扭，或许是因为脚下的鞋子没有防滑功能吧。听说北海道人都会穿雪中专用的防滑靴，显然这个人是本州岛人——是我认识的人。

他是谁？这个保持缄默的恩人是谁？

忽然间一道横向而来的冲击使我整个人摔了出去。由于毫无防备，我根本没有办法抵御。我的脸栽进积雪里，顿时明白是有人将我推了出去。下一瞬间，右边传来宛如装尸袋落在地上的可怕声响，接着便是一片死寂。

难道是缄默的恩人以肉身为我挡下了攻击？

难以言喻的强烈不安感令我动弹不得，但没多久后，又有人握住我的右手腕，将我拉了起来。

往前踏出一步后，我登时明白发生了什么事。眼前多了一座由雪堆成的小山，这多半是自屋檐滑落的巨大雪块吧。缄默的恩人见此危险，因此将我推了出去。

前方传来拉门滑动的声音。我在恩人的拉扯下继续往前走，狂暴的风雪骤然消失得无影无踪。

一阵走在木板上的脚步声逐渐靠近，接着我便听见了老妇人的说话声："哎哟，外面风雪这么大，你们是怎么来到这里的——"

"抱歉——"我上气不接下气，"能不能让我们在屋里暖暖身子？我来这附近找人，却遇上了大风雪——"

"你是村上先生吧？"

老妇人说出了我的名字，令我瞠目结舌。

"我是稻田富子，一直在等你，快请进来吧。"

老妇人的声音慈祥沉稳，令我紧绷的情绪得到缓解。

我将头转向缄默的恩人所站的方向。

为什么这个人会知道这里是稻田富子的家？

他认识稻田富子？他知道我此行的目的是拜访稻田富子？抑或，最近的民宅刚好就是稻田富子的家？这个人虽然救了我一命，但恐怕我不能轻易相信他。

就在我刚举步踏上木头地板时，又听见了门板滑开的声音，接着一个人气喘吁吁地奔了进来。

"风——风雪实在太大——"那赫然是比留间的声音。接着他错愕地说:"啊——村上先生,原来你在这里!我手机掉了,回来却找不到你,正不知该怎么办才好——"

他说这番话时的口气充满了困惑,简直像是看见了一个不该看见的人——就好像参加葬礼时,看见死者出现在葬礼会场上一样。没错,对他而言,我应该是个已经死在暴风雪里的人。

我将脸转向心中预估的缄默的恩人所站的位置。"是这位恩人救了我。"

比留间沉默了半晌之后,以紧张的口吻对我说:"总之你没事就好。"

13
✡

黑暗中不时传来薪柴燃烧的毕剥声,望向声音的方向,隐约可看到微弱的光源。火炉的热气温暖了我的身体,让即将出现低温症的我重获新生。

"请用。"稻田富子将一只热烘烘的杯子递给我,"你一直戴着手套吗?赶快暖一暖手。"

"虽然戴着手套,但还是快冻僵了。"

我用双手捧着那杯滴了几滴白兰地的咖啡,舍不得喝下肚。借由其温度,我仿佛感觉手掌的血管再度扩张,原本冻结的血液终于开始流动。

室内虽然温暖,却弥漫着难以言喻的紧张气氛。企图让我冻死的比留间、不肯暴露身份的缄默的恩人、据说对我哥哥相当熟悉的稻田富子,以及我。四人默默地坐着，不再有人开口说话。

"刚刚真的很谢谢你，能否告知你的姓名？"我打破了沉默，朝着缄默的恩人说道。

果然不出我所料，对方依然不发一语。对我来说，生命中遇到的所有人都有如幻影一般，唯有通过对话及肢体的接触，我才能实际感受到对方的存在。但眼前这个男人（由他刚刚握着我的手腕的感觉分析，应该是个男人），是个十足的幻影，我甚至不知道他是否坐在我的面前。

"稻田女士，"比留间的声音打断了我的思绪，"就像我之前跟你提过的，我们今天来拜访，是希望你能跟我们说一些关于龙彦先生——这位村上和久先生的兄长的往事。"

"好的。当年在东北，我的家人跟村上先生一家人互有来往。我记得很清楚，有次和久先生的母亲卧病在床，和久先生每天拍着毽子、唱着数字歌，祈求母亲早日康复。我看了真是非常感动。"

我将脸转向老妇人声音的方向。受到这几句话的刺激，过去的零碎记忆浮上心头。我想起来了——当时确实有位妇人经常陪在我身边，那妇人总是穿着一件散发出浓浓青草味且沾满污泥的雪袴，头上绑着小毛巾，手上长满了茧。在母亲病倒时，总是这位妇人做饭给我吃，哥哥跟我都很喜欢她。若我记得没错，后来逃难的时候，她也跟我们在一起。

"稻田女士！"我低头鞠了个躬，"在东北时受了你不少照顾，得知你身体硬朗，我真是开心。当年那些日子，你一定也不好过吧？"

"是啊，在那种严苛的环境下，每天都是咬紧牙关地活着。"

"死亡的阴影随伺在侧，我还记得那片干枯的白桦林，实在令人毛骨悚然，简直像是一条条从地底下突出来的白骨手臂。"我跟着附和。

老妇人沉默了好一会儿。对她而言，当年在东北逃难的日子肯定也是痛苦的回忆吧。

"——是啊，那片俯瞰着村落的白桦林，确实有些阴森。在那块连汗水也会结冰的土地上，每天都是抱着活一天算一天的心情。村上先生，我真的很感谢你的母亲，无论生活多么苦，她还是愿意将珍贵的玉米分给我。"

我说的是逃难的日子，老妇人却误以为是开拓团的生活，于是我改变了话题。"回国后，你过得如何？"

"——在访日调查团的认亲活动中，我与失散的儿子重逢了。但儿子已将日语忘得一干二净，这里又不像大都市，能够轻易找到翻译人员，为了跟儿子沟通，我可是着实吃了不少苦。当初战争刚结束时，政府若能立刻协助他归国，就不会有这些事了。有一次，我遇上一些会说日语的中国观光客，还特地请他们当翻译呢。"

"家人之间语言不通——真是个悲剧。"

"是啊，就算向他人吐苦水，也只会换来'是你自己抛弃了儿子'的责难态度——听说你的哥哥也归国了？他被遗留在中国，熬过了那些动荡的年代，终于回到了祖国。"

"对，但是——"我吞吞吐吐地说，"那个人到底是不是我的哥哥，我还没有确信。"

"真的吗？怎么会有这种事？你特地从本州岛来到北海道，就是为了查这件事？"

"我只希望能找出真相。"

"你怀疑哥哥，有什么根据吗？"

"我刚开始对他产生怀疑，是因为他坚持不肯到医院接受检查。只要做了检查，就能证明是否有亲属关系。"

"就这样？"

"——他的性格变得火暴且自私。当年哥哥小时候——在我们失散之前，他是个相当富有同情心的人。"

"村上先生——"比留间插嘴道，"请你务必体谅，龙彦先生没有机会参加中心的教育。"

我心想，别装出一副好人的嘴脸。一时之间，我有股冲动，想要指着他的鼻子，揭穿他刚刚的阴狠行径。但如果他说他只是回头找手机，却因为运气太差，在风雪之中与我走散了，我根本没有证据能加以反驳，于是我强忍住怒火。"你说的中心，指的是埼玉县的研修中心？"

"是的。"

接着他絮絮叨叨地说起了这个制度的细节。

一九八四年二月，日本政府在埼玉县所泽市设立了"中国归国孤儿定居促进中心"。研修大楼是一栋白色建筑，里头有二十间教室，除此之外，还有一栋住宿大楼，里头约有六十个房间，每个房间有数张榻榻米大，厨房、厕所及浴室皆是公用设施。一个房间要挤进一个家庭，早餐用事先给付的伙食费自行解决，中午及晚餐则分发便当。获得永久居留权的遗孤及其配偶、未成年子女可在这里接受四个月共五百小时的研修，学习范围包括日语能力、基本礼仪、生活习惯及社会常识等。教师会带所有人到邮局、区公所以及银行实际参观并介绍利用方法，简直像小学生的校外教学一样。

"四个月就要学会所有事，简直是天方夜谭。而且龙彦先生是在一九八三年归国的，他只能靠自己的力量适应日本的生活。当时日本政府所实行的援助政策，只是对归国遗孤进行短短一个晚上的讲解介绍，并分发一套日语学习录音带而已。独力学习语言本来就很困难，上了年纪才来学更是难上加难。"

我蓦然回想起自己的经历。失明之后学习点字简直就像学习外语那样艰难，让我吃足了苦头，长年住在中国的遗孤们要重新拾回日语，相较于视障人士学习点字的难度，或许有过之而无不及。

"每个遗孤都有着满腹辛酸。"比留间接着说，"研修结束后，遗孤们可以选择住在公营住宅里八个月，这段时间可以支取生活费，并且参与日语学习课程。但在这样的状态下，他们无法将子女接回日本同住，因此只好尽早外出工作。他们拼死拼活地工作，终于将子女从中国接了过来，但政府对成年的遗孤子女没有提供任何援助，等于任由这些子女在什么都搞不清楚的状况下自生自灭，这些子女当然会遭到社会淘汰。"比留间的语气中交杂着无力回天的懊恼与焦躁，"遗孤们五六十岁才归国，他们的子女当然绝大部分都成年了，研修中心却只接纳未成年的遗孤子女。我们虽以援助团体的名义提供各种协助，但毕竟能帮的忙相当有限。"

比留间这番话说得真情流露，我不禁开始怀疑，他想让我在风雪中冻死，只是我自己心中的被害妄想。或许他是个本性正直的人，真的打从心底为遗孤们的处境感到担忧。难道是他跟"哥哥"之间有某种难言之隐，令他不得不萌生害人之意？

缄默的恩人明明就坐在旁边，为什么不发一语，甚至没有发出半点衣服摩擦声？

这个人真的存在吗？这个屋里会不会其实只有三个人？

缄默的恩人，会不会只是比留间一人分饰两角？他不发一语地救了我，将我带进了稻田富子的家里，接着从门的内侧将门拉开，并发出宛如刚刚从外头奔进来的声音——这会不会才是真相？回想起来，当初恩人将我拉起时，是用左手握住我的右腕，这是否意味着他不想被我发现他的右手缺了两根指头？原本对我而言就虚无缥缈的"缄默的恩人"，自从我有了这样的怀疑后，更有如在黑暗中完全溶解、消失无踪。

问题是比留间为何要做这种事？故意把自己设计得像杀人未遂一样，

对他来说，理应没有任何好处。难道他有什么非得这么做不可的理由，只是我无法想象？

"缄默的恩人"真的是实际存在的人物吗？稻田富子的言辞之间完全没有提及他，这是否意味着这个人根本不存在？但此时不管三七二十一去加以确认，恐怕不是明智之举。倘若比留间真的基于某种迫切需要而一人分饰两角，我却大胆地揭穿他的诡计，恐怕会有性命之忧。

"——稻田女士，听说我哥哥曾遭火炉的火焰烫伤，右手腕留下了烫伤的痕迹，是真的吗？"我朝老妇人的方向问。

老妇人有半晌没有回应，似乎是陷入了沉思，正从内心深处翻找这段记忆。我耳中只听见暴风雪吹得门扉喀喀作响，仿佛是大自然对人类的一种恫吓。

"当年在田里帮忙时，你哥哥总是挽起袖子，但我从来没看到烫伤痕迹。"老妇人说。

大久保的记忆与稻田的记忆——到底我该相信哪一边？

"事实上——大概三年前，你哥哥曾来拜访过我一次。"

"真的吗？为了什么事情？"

"他跟我说，他想控告日本政府。"

"原来是为了诉讼，哥哥这个行为对我造成很大的困扰。为了筹措打官司的费用，他一天到晚跟我讨钱，事情都过了这么多年，我实在不明白他还吵这些干什么。因此，我怀疑他是假遗孤，只是想找借口向政府索求金钱。"

"请不要用这样的想法来评断你哥哥，你知道遗孤们的联署行动吗？"

"不清楚。"

老妇人接着向我解释，遗孤们为了保障自己的老年生活，曾向国会递交了一份由十万人联署的陈情书，要求政府分发给遗孤们一笔特别给付金。这个案子要通过，必须得到全场国会议员的同意。然而现况是，有些年轻的国会议员连遗孤是中国人还是日本人都搞不清楚，最后这个案子没有在自民党内通过，遭到废弃。

遗孤们为了再次递交陈情书，重新发起了联署行动，但他们有将近七成都是过着依靠清寒补助金的生活，根本筹不出经费参加这个活动。

"听说你哥哥为了替愿意协助联署的人出交通费，搬出了原本的出租屋，改租便宜的公寓房间，存款也花了个精光。这全是为了替遗孤们争取一个未来的保障。他若是一个贪婪的假遗孤，有可能做这种事吗？"

原来竟有这样的事情。任性又自私的"哥哥"，竟然会为了其他遗孤而散尽家财——我仿佛看见了"哥哥"的另一张面孔。

"——这第二份陈情书，后来怎么样了？"

"还是一样，被自民党否决了。那些国会议员所持的理由是，倘若分发特别给付金给遗华日侨，那么其他受害者，如原子弹受害者、空袭受害者、被拘留于西伯利亚的日本人等等，都必须比照办理才行。遗孤们为了争取未来的保障，只好对政府提出控告。你听过'两千人诉讼'吗？"

这字眼倒是经常听"哥哥"提起。简单来说，就是遗孤们认为国家没有尽到安排遗孤尽早归国并协助其自力更生的责任，因此提出国赔索求的一场诉讼。审理法院遍及全国十五个地方法院，原告多达两千两百人，所以被称为"两千人诉讼"。

原告的人数，占了归国遗孤总数的百分之八十八，这种控告祖国的行为，需要相当大的勇气。遗孤们担心会给身份担保人添麻烦，清寒补助金被取消，甚至是被其他国民当成叛国贼，但最后还是决定挺身对抗政府。二〇〇二年十二月，约八百名遗孤及其家属发动游行，从国会议事堂走到政府机关汇聚的霞关附近，并递交了诉状。历经漫长的审判过程，大阪及东京地方法院判决原告败诉。法院的主张是日本政府确实没有尽到安排遗孤尽早归国并协助其自力更生的义务，但这并不符合《国家赔偿法》中违反义务的规定。

而另一方面，神户地方法院判决政府应负赔偿责任。政府提出了上诉，据说有很多遗孤没等到判决结果出炉就逝世了。最后政府与遗孤之间达成了协议，政府承诺提供各种援助，遗孤们也撤销了告诉。

"我哥哥在这个时候又打起官司，听说有不少遗孤反而感到很困扰。风波好不容易平息了，大家都不想多生事端。"我说。

"不，并不是所有遗孤都赞成与政府和解。"老妇人振振有词，"政府承诺给遗孤们的援助，只是满额的老龄基础年金，以及单身者每个月最高八万日元的给付金。但遗孤假如有工作收入或在支取厚生年金，其金额的七成还是会从给付金中扣除，这点跟之前一样。对于这样的援助内容，遗孤之间的评价有好有坏。最后大家决定撤销告诉，只是不希望在遗孤之间形成对立关系。"

"但在这个时候打官司，胜诉的机会可说是相当渺茫，我哥哥却还是一意孤行，这不是有些不太合情理吗？"

"你哥哥非要在这个时候提起诉讼，是因为受到法律追诉期的限制。必须在自获得永久居留权五年后的二十年之内提起诉讼，否则视同放弃权利。这令你哥哥相当紧张。"

哥哥是在一九八三年获得永久居留权，并在二〇〇七年提起诉讼，当时距离法律追诉期截止只差一年的时间。

"村上先生！"稻田富子以极为诚挚的语气对我说，"那个人绝对是你的亲哥哥。三年前跟他相见时，我们聊了很多当年在东北的生活。若不是他本人，绝对不可能知道那些事。"

稻田富子一字一句说得充满了自信。

"有没有可能是假货曾在中国听真正的哥哥说起过往事？例如，从前在东北过着什么样的生活、发生了哪些事——"

"他的长相还是与小时候有几分相似。何况你的母亲不是与他相认了吗？假货再怎么厉害，总不可能瞒过亲生母亲的眼睛。"

"但访日调查团的认亲活动中确实曾有过认错亲的例子，毕竟失散了四十年，还是有可能搞错的。"

"绝对不可能。"稻田富子说得斩钉截铁，"你哥哥说起往事时不仅具体、翔实，而且与我的记忆完全相符。我可以跟你保证，他绝对不可能是假货。"

缄默的恩人不仅到最后都不发一语，甚至没出过半点声音。我想暗中向稻田富子确认这个人是否存在，但比留间充满警惕地跟在我身旁，不给我单独与稻田富子相处的机会。

14

✡

东京

医院透析室里回荡着透析仪的声响。我坐在一只圆凳上，两手手指在膝盖上交握。

倘若老家的哥哥是真正的哥哥，倘若打电话到我手机的徐浩然是个骗子——这就意味着肾脏捐赠一事已完全无望。既然哥哥不肯捐肾，我们就再也找不到符合资格的捐赠者了，夏帆将注定无法从每星期三次、每次五小时的洗肾时间中得到解脱。

"对不起，都怪外公的肾脏太差——"

我伸出了手，一只小手搭上我的掌心，令我清楚地感觉到了暖意。

"没关系的，外公。"

夏帆的声音相当开朗。但我一想象年龄不满十岁的孩子脸上露出放弃希望的笑容，便不由得悲从中来。

"要是能够移植——就不用再洗肾了。"我说。

"今天肾脏状况不错，我也没有想吐，一点也不难受。"

我并非期望着长年被我当成亲哥哥、被母亲当成亲儿子的男人只是个觊觎永久居留权及金钱的陌生人。对我而言，这也是一场噩梦。但在这场噩梦里，亲哥哥另有其人，而那个人可能愿意捐出肾脏。一想到这点，我的心中就充塞着无限的苦涩与无奈。

"假如不用洗肾，夏帆就可以回去踢足球了——"

"做不到的事，就别去想了，还是想些开心的事吧。最近我每天都可以看漫画呢。从前刚接受妈妈的肾脏时，我要是一直玩耍，妈妈就会要我好好用功读书。但现在妈妈不太叫我读书了，就算我看一整天的漫画，也不会被骂。啊，不过我还是在读书啦，没人叫我读书的时候，我反而想读书，真是奇怪。"

年纪轻轻却有积极正向的态度，深深撼动了我的心。跟夏帆比起来，我实在是太没用了。自从失明之后，我不仅憎恨东北、迁怒母亲，还变得愤世嫉俗。家人们努力想帮助我，我却将他们当成发泄怒气的对象，像一只满身尖刺的刺猬，不断考验着家人们的耐心。

到头来，我什么也没得到，反而失去了一切。

"医生跟我说，神什么都知道。神只会安排一定能够克服的试炼，只要能够通过试炼，就能得到奖赏。"夏帆说道。

"——是啊，夏帆虽然还有很多事情做不到，但只要从小地方慢慢学习，能做到的事情就会越来越多，这也是一种乐趣。"我已分不清这些话是在对外孙女说，还是在对我自己说，"就算是一片黑暗的地方，也还是会有亮光。如果没办法找到亮光，就只会给自己增加不幸。就算多花点时间也没关系，我们应该坐在黑暗里，静下心来好好寻找亮光。"

如此抽象的比喻，我不敢肯定年幼的夏帆是否能理解，但她开朗地应了一声："嗯！"

"对了！"我以不输给外孙女的欢欣语气说道，"今天我带了个能够打发时间的礼物来给夏帆。"

"咦？是什么？"夏帆的声音朝我靠近了些。

"这是我珍藏的——嗯，'珍藏'这个词可能太难了，总之，这是外公最喜爱的一本相簿，里头有你妈妈小时候的照片呢。"

"我想看！我想看！"

"啊——"背后传来了由香里的轻呼声，"爸爸，别让夏帆看从前的相簿，她一定会感到无聊。"由香里的声音接着转向夏帆的方向，"夏帆，你比较想看漫画，对吧？最新一集的——"

"我想看相簿！我想看小时候的妈妈！"

当年我抽烟不慎引发火灾，除了这本相簿之外，其他照片都烧掉了。夏帆应该从来没看过她母亲从前的照片才对。

于是我摸索着找到自己的提包，抽出了相簿。虽然我眼睛看不见，但哪一页放着哪些照片，心里早已记得滚瓜烂熟。

第一页右上角是婴儿时期的我，脚踝上绑着绣了乌龟图案的缎带；第五页左下角是由香里，身上穿着纪念七五三的和服；第七页的右下角也是由香里，那是小学的入学典礼——

我翻开了有由香里照片的最前面一页，将相簿递给夏帆。

"你看，这是你妈妈刚出生的模样。"

从夏帆的呼吸声，我可以感觉得出来她正看得入神。

"——咦？"夏帆的声音充满了困惑，"外公，这是一张白色的照片，上头什么都没有。是不是消失了？"

"这不是热感应式的照片，不可能褪色。"

"咦？怎么其他页上的照片也是白的？"

"这怎么可能？除非照片被人换掉——"

"爸爸——"由香里吞吞吐吐地说，"不是照片被换掉了——这些本来就是白纸。"

"你在说什么傻话？这可是我失明前拍的珍贵照片。"

"其实，当年那场火灾，把所有的照片都烧掉了。我说爸爸最珍惜的相簿平安无事，是骗你的。"

"不可能，后来我们还一起看了好几次，你还将每一张照片形容给我听，不是吗？"

"陪你看了那么多次，哪一页有哪些照片，我早就记在心里了。"由香里发出了腼腆的苦笑。

"你为什么要撒这种谎？"

我明知道答案，却还是想听由香里亲口说出来。

"——那是爸爸最重视的相簿，我怕你知道了真相，心里太难过。所以我买了一本一模一样的相簿，在里头放了全白的照片。"

当年我一直认为自己这辈子只能活在回忆中，因此那些我根本看不见的相片成了心灵上唯一的慰藉。如果我得知所有照片都已付之一炬，恐怕失去全部过往人生的沮丧感，会将我打入绝望深渊。

原来我每次翻开相簿，女儿对我说的都是她记忆中的照片内容。从一次又一次的善意谎言中，我完全没有发现她的体贴，只是不断提出任性的要求，成为女儿与其伴侣之间的绊脚石。因为我的缘故，女儿落得未婚生子的下场，也导致了夏帆没有能够提供肾脏的父亲。

我不知该怎么表达我心中的歉意，只能漫无目的地翻动手中那本虚假的相簿。第八页，我看着记忆中的那张照片说："你还记得这张照片吗？你在运动会上摔了一跤，哭得呼天抢地。"

"——当然记得，老师正一脸紧张地从远处奔跑过来。"

"是啊，没错。"我翻到了下一页，"看，这是你在吃便当的照片。"

"嘴角还沾着饭粒。"

"我看见的照片，嘴角可没有饭粒。"我不禁苦笑。

"是真的。"由香里发出了充满自信的笑声，"我大口嚼着饭团，嘴角都是饭粒。"

我心中的照片多了由香里所描述的细节，变得更加鲜明逼真了。

"下一页右上这张照片——"我感慨万千地说，"这是你妈妈拍的，我坐在屋子的缘廊，头上的风铃不停摇摆，你正在帮我揉肩膀。"

"嗯，我也很喜欢这一张，有夏天的味道，仿佛可以听见蝉叫声。爸爸头上戴着草帽，阳光将你的侧脸照得闪闪发亮。"

"好怀念当时的一切——"我紧紧握住了手中的相簿，"你一直是个善良体贴的好孩子，从以前到现在都没变。"激动的情绪让我一阵揪心，"我却总是将失明的痛苦发泄在你的身上，最后甚至——毁了你的人生。"

由香里沉默了半晌。

"——爸爸，我得向你道歉。"由香里的声音充满了苦涩，一字一句说得语重心长。

"我利用你眼睛看不见，对你撒了一个谎。虽然只有一次——却是绝对不能被原谅的谎。"

"什么谎？"

"那天爸爸朝我扔的玻璃杯。"

"我原本只是想扔墙壁，却扔到你的脸上。明明眼睛看不见，却做出那种傻事，我一直很后悔。"

"爸爸，你扔得很准，那个杯子确实撞在墙壁上，裂成了碎片。是撞上了墙壁，不是我的脸。虽然有些碎片溅在我身上，但我没有受伤，我说脸受了伤，那是骗你的。什么一辈子不会消失的伤痕，那都是谎言，卑劣的谎言。"由香里的声音变得有气无力，"我只是不想再照顾爸爸，才说了那种残酷的谎话。爸爸，我利用了你的残疾。"

若说我从来没有怀疑过这一点，那是骗人的。只要随便找个眼睛没有残疾的熟人，就可以轻易确认女儿脸上是否有疤痕。但我实在没有勇气这么做，也无法接受女儿为了逃离我而不惜撒谎骗我，就像当初骗我签下离婚协议书的妻子一样。

"这全是我的错，是我逼你做出了这样的决定。你会撒谎也是身不由己，你不必为此感到自责。"

当年我总是把女儿的协助当成理所当然的事情，不管是在浴室里帮我搓背，还是帮助我更衣、进食，我从来都没跟她说过一句谢谢，甚至表现出一副她本来就该这么做的态度。我强迫她对我付出不求回报的关怀，无疑是一种傲慢。

不管是身心健全还是身患残疾，做了坏事就该道歉，接受了帮助就该说谢谢。我竟然忘了这"身为人"的基本原则。我忘了对女儿的尊重，只因为她是我的女儿。

直到现在，我才体会到一个真理——不求回报的关怀，应该是长辈对晚辈，而不是晚辈对长辈，就与我现在想要帮助夏帆找到肾源一样。

"我想要重新找回家庭——"由香里的声音由有气无力逐渐转变为略带哽咽，"我不想再过这种家人反目成仇、老死不相往来的人生。"

我心里的想法也一样。我对哥哥态度恶劣，全是因为自己内心疑神疑鬼，什么觊觎遗产而用砒霜毒害母亲，多半只是我杞人忧天吧。哥哥搬到岩手县的老家，过着照顾老迈母亲的生活，不正是他心怀善念的最佳证明吗？

人生就像一座无法移动的巨大沙漏。就算上层的沙所剩无几，也无法将其翻转。我扪心自问，这辈子难道没有遗憾吗？我是否爱了我该爱的人，扶持了我该扶持的人？我的沙漏里还剩下多少沙子？而年迈母亲的沙漏呢？

或许我该带母亲出门旅行一趟。我该相信稻田富子的话，别再怀疑哥哥，把握机会多创造一些三人的共有回忆——

15

✡

京都

京都车站的站台上充塞着噪声，呼啸而过的风声、奔跑在喧嚣人群中的脚步声、亲子之间的闲聊、上班族之间的牢骚。

站台总是带给我几乎要折损阳寿的紧张感。就好比一座横跨山谷却没有护栏的吊桥，视力正常者谁敢闭着眼睛走过去？

哥哥为母亲推着轮椅。上次返家时，母亲勉强为我们亲手做了菜肴，却因此而伤了膝盖。我们已事先联络好，上下电车都有站务人员贴心地为我们服务，不仅协助母亲，也协助我。如今我不再认为单方面接受帮助是理所当然的事，即使身有残疾，也还是该顾虑他人感受。这已成了我心中小小的骄傲。

对我来说，京都车站就像机场一样偌大且动线复杂。我闻到右边飘来奶油的甜腻香气。

"妈妈不知有几十年没离开岩手了。"母亲喜滋滋地说。

当年没有去东北的姨母，一直居住在岩手县，姨母一过世，母亲便继承了老家，搬回故乡生活。从那年之后，母亲离开村子的次数可说是少之又少。

我们三人搭上出租车，来到了旅馆。事先为我们订好旅馆的女儿说，这家旅馆的庭院有一大片竹林。我在房间内放下行李，拉开窗户，登时听见了"咚、咚、咚"的清脆声音。我脑中浮现了艳丽而风雅的日式庭园景致，那声音多半是"添水[1]"的竹筒承受不住水流而敲在石头上。

"和久，我去放热水，你帮妈妈把袜子脱掉。"哥哥说。

母亲虽强调她能自己脱，但我还是摸索到她的小腿，用手掌仔细抚摸。母亲的小腿虽然骨瘦如柴，却硬得像铁棍一样。

"原来妈妈的脚变成了这副模样——"

"这是多年来照顾宝贝儿子的证据。可惜妈妈已经不能再照顾你了，妈妈只能看着你吃苦，自己连站也站不起来，真是没用。"

"妈妈，你别这么说，我自己能站、能走。"我脱去母亲的袜子，"以后有什么事，你叫我做就好。"

"你在说什么傻话，天底下哪有给儿子添麻烦的母亲。"

在母亲眼里，孩子不管到了四十岁、五十岁还是六十岁，永远是孩子——

"妈妈走的时候，如果能顺便把你的眼病带走，该有多好——"

一时之间，我感到胸口揪痛，胃仿佛被紧紧掐住了一般。若是在与女儿重修旧好之前听到这句话，我一定会认为母亲只是想要赎罪吧。从

---

[1] "添水"是利用水流及杠杆原理，让竹筒在石头上不断敲出声音的日本传统装置。其原本的用途是驱赶鸟兽，如今多作为庭园内的装饰物。

前的我满脑子只想着全因为母亲在东北判断错误，我才必须经历地狱般的逃难生活，最后甚至在难民收容所内植下了眼疾的病灶。

"我没事的，妈妈，你别这么说。"我紧握住母亲的手，"妈妈，你还有好多年要活，千万不能这么早走。"

母亲没有搭腔，我接着又说："过去我一次又一次把怒气发泄在妈妈身上——妈妈，我对不起你，就算被你怨恨，也是我的报应。"

"傻孩子，哪有母亲会恨自己的儿子？"母亲以啼笑皆非的口气说道。

听到母亲这句话，我顿时如释重负，心情不知轻松了多少。

我们三人轮流进浴室洗澡，但哥哥担心母亲摔倒或溺水，一直陪在她身边。隔着浴室门，我可以听见哥哥的贴心问话声，可见哥哥真的很孝顺母亲，若是假货，绝不可能对母亲表现出这种态度。那个装砒霜的小瓶子消失无踪，应该只是一场误会罢了。哥哥利用我记忆力受损的毛病，想把杀母之罪推到我头上什么的，都是我自己的被害妄想。

这一天的晚餐是京都料理，主要的特色是今天早上才挖到的京都笋子。这是我请女儿特地上网查到的餐厅。笋子釜蒸饭、炖嫩笋、凉拌嫩笋——

"妈妈，你从前不是常说一句故乡俗谚吗，'吃新绿，寿命可增七十五天'？"我说。

笋子又软又嫩，不费力气就能咬断，而且煮得相当入味。

"又软又好吃，对吧？就算牙齿不好，也没有问题。"

"是啊！好好吃！"母亲兴奋得像个孩子。

能够听见母亲如此开朗的声音，可说是不虚此行了。母亲的声音宛如摇篮曲般轻柔，令我感到无比安心。连日来的苦恼全被抛进了回忆深渊，如今我的心中洋溢着幸福。我深深地感受到，就在这即将迈入古稀的年纪，我终于重获新生。

"妈妈，你要活得比我更久。"

"傻孩子，母亲比儿子活得久，那像什么话？"

"总而言之，我希望妈妈长命百岁。"

我笑了起来，母亲也苦笑着。

隔天，我们前往了产宁坂。若我没记错的话，在我失明前，大约三十五岁时，曾经造访过一次。当时坡道上铺着石板路，两侧都是有着虫笼窗[1]的传统屋舍、茶店风格的住宅、工艺品店、陶器瓷器店及日式餐厅，可说是个古色古香的地方。

"很像江户时代的街道吧？"

"是啊，看起来历史悠久。"母亲感动地说。

"有没有看到樱花？"

在我记忆中的画面，漆黑的屋瓦上方可看见樱花树的垂枝。每当刮起夹带青草味及花香的春风，樱花便轻轻摇曳，宛如自天上垂下的粉红色蕾丝窗帘。

"有，樱花好漂亮，不愧是京都。"

我蓦然心想，母亲会不会是不想扫我的兴，才故意隐瞒了实际的街景模样？会不会产宁坂已受到都市化的洗礼，与三十多年前完全不同了？那些让人仿佛回到江户时代的传统建筑会不会都被拆掉了，放眼望去全是综合商业大楼？

我一边用导盲杖敲打路面一边前进，忽然脸颊不知被什么东西轻轻碰了一下，用指尖轻轻一捻，原来是枚花瓣。倘若这一带的街景早已被

[1] "虫笼窗"是一种日本传统的窗户形式，形状有点像饲养昆虫的笼子，故此得名。

破坏，樱花应该也不会留下吧。我心想，京都应该还是保持着昔日风情，才能吸引这么多观光客前来欣赏美景。

"家乡有个传说，'若把婴儿的洗澡水倒在太阳下，婴儿就会长不大'，因为这个缘故，当年妈妈每天都端着你洗澡的水，大老远走到太阳晒不到的地方倒掉。"哥哥说。

又是一句故乡俗谚。如今我已年近七十，竟然直到现在才深深体会到母亲对我的照顾有多么无微不至。

我们朝着四条通的方向缓缓前进，出了八坂神社的楼门，祇园的喧闹声此起彼落。我可以感受到春天的和煦阳光紧贴着皮肤，微风轻抚着刘海。

祇园白川一带若与当年相同，应该有一条石板路，以及一座座装有格子门的茶屋。不时有身穿艳丽和服的舞伎们来回走动，高木屐上的铃铛发出清亮声响。一整排盛开的樱花树洒下无数花瓣，落在河面上，随着潺潺流水漂动着——

我听见头顶上方传来花瓣互相搓磨的细碎声音，显然我们正走在一条樱花树造就的隧道中。花瓣随着春风拂上肌肤的触感，应该是宛如雪片般的缤纷落樱。

"如何，妈妈，美不美？"

"真是太美了。"母亲感慨地说，"日子不多的妈妈看得到，还要活很久的你却看不到，神明真是太不公平了。"

"别这么说，妈妈，我早就习惯了。"

哥哥推着轮椅，轮子在石板路上发出声响。我跟随着声音前进，导盲杖也发出规律的敲击声。

我感到胸口一阵阵刺痛。母亲是否直到现在仍然怀着罪恶感？这一切都是我的错。当初得知双眼迟早会失明时，母亲曾说要来我家照顾我，我却对母亲冷言冷语，直说"战败的时候，若不是妈妈判断错误，我也不会落到这个地步"。

那时母亲不仅频频向我道歉，而且还取来了毽子与毽拍，唱起了数字歌，为我祈求眼疾早日康复。但我听到那歌声反而心烦气躁，忍不住将毽子拍到地上，母亲拾起毽子，没有半句怨言，继续边拍边唱。我转身背对着母亲，默默听着那哀戚的歌声。

正为这件往事感到悔恨、懊恼之际，我忽然听见轮椅车轮声上方传来母亲的声音："对了——阿和，从前妈妈生病的时候，你不是曾为妈妈唱过数字歌吗？那件事让妈妈好开心呢。"

接着妈妈哼起了那首数字歌。

> 一是最初一之宫
> 二是日光东照宫
> 三是佐仓宗五郎
> 四是信浓善光寺
> 五是出云的大社

我忍不住跟着唱了起来。

> 六是各村镇守神
> 七是成田不动明王
> 八是八幡的八幡宫
> 九是高野弘法大师
> 十是东京的招魂社
> 祈求各方神明庇佑
> 让吾子平安无病痛

我把最后一句的"吾子"改成了"吾母"。唱完了之后，我们有好一会儿没再说话，耳中只听得见樱花花瓣的瑟瑟声响。

"最近我总有种魂魄快从躯体中流走的感觉，但我使尽了力气，把魂魄紧紧拉住。"母亲咳了数声后，才接着说，"我实在不放心扔下你们这两个儿子先走——"

我听见母亲吐露出这种早已觉悟死亡的言辞，心中又悲又痛。轮椅在樱花树围绕的石板路上缓缓前进。

"阿和，妈妈若死了，就把妈妈的器官给夏帆吧。如果有什么要签名的，就趁现在签一签。"

"——妈妈，那是行不通的。这样的做法，只适用于夫妻或亲子之间。"

最近政府修订了器官移植的相关法规，过世者的器官将可以优先提供给亲人，可惜祖父母、曾祖父母不被列为这个规定的对象。而且，活体肾脏移植虽然没有年龄限制，但医学界大多以七十岁以下为原则，母亲的年纪实在太大，无法在活着的时候将肾脏捐给夏帆。

"妈妈，你就算死了，器官也会被移植给完全不相关的陌生人。以排队顺序来看，绝对轮不到夏帆。"

"——原来是这样，妈妈还以为只要自己死了，就能帮上忙呢。"

"妈妈，你别说这种不吉利的话！你一定要活久一点，我相信夏帆也是这么希望的！"

"眼看夏帆这么痛苦，我却帮不上忙，阿和，妈妈心里实在很难受。"

"一定——还有其他办法能救夏帆的。"

我一边如此激励自己，一边暗中窥探推着轮椅的哥哥的动静。母亲说出如此哀伤的话，为何哥哥却是无动于衷？像哥哥这么孝顺的人，为什么没有说出"不然让我接受检查看看"之类的话，好让母亲安心？为什么他如此排斥接受检查？

疑惑再次浮上了心头。去了一趟北海道之后，我原本已不再怀疑哥哥是假货。但毕竟没有确切的证据，我无法一直欺骗自己。

何况这件事还留下了许多不解之谜。那些内容骇人的点字俳句是怎么回事？打电话给我的徐浩然，为什么自称是我的亲哥哥？入管局人员说他是个骗子，是真的吗？哥哥曾说有村人看见我从仓库拿走了装砒霜的小瓶子，他这么说的目的是什么？

"哥哥"真的是哥哥吗？一旦怀疑重回心头，就很难再度将其抛诸脑后。

"阿和——"母亲忽然以试探的口吻说道。

"嗯？"

"你跟哥哥之间是不是发生了什么事？"

"为何这么问？"

"我是你们的妈妈，看得出来你们之间气氛有些尴尬。"

"——没什么，你别担心。"

"你们是兄弟，一定要好好相处才行。"

兄弟——

"哥哥"代替我回应了母亲："妈妈，你放心，我们是兄弟，一定会互相扶持的。别再说那些扫兴的话了。"

"哥哥"这句话在我听来只是空泛的敷衍之词。

我们走进了一间茶屋，稍事休息。店内飘着一股桧木的香气，我们坐在吧台座位，吃了含有淡淡樱花香的小糕饼。

"哥哥"中途离席上厕所去了。

我深吸了一口气，犹豫着该不该对母亲说实话。

母亲若得知我的怀疑，一定会相当难过吧。当初她喜极而泣地大喊"我儿子还活着！"的声音，我永远忘不了。倘若她得知这个儿子只是毫无瓜葛的陌生人，那种打击恐怕会让她心跳停止。

但如果哥哥是假货，而且有所图谋，我就实在没办法将这件事藏在心底。相信母亲只要舍弃先入为主的观念，以怀疑的眼光来审视，一定可以判断出这个人是不是自己的儿子。

"——妈妈，哥哥呢？"

"还在厕所。"

"哦。"

"阿和，怎么了？"

我做了一次深呼吸，双手不由得握紧了拳头。我的一句话，很可能将彻底摧毁家人之间的关系，一想到这一点，我便恐惧得说不出话。不知母亲是否看出了我心中的紧张。

"是这样的——"我勉强撑开了沉重无比的双唇，"我怀疑他是个假货，不是真正的哥哥。"

我听见母亲倒抽一口凉气的声音。

"阿和，你在——你在说什么傻话？"母亲的声音因紧张而微微颤抖。

"我刚开始怀疑他，是因为他不肯接受可以确认血缘关系的检查。心里有了这种想法后，我发现疑点越来越多。我还特地询问了一些当初曾跟我们待在同一个开拓团的人，以及遗华日侨。原本我已认为是自己想太多，但实在是无法释怀。妈妈，你有没有察觉到什么不对劲的地方？他真的是哥哥吗？会不会妈妈只是太期待与儿子重逢，才会——或许这么说有些难听，但你会不会是被骗了？"

母亲有好一会儿没有说话，我只听见坐在远处的一群观光客的嬉闹声。

"阿和——不行——绝对不行！"母亲的语气异常激动。观光客们似乎吓了一跳，笑闹声顿时止歇。"阿和——你绝对不能这么做——都已经这么多年了，绝对不能去挖你哥哥的底细。"母亲忽然剧烈咳嗽，声音像是在喉咙里塞了一团棉花，"不管是真货还是假货——那一点也不重要！"

我一听母亲这么说，整个人愣住了。内心感受到的震撼，宛如长年视之为真理的世界遭到彻底颠覆及瓦解，心脏像发了狂一般乱跳，全身冷汗直流。

母亲早已知道哥哥不是真货——

我恍然大悟。母亲向来对我比对"哥哥"慈祥，原来那并非因为我是次男，也不是因为母亲跟"哥哥"失散了四十年，而是因为"哥哥"是假货。

"妈妈，你是跟他一起在老家生活后才发现他不是你儿子的吗？还是在访日调查团的认亲活动时就知道了？难道你明知道他不是亲儿子，却还是认了他？"

倘若母亲打从一开始就知道，她为什么要把一个假货当儿子？有什么令她非这么做不可的特殊理由吗？伪装成哥哥的男人，跟母亲到底是什么关系？母亲认识那个自称是我的真哥哥的徐浩然吗？新的疑问不断涌出，我的脑袋乱成了一团。

"妈妈什么都不能告诉你。阿和，你千万别追究那些往事，算妈妈求你——"

16

✡

东京

原本预定四天三夜的旅游行程，因我接到夏帆肾病恶化的消息，在第三天便提前结束了。

由香里在电话中告诉我，肾脏移植已是刻不容缓，一定要尽快找到捐赠者才行，她恳求我再拜托伯父一次看看。但我知道那是没有意义的事，因为"哥哥"是个假货，就算他愿意接受检查，最后医生还是会因为二者无血缘关系而拒绝动手术。

话说回来，当年在认亲活动会场上，母亲见到"哥哥"时喜极而泣的表情，难道全是装出来的吗？倘若真是如此，妈妈为什么要这么做？将一个毫无瓜葛的中国人当成遗华日侨，甚至将这个人迎回家中，对母亲有何好处？

等等——"哥哥"是中国人吗——？

他会不会是个日本人，一个找不到身份担保人，因而无法返回祖国的遗华日侨？母亲会不会是基于同情，才假装他是自己的儿子？不——这还是说不过去。就算是日本人，母亲没有理由为一个毫无瓜葛的外人做出这么大的牺牲。一旦母亲将这个人认定为自己的儿子，义工团体就不会再花时间去找真正的"村上龙彦"。换句话说，一旦将假货认定为儿子，就等于放弃了与真正的儿子重逢的可能性。

我回想起一件事。当年出发逃难前，母亲曾在家里的柱子上用日文及中文刻下了姓名及老家地址，当时母亲告诉我的理由是"爸爸要是回到家里却找不到我们，一定会很焦急，得让他知道我们已经回日本了"。但冷静想一想，母亲何必连一起生活过的老家地址也刻在柱子上？父亲没有理由不知道老家地址，只要刻一句"我们回岩手老家了"不就行了吗？

还有，为什么母亲要刻中文？在那些我看不懂的中文里，会不会包含了写给某人的讯息——？

到头来，京都旅行时感受到的幸福只是假象，一趟旅行之后，反而让我产生了新的谜团与怀疑。乍看之下以为是希望的微弱光芒，就这么遭无边无际的黑暗吞噬，宛如一只闯入都市深夜的萤火虫。

到了东京我连家也没回，直接就前往医院。探望过夏帆后，我告诉由香里："我求过了，哥哥还是不答应。"女儿那沮丧得仿佛失去最后一丝希望的声音，令我心如刀割。

真正的哥哥还活着吗？抑或已经死了？我苦苦思索了这个问题好几天。

这天晚上，我正在家里吃着晚餐，忽然门铃响起，我探摸到墙边的对讲机。

"哪一位？"

"你是村上和久先生吧？"听声音是个三十多岁的男人，"敝姓巢鸭，东京入境管理局入境警备官。"

东京入境管理局？我心想，多半是为了那个自称正牌村上龙彦的徐浩然而来的吧。但我与那个人只用手机通过一次电话而已。

"有什么事吗？"

"能进去谈吗？"

我迟疑了数秒，应了声"好"，在黑暗中沿着墙壁走到玄关，打开了门。入境警备官似乎有两个人，我说了几句客套话后引着他们入内，在客厅沙发上坐下。

"是关于上次那个'骗子'的事吗？"

我开门见山地切入正题，是因为不希望让陌生人在家里待太长的时间。遭人过度窥探隐私的感觉，有点像是戴上了眼罩后被脱光衣服一样，令我不安。

"骗子？"巢鸭的口气有些诧异。

"大约两星期前，你们的同事才来找过我。"

"这可玄了，在今天之前，我们入管局从不曾与你有过接触。"

接触——对方竟然用这种仿佛把我当成犯罪者的字眼，令我大感不满，但我压抑了情绪，说道："那天有两个自称东京入管局人员的人在路上向我问话。"

就在说出"自称"这个词的瞬间，我心里也觉得有些蹊跷。没错，仔细回想起来，那两人只是"自称"东京入管局人员，却没有摆出任何确凿证据。当时他们虽然向路过的妇人出示了手册，但那搞不好只是在演戏而已。他们故意让第三名同伴伪装成路人，演了出示证件的戏码，好取得我的信任。这些人到底是谁？他们的口音完全没有中国腔，应该是地道的日本人。他们声称徐浩然是个骗子，逼我说出徐浩然的下落。

"村上先生——看来你是被人骗了。"

"——我就当你们是真正的入管局人员吧。这次又是为了什么事来找我？"

"若你想要确认我们的身份，可请你信得过的亲友过来。"

巢鸭说得泰然自若，没有半点心虚。

"算了，不用了。"

"好，那我就单刀直入地说了。今年二月中旬，发生了一起日本货柜船偷渡案。"

"这我在收音机上听过了。绝大部分都死了？"

"对，只有两人存活，一个趁机逃了，另一个已被我们入管局逮捕了。"

逃亡的那个正是徐浩然，当初他在电话里是这么说的。

"村上先生，你在这起案子里扮演什么样的角色？"

"扮演什么样的角色？我是那艘货柜船的舵手，这样你满意了吗？"

"我的问题若引起了你的不快，请见谅。事实上，我们并不认为你是偷渡案的共犯。"

"既然如此，你们为何盯上了我？请告诉我理由。"

"——因为那些寄到你老家的点字俳句。"

我一愣，完全没料到对方会在这时提到俳句的事。

"我确实收到了一些内容惊悚又让人摸不着头绪的俳句，但上头没有写寄信人的名字，我也猜不出是谁寄的。"

"寄信人就是我刚刚提到的那个被我们逮捕的偷渡客。"

"什么？是那个偷渡失败的中国人？那我就更是一头雾水了。"

"你是不是隐瞒了什么？"

"为何这么问？我可不认识任何中国人。当年我在东北的时候，确实曾跟一些中国孩童一起玩耍，但那已经是六十五年前的事了，当时你还没出生呢。我问你，那个中国人叫什么名字、几岁？"

"他叫马孝忠，今年三十五岁，但这身份是不是真的，我们也不敢肯定。"

果然不出我所料，写出那些俳句的人是个中国人。汉俳不重视季语，而那些俳句的耸动字眼里也不包含季语，这样的推测果然是正确的。

就在这时，远处的架子附近忽然传来细微的声响，我竖起了耳朵。细听坐在前方的入管局人员的声音，推测乖乖坐在前方沙发上的入管局人员很可能只有一人。

"我可没有看到搜查令。"我望着架子的方向，故意说得毫不迟疑，"入管局人员在视障人士的家里'偷鸡摸狗'，可是新闻媒体最喜欢的话题。"

一阵沉默之后，架子的方向传来男人神经分兮的说话声："我们并没有搜查令。请别误会，我只是闲着没事，随手碰了架子上的饰品。"

"不如我借你一颗铃铛吧，你若无事可做，请你玩铃铛，这样我才能知道你在哪里。"

"——失礼了。"一阵脚步声走近，接着我听见桌子对面的沙发承受体重的细微声音。

"总而言之，我不认识那个姓马的中国人。"

"那就奇怪了，有谁会寄俳句给陌生人？"巢鸭的口气变得严厉了许多，"我们怀疑这里头隐藏着某种暗号，其中的句子，都与偷渡有关。在那通气孔被塞住的货柜里，马孝忠的妻子及小孩都死了。握着天后宫护身符断气的模样，实在令人同情。"

我细细回想心中记得的俳句内容，确实包含了"我的孩子与妻子／美梦破碎了""日出之国／心之所向""死亡的狂风暴雨"之类的字句，但更令我在意的是另一件事。

"这么说来，你们看过了那些信的内容？两星期前，我家有遭人入侵的迹象，原来是你们在搞鬼？你们为了偷看那些俳句，溜进了我家里？"

"若你怀疑家里有人入侵，建议你赶紧报警处理。我们知道俳句的内容，并不是因为我们使用了违法手段，而是因为那些信是在我们的协助下寄出的。"

"什么？"我扬起眉毛，露出要求解释的表情。

"在入管局的监视下，你认为那个中国人有办法神不知鬼不觉地寄出那么多封信吗？他要寄信，当然必须获得我们的同意。"

"你们入管局为什么要帮他做这种事？"

"请听我解释。马孝忠这个人口风很紧，我们问他关于偷渡的方法及中介者的身份，他死也不肯说。根据我们的调查，他曾在日本违法居留了十年的时间，因此日语说得相当流利。经过我们再三追问，他才说出两年前因违法居留被发现，遭驱逐出境，这次又企图偷渡回日本。一旦遭到驱逐出境，则五年之内不得入境，他要重回日本只能采取偷渡的方式。"

"他为什么要偷渡到日本？为了钱吗？"

"钱应该也是原因之一，但这似乎并不是主要动机。他在中国违反计划生育政策，没办法才企图带着妻小一家四口移居到日本。我们从他口中问出来的事，就这么多而已。毕竟除了另一名逃亡者之外，他是唯一能够'提供案情的人'，我们也是伤透了脑筋。有一天，他突然对我们说'想寄信给日本的朋友'。"

"——原来如此，所以你们才想要利用这一点。从信中的内容，或许能查出一些蛛丝马迹。"

"村上先生真是聪明。当然，马孝忠一定也知道我们会偷看信的内容。他对我们说，收信人眼睛看不见，希望我们借他一本'教点字的书'。我们为他准备了教学书及点字器，他花了整整一天的时间看那本书，又拿着点字器研究了老半天，才终于打出一句话。这封信的收信地址，便是你的老家。我们试着查过这首俳句，却什么也查不出来。从那天之后，他每隔一天就打出一首俳句。我们猜想，等他把所有俳句打完，应该就能看出暗号了。就在前几天，他寄出了第十四封信后，对我们说'不需要点字器'了。但我们把所有俳句放在一起，还是看不出任何端倪。我们无计可施，只好直接来拜访你。"

"若我是共犯，当然不会承认那是暗号。"

"——事实上，我们并不认为你是人蛇集团的成员。说起来对你感到很抱歉，我们曾经监视过你几天。但由于你没有任何可疑举动，我们很快就解除了对你的监视。"

"老实说，我也搞不清楚那些俳句是怎么回事——等等，那些信真的是写给我的吗？"

"上头的收信人确实是写着'村上和久'。"

"这些信都是寄到了老家，再由哥哥'转寄'到我手里。仔细想想，哥哥要偷看信的内容并不困难。马孝忠想要传达暗号的对象，会不会是我哥哥？收信人写我的名字，只是个障眼法？"

"我们也考虑过这一点，但内容是点字，这可能性不大。除非，令兄有什么值得怀疑之处？"

"妈妈什么都不能告诉你。阿和，你千万别追究那些往事，算妈妈求你——"母亲的恳求声在我的胸中回荡着。她为什么求我别追查哥哥的底细？那个假冒哥哥的男人到底是何方神圣？将这个秘密告诉入管局的人，是否会令母亲难过？

但既然是假货，我绝对不会睁一只眼闭一只眼，不论有什么理由。总之，母亲一直没有相信过我，倘若她对我有信心，就不应该对我有任何隐瞒。

"我哥哥是遗华日侨。"我仰天叹了口气，"但我怀疑他是个假货，伪装成了村上龙彦，厚着脸皮住在我的老家。"

"哦？这倒是个耐人寻味的线索。"

虽然我的眼睛看不见，但我可以猜到巢鸭的双眸一定正散发着聚精会神的光芒。

"除此之外，我什么也不知道。没办法帮上任何忙，真是抱歉。"

"——请别这么说，今天的谈话对我们很有帮助。"巢鸭似乎站了起来，"若你解开了俳句之谜，请一定要与我们联络。"

我说出了心中的怀疑，但愿日后不会后悔。脑中浮现出母亲的面孔，我不禁如此暗自祈祷。

巢鸭留下电话号码后便离去了。我取出了所有点字俳句信，回到沙发上坐下。"哥哥"又从老家转寄了三封来给我，其中有些是在我们前往京都旅行时寄到老家的。全部加起来，确实总共十四封。我将这些信依顺序排列。

没有被埋葬　只能四处徘徊的　灵魂啊

怨念是　心中的火焰　使其燃烧吧

失去了好运　我遭到捕捉　成了笼中鸟

塞翁的　马虽回来了　我独自一人

再也见不到了　我的孩子与妻子　美梦破碎了

四处逃窜　背叛之犬　追到天涯海角

船橹舞动着　心灵跟房间　都随之起舞

日出之国　心之所向　沾上鲜血

食蚊鸟　沾满鲜血的双手　无法擦拭干净

受到了震慑　死亡的狂风暴雨　没办法呼吸

气若游丝　痛苦地挣扎着　尸体啊

剥落的指甲　抓了又抓的墙壁　鲜血溅出来[1]

八重樱　越积越高了　暴风雨之夜[2]

这个头　把它翻转过来　倾听声音[3]

---

[1] 原句为"はがれづめ　かきむしるかべ　ちがはねる"（剥がれ爪　掻きむしる壁　血が跳ねる）。

[2] 原句为"やえざくら　つみかさなりて　あらしのよ"（八重桜　積み重なりて　嵐の夜）。

[3] 原句为"このあたま　さかさまにして　こえをきく"（この頭　逆さまにして　声を聞く）。

寄信者处在入管局的监视之下，一定知道寄出的信都会被偷看，确实很有可能将真正想传达的讯息以暗号的方式藏在点字俳句中。

我抚摸着这些横书的文字，想要找出个中奥秘。但不论我直着读、斜着读，还是将文字调换位置，都找不出任何隐藏在其中的深意。这只是一首首骇人的俳句。

来回摸了几十次之后，我突然察觉有些不太对劲。这每一句都在描述在货柜内失去妻子与孩子的痛苦，唯独最后一句的意思不太一样。

这个头　把它翻转过来　倾听声音

这一句并不像其他句那样充满恨意。"声音"指的是谁的声音？若照常理来推断，指的应该是寄信者的声音吧。换句话说，这最后一句其实是在提供解读暗号的线索。只要将"头"翻转过来，就能解读出暗号。但这个"头"指的是什么？——会不会是每一首俳句的第一个字？

ま　お　ん　さ　も　に　ろ　ひ　か　け　た　は　や　こ
ma　o　n　sa　mo　ni　ro　hi　ka　ke　ta　ha　ya　ko

我将每一首的第一个字顺着读下来，却读不出任何意思。最关键的恐怕在于"翻转过来"这几个字。所谓的"翻转"，到底是要怎么做？难道是要从后面往前读？

こやはたけかひろにもさんおま

——意思还是不通。不过，我相信这个方向是没有错的，"开头第一个字"及"翻转"是关键。

　　理由之一就在于"失去了好运／我遭到捕捉／成了笼中鸟"这一
首。按常理来想，"ん"应该写作"うん"（un），也就是"运"。这首俳
句剔除了"う"（u），只留下"ん"，实在有些吊诡。倘若是为了符合俳
句"五七五"的字数限制，只要改成"うんなくし"就行了，大可不必
将"运"的前半个音拿掉。由此可知，作者一定是基于某种理由，非将
"ん"放在最前面不可。被"翻转"的字，一定要是"ん"才行。换句
话说，这第三首俳句的第一个音"ん"是为了被"翻转"而硬塞进去的。
这也印证了包含"ん"在内的"开头第一个字"是破解暗号的关键。

　　问题是"翻转"是什么意思？

　　想着想着，我突然回忆起了巢鸭说过的那句话："我们为他准备了教
学书及点字器，他花了整整一天的时间看那本书，又拿着点字器研究了
老半天……"

　　为什么马孝忠要花一整天的时间研究点字？若是能够说一口流利日
文且视力正常的中国人，只要拿着点字对照表，照理说应该就可以轻松
打出点字才对。再者，倘若他是在设计暗号，而这些暗号隐藏在墨字中，
他就没有必要一直盯着点字的书瞧。

　　由此可知，他所设计的暗号并非藏在墨字里，而是藏在点字的规
则里。

　　我抚摸着每一排的第一个字，想象着点的排列。

ま　お　ん　さ　も　に　ろ　ひ　か　け　た　は　や　こ

　　"ま"这个音的点若上下对调，会变成"つ"（tsu），若左右对调，
会变成"ほ"（ho）。但若将"お"的点上下对调，会变成单纯的符号；

此外，"ん"会变成"る"（ru），"さ"会变成"よ"（yo），"も"会变成
"せ"（se）。"つおるよせ——"实在是毫无文意。接着我尝试左右对调，
"ほら（ra）んの（no）み（mi）——"同样不成文章。

我稍事休憩，走到了厨房，打开冰箱，轻抚冰箱门的内面，取出放
在最右边的纸盒装牛奶。尖顶盒顶上的半圆形缺口，代表着百分之百的
纯鲜乳。

我拿着牛奶盒回到客厅，取出"液体探针"，在杯里倒了八分满，端
起杯子喝了一口。蓦然间，我感觉残留在舌头上的牛奶带着若有似无的
苦味，难道这牛奶已经过期很多天了？由于看不到保存期限，购买时除
了相信便利商店之外别无他法。倘若买到了过期的东西，其往往会提早
腐败，我却不自知。

我搁下杯子，强忍着舌头上的怪味，重新埋首于暗号的解读。大约
过了三十分钟，将文字记在脑中的做法已令我感到疲惫，于是我取来点
字器，一边做笔记一边思考。我没有点字专用的打字机或计算机，只能
使用这种旧式的道具。这是一只塑料袖珍点字器，形状看起来像一把大
尺，上头有六行共三十个方孔，只要将点字专用纸夹在里头，就能够用
前端尖锐的点字笔将点字一一打在方孔中。

但是打点字比读点字要麻烦得多。由于点字使用的是凸点，因此使
用点字笔时，必须从背面下笔，不仅方向必须由右至左，而且每一个点
字的六点位置也必须左右相反。

相反——这个字眼突然在我的心里挥之不去。我轻轻抚摸着刚刚打
了俳句"开头第一个字"的点字专用纸背面，上头摸到的不再是凸点，
而是凹点。我心中灵光一闪，另外拿了一张点字专用纸，夹进袖珍点字
器内。所谓的"翻转"，指的或许是阅读凹点，而不是凸点。

我试着用点字笔打出每个字的凹点。

まお　おま　んえ

将 "ま" 的凹点转为凸点，就成了 "お"。同样的道理，"お" 会变成 "ま"，"ん" 会变成 "え"，"さ" 会变成 "の"，"も" 会变成 "あ"（a）。

不过左侧三点都是凸点的 "に"，若是改成右侧三点为凸点，则会出现没有这个点字的状况，因此 "に" 还是 "に"；"ろ" 会变成 "は"；"ひ" 也跟 "に" 一样，没有相对应的点字，因此保持原状；"か" 会变成 "と"（to），"け" 会变成 "を"（wo）。

随着点字逐渐排列出意义，我感到一股凉意自背脊往上蹿，握着点字笔的手心早已汗水涔涔。

"た" 变成了 "こ"，"は" 变成了 "ろ"。

不会吧——

心脏剧烈弹跳，仿佛随时会撞出胸口。

"や" 变成了 "し"（shi），最后 "こ" 变成了 "た"。

原来暗号的内容与偷渡毫无关联，而是在告诉我一个秘密。寄出这些俳句的马孝忠，想要向我揭发那个假扮哥哥的男人所犯下的一项罪行。

おまえのあにはひとをころした

お前の兄は人を殺した

你的哥哥杀了人

霎时间，我感到全身寒毛直竖，后颈一阵冰凉。

是谁？被假扮哥哥的男人所杀的人是谁？在哪里杀的？入管局的人曾说过，马孝忠在被遣返之前，曾在日本住了长达十年的时间。他就是在那段时间里得知了假哥哥的杀人罪行吗？抑或是在中国，在假哥哥参加访日调查团并取得永久居留权之前？

被杀的人，会不会就是真正的哥哥？母亲全部知情吗？明明知道这一切，却把杀人凶手当成儿子？为什么妈妈要这么做？

这一切的谜，只有询问母亲才能解开。

我突然感到胃部一阵绞痛，宛如有一只沾满污泥的手，正在抓扯着胃壁。曾经杀过一个人的凶手，在杀第二人时恐怕不会有半点迟疑。那瓶消失的砒霜，到底使用在谁身上了？是母亲，还是——？

胃部的不适感，多半是来自心理因素吧。

我在心里如此告诉自己，抓起杯子走向厨房，将快要酸臭掉的牛奶倒进了水池。

17
✡
岩手

滂沱大雨封闭了故乡。农村跟东京不同，没有鳞次栉比的建筑物，雨水全都直接落在地面上。在我耳里，只听得见田埂间的泥水因雨滴落下而弹跳的声响，湿润的青草与泥土的气味不断自脚底下往上蹿。

我一边用导盲杖的前端拨弄水洼，一边朝着老家前进。

你的哥哥杀了人。

这个假冒哥哥的男人杀了谁？因为什么缘故？他是个残酷的杀人魔

吗？他心里是否有下一个杀害目标？他声称被我取走的砒霜，到底被他用在什么地方了？

此时，我仿佛感觉周遭已被瀑布包围，所有能判断环境状况的线索都被掩盖了。突如其来的轰隆雷响，宛如撕裂了巨大的树，吓得我心脏扑通乱跳。雷声似乎非常近，令我产生了走在雷云之中的错觉，我的脑中浮现了淡蓝色闪光劈开了灰暗天空的画面。

我彷徨无助地停下脚步，一步也不敢向前，刚抵达村子就遭遇大雨，实在是运气极差。我已被这场倾盆大雨搞得晕头转向，分不清楚该往左还是往右，甚至不知道距离老家还有多远；加上雨天几乎没有路人，就算想求助也找不到对象。

我只好在这大雨中胡乱走了十几二十分钟。雨势强劲的程度，似乎连飞鸟也可以击落。若是仰起头，恐怕会被无数打在脸上的雨滴溺毙。就在这时，我听见背后传来老妇人的声音，我赶紧出声求助，对方好心地带我走到我的老家。跨步时的触感及声音，就像是走在米糠泥上一般。

"小心点，门口有一把水田耙。"老妇人提醒我。

一听到水田耙，我顿时想起了母亲从前经常挂在嘴边的故乡俗谚，"三四月打雷时要吊起水田耙"。看来母亲虽然因膝盖受伤，大部分时间都躺在床上，但还是不忘这些驱凶辟邪的迷信。我道了谢，小心翼翼地避开吊在门口的水田耙，拉开了拉门。屋里一片安静。我脱下鞋子，夹好了晾衣夹，将导盲杖倚放在玄关柜子旁。

"我回来了！"我的呼唤声完全被大雨掩盖。

内廊的地板承受了我的体重，发出吱嘎声响，但外头的大雨声响盖过了我的脚步声。我将手掌贴在粗糙的土墙上，朝着客厅的方向前进。由于我全身早已淋得像落汤鸡，不断有水滴落在地板上，听起来就像是淌血的声音。

我忽然有种错觉，仿佛自己正走在一个通往黄泉的洞穴中。这种感觉是怎么回事？上次返乡的时候，明明对这农家风情感到怀念，如今闻到的却是一丝不寻常的氛围。

内衣裤及衬衫都已湿透，黏在身上的感觉相当不舒服，就好像是被浸泡过泥水的抹布包住了身体一样。

来到了土墙的尽头，拉开纸拉门，紧抓着门缘跨入了客厅。蓦然间，我闻到了淡淡的瓦斯味。

我踩着微微鼓翘的榻榻米前进，嘴里喊着："——有没有人？"

没有任何响应，也听不到丝毫动静，强烈的不安感仿佛紧紧勒住了我的咽喉。难道是出门去了？但就算"哥哥"出门了，膝盖受伤的母亲也会在这种下大雨的天气出门吗？

不祥的预感骚动着我的胸口。

就在我往前踏出一步的瞬间，脚下不知踢到什么东西，我整个人顿时摔倒在一个类似沙袋的物体上。趴在地上用手掌探摸，那是高高鼓起的棉被，里头显然躺着一个人。

"——妈妈？还是——哥哥？"

我战战兢兢地问道。胃部开始抽痛，心脏剧烈地跳个不停，我按住了胸口，不断地告诉自己"冷静，冷静"，但一点用也没有，我的心脏反而越跳越快。

我屏住了呼吸，轻轻掀开棉被，往里头摸去。包在衣服里的是骨瘦如柴的身体，这不是"哥哥"，是母亲。

心脏跳得更快了。我缓缓滑动手掌，摸到母亲的皮肤，母亲毫无反应，我吓得放开了手。

难道——不会吧——

我不敢再一次触摸母亲的身体，如果可以的话，我只想当作什么也没摸到。但我最后还是鼓起勇气，再次伸出了手。血液的奔流声在耳内隆隆作响，令我浑身不舒服。手掌再度碰触到了肌肤，一点活人的暖意都没有。

我一边大口喘气，一边伸出双手仔细探摸。

不要——不要——不会的——

母亲的身体毫无反应——她已经断气了。

我摇了摇头，一切都太迟了，母亲已经死了，被"哥哥"杀了。我想起了刚刚踏进客厅时，曾闻到若有似无的瓦斯味。难道是"哥哥"打开瓦斯总开关，故意让瓦斯外泄，使母亲死于一氧化碳中毒？

我激动得全身血液几乎沸腾，脑袋及五脏六腑却冰冷地颤抖着。我察觉自己的上半身正在摇摇晃晃，明白这是即将昏厥的征兆，赶紧伸手按住了榻榻米。

"抱着半吊子的好奇心乱揭他人的疮疤，可能会惹祸上身。"

母亲遭到杀害，或许是因为我将哥哥很可能是假遗孤一事告诉了入管局人员。母亲曾哀求我别再调查哥哥的事，我却还是将心中的怀疑告诉了他人。"哥哥"或许是因为得知母亲察觉他是假货，所以才将母亲灭口。母亲的死，或许是因为我挖掘往事的缘故，我不禁深深诅咒自己的鲁莽。

母亲的"声音"永远从世上消失了，我再也听不到那个关心我的人生胜于自身健康的声音了。我深爱的母亲，最后竟然落得这种下场，一阵激动的情感蹿上了我的喉咙，我紧紧咬住颤动的双唇，不让自己发出哽咽声。

现在该做的第一件事——是报警。

就在我起身之际，被雨声包围的黑暗中竟然传出了细微的衣服摩擦声。我瞬间感觉心脏仿佛被重重敲了一记，脉搏数迅速攀升。那声音与我之间只有数步的距离，我仿佛看到了融入黑暗的影子，感受到了活人的气息。

凶手还在客厅里。

我咽了一口唾沫，干涸的喉咙所发出的声音，大得似乎连对方也会听见。

"——是谁？是谁在那里？"

我刚踏出一步，那脚步声就毫不犹豫地动了起来，绕了一个大圈往外狂奔，我听见了踩在榻榻米上的脚步声。

"站住！"

我拔腿想要追赶，小腿却撞上某个坚硬的障碍物，那障碍物剧烈一晃，先是滑动的声音，接着又响起沉重的东西落在榻榻米上的声音，以及液体飞溅的声音。

小腿一阵闷痛，令我忍不住咬紧了牙根。就在这时，那脚步声踏着内廊木头地板迅速远离。虽然不甘心，但我不可能追赶得上一个视力正常的人。

我不禁暗自咒骂了一声："该死！"

刚踏入客厅的时候，其实凶手就在我附近，只是因雨声及雷声太大，对方没有察觉。

当我拉开纸拉门的时候，对方一定吓出了一身冷汗吧。但下一瞬间，对方察觉到我眼睛看不见，便决定不动声色地待在房内，等待逃走的机会——

一想到杀死母亲的凶手曾经就在我眼前，我便又气又恨，几乎要将门牙咬断。

我双膝跪地，两手在和室矮桌及榻榻米上探摸，想要弄清楚我刚刚撞落的东西是什么。我摸到了某种长方形的坚硬物体，材质似乎是陶——不，以这形状来判断，应该是砚台。这么说来，飞溅的液体应该是墨汁？母亲临死之前正在写一封信？

我伸手往矮桌上一摸，却没有摸到任何纸张。我面对着母亲的遗体，内心不禁产生了疑窦。母亲倘若已写完了信，应该会收拾砚台才对，既然砚台没有收，就代表信只写了一半。既然没写完，为何桌上没有信纸？是被凶手拿走了吗？还是跟砚台一起落在地上，只是我没有摸到？母亲为何写这封信？收信人是谁？

就在这时，远处传来了"哥哥"的吆喝声。

"门怎么没关？田里没事，别担心！"

18

✡

接下来事情的发展，快得令我应接不暇。

我向警察供称我曾闻到淡淡的瓦斯味，而且屋里曾经有可疑人物。警察相信了我的话，开始着手调查。根据警察的分析，母亲的死亡时间是在晚上六点五十分到七点半之间。如此推断的理由，在于"哥哥"向警察供称"门口吊着水田耙，可见母亲在刚开始打雷时还活着"，从刚开始打雷到下雨后我抵达老家，便是母亲的推测死亡时间。

"哥哥"从开始下雨到回家之前，一直待在田里，身旁还有其他三名村人，这可说是难以撼动的不在场证明。但倘若"哥哥"真的是凶手，那么"水田耙"的推论可就不足为信了。因为他大可以事先预测下雨的时间，在下雨前杀害母亲，并在门口吊了水田耙后才出门。但如此一来，躲在客厅里的人又是谁？

我原本期待警察能查出真相，但验尸报告一出炉，死因竟是急性心脏病，警方依此下了"无他杀嫌疑"的结论。我向警察强调有可能是一氧化碳中毒或砒霜中毒，却遭警察以"想太多"一笑置之。甚至连我再三坚称"有可疑人物逃走"也遭警察驳斥："你眼睛看不见，怎么能肯定？应该是把落雷声听成了脚步声吧？"

村民们皆出席了母亲的守灵夜仪式，会场上弥漫着沉香的气味，僧侣诵经声不绝于耳，周围不时传来佛珠的轻微碰撞声。

仪式主持人由"哥哥"担任，我再怎么不甘心，也无法阻止。此时夏帆已经出院，由香里将夏帆交给当护理师的室友照顾后，出席了仪式。

"哥哥"对于母亲的死，不知抱持着什么样的态度。就算他口口声声说着哀悼的话，嘴角却忍不住微微上扬，我也看不到。我甚至有股冲动，想要走过去伸手摸摸他的面孔，确认他脸上的表情。记忆中的哥哥的长相，与获得居留权的"哥哥"的长相一定有所不同。倘若能靠我的手掌摸出差异，不知该有多好——

在僧侣的指示下，我继"哥哥"之后起身烧香，由香里搀扶着我走到灵前。如今在我的正前方，想必挂着一幅母亲的遗照吧。虽然是我发现了母亲的遗体，而且当初还吓得手足无措，直到如今我却依然缺少"母亲真的从世上消失了"的切身感受。自从失明之后，我便生活在只听得见声音的黑暗世界里，因此对我而言，母亲死了跟母亲闭着嘴没有说话并无多大分别。

我用左手握着佛珠，双手合十膜拜，接着在女儿的引导下用三指捻起一撮沉香，举到额头的高度，接着撒进香炉里。

守灵夜仪式后，接着便是宴客。在这种乡下地方，守灵夜宴会的餐点当然是素食。参加者们都认为我的母亲是寿终正寝，因此闲谈的气氛不带丝毫哀戚，每个人都眉飞色舞地聊着从前的往事。

"——你老婆怎么没来？"某个老人问某个年轻人。

"她说'孕妇参加葬礼会难产'，所以不肯来。我自己倒是不相信这一类说法——"

"不，前人的智慧还是宁可信其有。比如'把年初的第一枚鸡蛋扔过屋顶，鸡才会生很多蛋'，这一句就挺灵验。只要有一年忘记照做，那一年的鸡蛋数量一定相当少。"

"——我是都市孩子，不信这套的。"

我不想参与那些人的话题，掏出两颗随身携带的镇静剂，配着酒吞下。这阵子本来已戒掉了镇静剂，但遭逢母亲过世，实在无法再忍。

每当我喝干一杯酒，就会有人往我杯里倒酒，喊着"多喝点"。

"对了，和久——"坐在身旁的"哥哥"满身酒气地说，"虽然今天是守灵夜，有件事还是对你说了吧——"

"什么事？"

"是这样的，我想把老家跟土地一起卖掉。"

"那可是代代传承下来的屋子。"

"埋葬跟葬礼都要花不少钱，何况我是单身汉，那个家对我来说太大了。"

"你只是想拿这笔钱来打官司而已。"

"——不，你错了。""哥哥"顿了一下后说，"我不打官司了。仔细想想，这几年我给你添了不少麻烦，真是抱歉。"

这个人怎么突然想开了？从前的他，说什么也不肯放弃诉讼，甚至可以说是为此赌上了人生。如今突然这么说，心里到底在打什么算盘？

"和久，我并不是为了筹措诉讼费用才打算卖掉老家的，而是经过种种考虑，我认为现在是该卖掉了。"

"就像炒股票一样，抓准了好时机就脱手？"

"混账，你说的这是什么话？妈妈刚死，哪是什么好时机！"

"——妈妈被杀时，躲在我旁边的那个人是谁？该不会是你雇用的杀手吧？"

周围的闲谈声霎时止歇。

"你别胡说！""哥哥"的口气有如鞭子的声响，"警察已说死因是心脏病！"

"那时我闻到了瓦斯的余味。虽然在警察来时已经散去，但我确实闻到了。就算你没有雇用杀手——也可以开了瓦斯再出门，如此一来就能获得不在场证明。"

"你醉了，和久。要胡言乱语，也得先打个草稿。要是瓦斯外泄，妈妈怎么会闻不出来？"

"多半是你趁妈妈睡着时下的手。"

"那时或许还不到七点，妈妈怎么会睡着？"

"哥哥"的语气逐渐变得焦躁。我心想，只要能激怒他，或许就能套出一些真心话或秘密，于是我借着酒意继续说。

"妈妈年纪大了，提早休息也不是什么奇怪的事。"

"——你仔细想想，厨房用的瓦斯怎么可能毒死人？"

"若不是靠瓦斯，就是靠砒霜。"

"装砒霜的小瓶子已经被你拿走了。"

"你想赖在我头上？"

"你才是——"

"——怎么？不敢说下去？"

"好吧，那我就直说了。妈妈死后，你把那小瓶子埋在石熊神社里了，对吧？是不是你用了里头的砒霜，怕留下证据，才把小瓶子埋了？"

我听了这没头没脑的一句话，顿时愣住了。由于酒精跟镇静剂已开始发挥作用，我本来打算充耳不闻，但最后我还是想了一下说："你又想捏造新的谣言？"

"村里有人看见了。妈妈过世的那天晚上，你敲着导盲杖走到石熊神社，用铲子挖掘神木的根部泥土，手上拿着小瓶子。"

"哥哥"说得煞有介事，我心中顿时感到一阵不安。那天晚上的记忆，因镇静剂的副作用而变得模模糊糊，若仔细回想，搞不好真的会想起那鲜红色的神社鸟居[1]。

我喝干了杯里的酒，自行拿起酒瓶斟满。由于没有使用"液体探针"，酒水溢到了手背上，但我没有理会，端起杯子喝了一口。

"别想误导我的记忆。"

"若你不信，去问村里的岩渊吧。"

"你一定是拿妈妈的遗产贿赂他，跟他串通好了。"

"哥哥"深深叹了口气，似乎已放弃辩解。

"好了，你们这对傻兄弟，怎么在这种场合斗嘴？"正对面传来年老妇人的声音。

我没有理会，继续朝"哥哥"说："你真的是我的哥哥吗？"

"——我就是你的哥哥。以前是，以后也是。"

"你转寄的那些点字俳句，可是揭穿了你的秘密。在那些俳句里，藏着'你的哥哥杀了人'这句暗号。寄信的人是个被入管局逮捕的中国人，叫马孝忠，他知道你过去干了些什么坏事。"

"我没有杀过人，也不认识什么马孝忠。"

---

[1] "鸟居"是日本神道信仰的象征建筑之一，外观类似中国的牌坊，颜色多为红色，代表着神界的入口。

右边忽然有一名老人骂道："你再这么胡闹下去，你妈可不知会有多难过！你哥是个孝顺的儿子，照顾你妈可说是无微不至！"

我又喝了一口酒。辛辣而灼热的液体通过喉咙，进入了胃部，令我身心俱醉。

"我一定会查出真相，让一切摊在阳光下！"

我说得信誓旦旦，这可说是对"哥哥"的挑战宣言。

"混账！当初要不是你乱来——"

乱来是什么意思？他是不是又想把错推到我头上，怪我害死了母亲？

"村上先生——"忽有另一人说，"有位曾根崎源三先生坐着轮椅到这里说要找你，身旁还跟着看护人员。"

终于来了。我一听到这句话，顿时精神一振，醉意消失得无影无踪。在敲定了守灵夜的日期后，我便联络了在东北认识母亲及哥哥的那些人到这里碰面。其中第二代遗华日侨张永贵频频跟我道歉，他说五月十二日是他的外婆的忌日，日子已经近了，他必须存钱回中国扫墓，因此没办法向工厂请假。"村上秀子女士当年在东北为我外婆举办了葬礼，我却没办法参加她的葬礼，真是非常对不起。"张永贵这么对我说。

"曾根崎先生是我邀请来的，能不能请你带他过来？"我朝着通报的人说。

曾根崎与"哥哥"见面后会做出什么样的反应，真令我期待。

数分钟后，数道脚步声踩着榻榻米朝我们走近。其中一人说了声"请"，应该是随行的男看护人员，曾根崎则应了一声"嗯"。当初我拜访特别看护赡养院时，曾根崎曾说他一直在找我哥哥，却没有说明理由。

"我希望有一天能跟他见一面，说上几句话，在我断气之前——"当初曾根崎是这么对我说的。

曾根崎上完了香，忽然发出百感交集的惊叹声。

"啊啊——村上！你是村上龙彦吧？自从我回到日本之后，就一直在找你，听说你在中国住了几十年？"

"你是哪一位？""哥哥"诧异地问道。

"当初跟我们待在同一个开拓团的先生，你忘了吗？"我说道。

"——曾根崎？我不记得有这个人。"

"你当然不记得。"我的语气中充满了轻蔑与讥讽，"别说是曾根崎先生，我想其他家的人，你也都不记得了吧？"

"没那回事，大河内家、金田家、高村家、稻田家、平野家、原家、大久保家——我记得的人很多。"

"开拓团的名册真是便利。你从援助团体那里借来看过了，对吧？"

"你若怀疑我，大可去查查你说的那本名册，看看里头有没有曾根崎这一家。"

"村上先生，请你听我解释。"曾根崎突然插嘴，他的声音依然让人联想到伤痕累累的老树，"你哥哥不记得我，这也怪不得他——因为我并不是开拓团里的成员。"

曾根崎这突如其来的自白，顿时令我哑口无言。这是怎么回事？他当初明明说，他跟我们一家人在同一个开拓团内生活，后来还一起逃难；他还说过，在难民收容所里他被迫跟儿子分离，多年后在访日调查团的认亲活动上遇见儿子，却因为经济困难等因素而无法相认，对此他一直感到自责。

"我今天来到这里，是为了向村上龙彦先生道歉。"

道歉？曾根崎这句话再度让我一头雾水。

"我——"曾根崎的语气，仿佛老树的树皮上又多了数道伤痕，"我——我不是农民，而是退伍的关东军。我不曾跟你们待过同一个开拓团，只是在逃难的途中遇上了。我是——那群军人的其中一个。"

我猛然想起，当年跟我们一起逃难的那些关东军士兵，后来都换上了死人的衣物，伪装成一般百姓。那是因为一旦军人被敌军捉住，下场将凄惨无比。记忆中那个带着小孩的士兵，原来就是曾根崎，难怪他是长野县人，并非与我们同乡。经他这么一解释，我才察觉他的说话方式确实有点像军人。

"连日的空袭、轰炸让我们都累得失去了理智——我们满心以为苏联的军舰都停泊在松花江上，准备屠戮我们。孩子的哭泣声会吸引敌人注意，所以——"从曾根崎的声音听来，他似乎随时会因自责而崩溃，"那天的事情，我永远也忘不了。'这孩子的哭声比铜锣还响，必须封住他的嘴才行'——当时我是这么说的。我拔出了军刀，想要砍死你的弟弟。"

"是啊，我代替和久挨了一刀。"

"没错，你突然冲了过来，我的军刀砍在你的背上。"

我好不容易才理解了这句话的意思。

他想要砍死我？这是怎么回事？在我的记忆之中，哥哥明明是为了保护婴儿才受伤的。难道我的记忆出错了？等等——对了，当时哥哥随时背着一个大背包，照理来说不可能被砍伤背部，如果真的被砍伤——那就说明来龙去脉没那么简单。

我试着挖掘出真实的记忆，脑袋又是一阵剧痛，但这次我不能再逃避，无论如何，我必须面对真相才行。

背着背包的哥哥，逃难之旅，饥饿——

没错，逃难的过程中，每个人都饥肠辘辘。自从马车遭苏联战机破坏，每个人只能将粮食塞进背包里，能带的量相当有限，没过多久就连干面包也吃光了。当时才四岁的我因饥饿而号啕大哭，关东军士兵的脸色越来越难看，母亲慌了起来，赶紧走进森林里，希望能找些野菜让我充饥。

母亲并没有将我带走，我依然哭个不停，哥哥只好放下背包，想要找找看还有没有残存的食物。就在这时——

"这孩子的哭声比铜锣还响，必须封住他的嘴才行！"

关东军士兵的这句话，原来是对我说的。哥哥为了保护我，背部被砍了一刀。我为了维护心灵的健全，悄悄窜改了记忆，毕竟对四岁孩童而言，害死哥哥的真相实在太过沉重。

"你会被河水冲走，全是因为被我砍伤的缘故。那时你正发着高烧，却必须单独渡河，当然无法支撑。"曾根崎说道。

不，这不是曾根崎的错——是我的错。哥哥是为了救我才身受重伤，母亲却选择背我渡河。

"在那战败后的混乱局势下，我丧失了'身为人'的良心。但在那一天，我看到年幼的你拼命保护弟弟的模样，内心羞愧难当，是你给了我重新找回人性的机会。"

回想起来，当初那个将麻绳绑在对岸大树上后又渡河回来的人，正是用军刀砍伤哥哥的关东军士兵。他大可以抛弃我们这些碍事的女人及小孩，但他没有这么做，而是特地带着"救命绳"回来找我们。

"许多年之后，我辗转得知你活着回到了日本，除了松了一口气之外，内心还有一股强烈的懊悔，是我害你变成遗孤，长年被抛弃在中国。我知道你不可能原谅我，但我还是想亲口向你道歉。"曾根崎的声音降低至榻榻米的高度，"是我对不起你，真是非常抱歉——"

我心里的第一个念头，是曾根崎没必要向一个假货道歉。但我旋即听见"哥哥"重重叹了口气，似乎正强力压抑着内心的熊熊怒火。难道当年救我一命的哥哥，真的是眼前这个人？我感觉自己的信心已开始动摇。

"我绝对不会原谅关东军，这并不是针对你个人，而是针对整个关东军。当年你们竟然偷偷撤兵，任凭我们自生自灭。原本你们的使命应该是保护开拓团才对，不是吗？"哥哥说。

"——不，军队的使命，是维护国家利益。"曾根崎的声音中流露着悔恨与懊恼，"就这点而言，东北开拓团的立场也一样。东北这块土地在军事上具有举足轻重的地位，我们关东军在特务部的指示下，以低于三分之一的价格向中国人强行收购，我们逼迫他们交出印鉴，以及同意委任状的内容。第一次开拓团所分配到的土地，有很多是根本无须开垦的既耕农地，这早已是众所周知的事实……"

我默默倾听着，没有说一句话。刚刚挖出了自孩提时代便深埋心中的记忆，内心正感到惊疑不定，根本不知该说些什么。

"日本政府鼓吹百姓移至中国东北与苏联的国境地带，并非因为这里的土壤特别肥沃，而是为了获得占领上的优势。只要那里住了大量日本人，日本政府就有冠冕堂皇的理由进行防卫。政府所挑选的民众，都是忠爱国家、身强体壮的贫穷农民，开拓团成员以同乡为原则，便是基于这个考虑。不管是在军事上还是政治上，这块土地对日本都有着不可或缺的重要性。"

"你的意思是说，我们都被日本政府利用了——？"

"利用——？"曾根崎的声音带了三分自嘲。

"说穿了只是一些用过就丢的棋子。日本的国家政策毁了我的一生，令我一直活在对日本政府的憎恨之中，如今憎恨已成了我活下去的唯一动力。"

"哥哥"的这番话，令我更加迷惘了。他的语气中充塞着在中国遭关东军抛弃的愤怒，实在不像是演戏。

"会有这样的结果，全是因为战败。我永远忘不了，昭和二十年八月九日零点后，苏联开始大举进攻。但早在两年前，大部分关东军就已撤退至南方。"曾根崎的口气中流露出越来越强烈的悲愤，"这都是上头的命令，说什么这是为本土决战做准备，这样才能获得最后胜利。"

"我对军队的说辞没兴趣。""哥哥"不屑地说，"总之，因为军队的怠慢与欺瞒，我们成了牺牲者。"

"怠慢与欺瞒——这样的批判确实一点也没错。当时'新京广播电台'不断安抚民心，说什么'关东军固若金汤，开拓团的百姓们大可以安心经营事业'；但是另一方面，将军、副官阶层的军人及其家属早已搭上了逃难的列车。"

"军人只顾着自己逃命，却牺牲了开拓团，对我们见死不救！"

"——我没有任何话可以辩解。军队在撤退的时候，还炸毁了桥梁及道路。列车开到一半，还特地停下来将铁桥及电话线炸掉，以避免被苏军利用。我甚至听说军队在炸毁东安车站时，连逃难的列车也遭到波及，死伤人数多达上千人。"

"当时你为什么没有一起搭上列车？"

"逃难列车上头坐的大多是高官家属，我的任务是驱赶那些企图跳上列车的百姓——说得明白点，就是为了保护列车安全，将那些百姓一一踹下列车。但就在发车之际，我跟儿子都被拖下了车，我无计可施，只好跟其他几名同样没能搭上列车的士兵结伴而行，一路上跋山涉水，朝着哈尔滨前进。战友们一个接一个死于苏联兵的冲锋枪下，就在这时遇上了你们的开拓团一行人。"

当年大人们决定与关东军的残党一同行动，后来哥哥却被军刀砍伤。若是真正的哥哥，在面对退役关东军士兵时，想必会愤恨难平吧。眼前的"哥哥"，似乎也对曾根崎抱持着相当强的敌意。这又是基于什么样的心态？或许"哥哥"虽然不是村上龙彦，却是货真价实的日本遗孤——

这么想倒也说得通。

"我非常能够理解你憎恨日本政府的心情。当时'东北地方联络日本人救济总会'也曾回报'东北各地伤亡惨重，情况有如人间地狱'，却没有得到政府的正面响应。有证据指出，政府非但不肯帮助这些百姓逃难，而且还试图让这些日本人就此落地生根。一九九三年，苏联——不，按现在的称呼，应该是俄罗斯，俄罗斯的公文书馆公开了一份当年关东军的公文，根据公文中的记载，日本政府认为'定居者可解除其日本国籍'。表面上是为了因应将来的反攻，必须留一批日本人在该地，但是真正的原因，或许是日本已因战败而民不聊生，倘若让这些百姓全部归国，日本政府根本无力填饱他们的肚子。你说得没错，开拓团确实是被日本政府抛弃了。"

"日本能有今天的繁荣，全得归功于我们这些人，你明白吗？若不是我们这一大群人在战争前的萧条局势下远赴东北，甚至在战后也留在东北没有回国，日本政府早就已经被这些贫穷的国民压垮了。我们的牺牲，换来了今天的日本，日本政府却不愿意在经济复苏后将我们接回祖国。"

"我早已听说你对政府提起了诉讼，当然我能认同你心中的憎恨，但一辈子活在对国家的恨意之中，会让你看不见身边的幸福。"

"遗孤所吃的苦，只有遗孤能体会。有些遗孤认为自己既是日本人，又是中国人，却也有遗孤认为自己两者都不是。我们在中国遭到歧视，因为我们是'日本人'；我们在日本也遭到歧视，因为我们是'中国人'——"

"如果让怒火蒙蔽了理性，有一天，全世界都会变成你憎恨的对象，这才是我最担心的事。"

"不愧是一战败就能回国接受俸禄的人，训起话来真是铿锵有力。可惜我只是个在中国乡下长大的粗野莽夫，只能依着自己的感情做事。"

"哥哥"虽然已决定放弃打官司，内心的熊熊怒火却没有跟着熄灭，如今见到曾根崎，更是有如火上加油。

"战争刚结束时的日本，跟你返回祖国的八十年代可说是天差地远，百姓光是要活下去就不是件容易的事。当然，我能理解你被遗留在中国长达四十年的怒气，因为我儿子也跟你有着相同的遭遇。但是——最后我背叛了儿子，明明在认亲活动中与他重逢，却不承认他是自己的儿子。后来虽然有了'特别身份担保人制度'，但那时我儿子已经病死了。这么多年来，我一直恨着国家、恨着日本政府，我不敢面对自己犯下的罪孽，因此把错全推到了政府的头上。我说了这么多，并不是希望你原谅国家，而是期盼你不要疏忽了'真正重要的东西'。但愿你别像我一样落得妻离子散的下场，只能在赡养院里过完孤独的人生。"

曾根崎这番话不见得成功说服了"哥哥"，却深深撼动了我的心。

我也曾经妻离子散，只能在黑暗世界中一步步迈向死亡，如果那样下去，最后只能孤独地咽下最后一口气。但自从我决定活得乐观进取且放弃对世间的憎恨后，原本恩断义绝的由香里及夏帆竟回到了我身边。

"对不起——真的很对不起——"曾根崎吐出了藏在心中的苦楚之后，似乎并没有因此而获得解脱，心情反而更加沉重了，"是我毁了你的一生，如今却希望你过得幸福，或许是我太厚颜无耻了。我今天来找你，或许只是想在断气前把过去的恶行恶状一笔勾销，但是——"

"哥哥"什么话也没说，但我听见了压抑心情的喘息声。

"哥哥"所散发出的怒火，令我不禁担心，这股情绪一旦爆发，真不晓得他会做出什么事。或许他正是因为一时情绪激动，才杀了母亲。但是——这真的是事实吗？"可能性"所带来的恐惧与不安，在我心中挥之不去。

这是我第一次对自己的模糊记忆失去信心。

19

✡

弥漫在周遭的湿气，令我产生全身已遭深邃夜雾吞噬的错觉。在陌生村民的带领下，我来到了石熊神社。倘若这神社自三十年前起就无人整修，那么眼前应该有座朱漆的斑驳老旧的鸟居。白色导盲杖敲到的不是柔软的泥土，而是坚硬的石级。

我溜出了守灵夜后的宴客餐会。

难道我真曾来过这座神社，将装有砒霜的小瓶子埋在神木的根部附近？"哥哥"声称村里有人目击，但那多半是胡诌的吧。我心里虽然这么想，却又忍不住想要查个清楚。

"请问神木在哪里？"

"你说神木吗？正殿右边最粗大的那棵树就是了。那是棵五百年的老杉，上头绑着注连绳[1]，绝对不会认错。干脆我带你过去吧？"村民回答。

"不用，到这里就可以了。"

村民要是看见我挖掘神木的根部，恐怕会气得直跳脚，骂我亵渎神体。

✤ ————————

[1] "注连绳"是一种用稻草等材料编成的绳子，在日本神道中是具有洁净、避邪效果的道具，通常与纸垂一起使用，常见于神社内。

我等村民的脚步声逐渐远去后，才一边用导盲杖敲打石级，一边缓步往上踏，清脆的声响在周围回荡着。借由鞋底的触感，我知道石级裂缝处长满了杂草，我小心翼翼，不让导盲杖的前端插入缝隙之中。泥土、石块与草木的味道混杂在一起，其中还带着一丝刺鼻的植物腐烂臭气。

我就像是踏进了"疑神疑鬼的无底沼泽"，每踏出一步，便往泥泞里深陷一分。

蓦然间，导盲杖的前端敲中了硬物。为了确认这障碍物到底是什么，我朝着它上下左右敲打了一会儿，又蹲下来抚摸，才确定那是块长满了青苔的石头。在这石头的旁边，还有一个圆柱状的石块，摸起来应该是石灯的底座，却没有上半部的灯身。我心想，刚刚第一次摸到的石头多半就是灯身吧。

参拜主道的石板两侧杂草丛生，又长又密的杂草早已爬上石板，将道路掩盖，每走一步，都会感到草叶抚过导盲杖及脚踝。

我不由得直打哆嗦。浓稠的黑暗仿佛不断自全身的毛孔渗入体内。

脚尖不知踢飞了什么，那物体带着轻响在石板上弹跳了两次。我往前又走了几步后，用导盲杖在脚附近探寻了一会儿，杖尖碰触到刚刚那个物体。它重量颇轻，拿起来一摸，原来是木制的水瓢。就在我的手指探入瓢口之际，我感觉到似乎有什么东西爬上了我的中指，我反射性地扔出水瓢，甩了甩手腕，不晓得瓢口里躲着什么样的昆虫。

左边有一片高度及腰的石壁。我伸手一探，指尖竟摸到了半冷不热的液体，再探个仔细，发现水面上满是枯叶，多半是个被遗忘了的净手台，如今大概不会有参拜者在这里清洗双手了吧。石熊神社早已成了荒凉的废弃神社。

我摸到了长满青苔的狛犬石像，转而向右，踏入了环绕参拜主道的守护森林。空气中弥漫着潮湿的腐土气味，每吸一口，便感觉鼻孔脏了一分。每次跨步都必须谨慎小心，以免鞋底因踩到湿润的枯叶而打滑。晚风呼啸而过，宛如幽灵的凄厉哀号声，头顶上沙沙作响的枝叶，想必已掩盖了整片夜空。不知是否有一丝一缕的月光，自枝叶的缝隙透了下来？

我听着鞋底踩踏枯叶及杂草的声音，就好似走在人迹罕至的荒废坟场上。我仿佛看见前方矗立着幢幢黑影，那些并不是森林里的树，而是无数葬身东北之人的一座座墓碑。混浊黝黑的痛苦与怨恨，在整个空间内飘荡盘旋——

每当导盲杖敲到树干，我就会上前抚摸树皮确认，敲到第八棵树时，我终于摸到了注连绳。我继续将手掌往下探摸，又摸到了宛如壮汉手臂一般盘根错节的树根。

母亲死后，我真的将装着砒霜的小瓶子埋在神木的根部附近了吗？我不断在记忆中挖掘，却毫无收获，仿佛那段回忆已被埋入了浓雾中的坟场地底深处。

过度的紧张让我吁了一口长气，心脏跟胃同时隐隐作痛，宛如被人用冰冷的手掌揪住了一般。我鼓起了勇气，先用手掌轻按覆盖于枯叶底下的泥土，接着举起铲子插入土中。

每当晚风发出啜泣声，头顶上的枝叶便会以骸骨碰撞般的声音响应，我有一种错觉，好似我正在挖掘自己的坟墓。身旁不断传来瑟瑟声响，让我不禁幻想出无数蟑螂在周围钻动的景象。我无法确定那是昆虫的声音，还是茂盛的草叶互相摩擦的声音。

陡然传来一声重响，似乎某处的密集草丛被人一脚踢散了，我吓得心脏差点停止跳动，回头大喝一声："是谁！"但我没有听见任何回应，钻入耳中的只有狂暴得仿佛要将所有枝叶扯断的晚风。

会不会有人正在偷偷观察着我的一举一动？抑或这只是因恐惧而萌生的幻想，就好像把摇摆的柳树当成了幽灵一样？

我甩甩脑袋，将恐惧抛诸脑后，继续用铲子挖掘神木的根部。黑暗空间里，唯独挖土的声音异常清晰。每当挖了二十厘米深而毫无斩获，我就会稍微挪动位置。

刺入土中的铲子前端突然发出清脆声响，似乎碰到了什么，在那一瞬间，我感觉全身寒毛直竖。我用双手拨开泥土，挖出了那个物体，是个玻璃材质的小瓶子，我一摇，里头发出沙沙声，似乎装着某种粉末。难道真如"哥哥"所言，是我将这个东西埋在此地的？偏偏那晚的记忆实在埋得太深，没有办法像这小瓶子一样轻易挖出来。不，或许只是我没有勇气重新面对也不一定。如果真的是我用砒霜毒杀了母亲，又为了湮灭证据而将小瓶子埋在这里的话——

会不会是"哥哥"与村民串通，一起诓骗了我？毕竟他们需要一个"嫌犯"，好应付警察发现母亲是遭人毒死的情况。而且，这小瓶子里的粉末很可能只是面粉之类的东西，"哥哥"只是要让我安心，让我深信毒药在自己手里，如此一来，他就能偷偷对我下毒。这种毒药本来就无臭无味，如果我又抱持着先入为主的想法，就会在不知不觉中吃下毒药。

我将小瓶子紧紧握在手中，内心不断问着"真相到底是什么"。记忆中的画面就像是映照在破碎的镜子上，全是互相折射的零碎景象，难以拼凑出全貌。此时的我，宛如徘徊在没有一丝光芒的漆黑迷宫之中，拼了命想要找寻出口，却很可能只是在原地绕着圈子。

一回到家，由香里便对我说："我照你说的，偷看了伯父的抽屉。"

"找到信了吗？"

以前曾让"哥哥"大惊小怪的那封信，是我怀疑他与中国的某人暗中密谈的证据。

"我怕被发现，因此没拿出来。而且内容是中文，只能靠汉字猜个大概——里头好像提到了'假认亲'之类的事情。"

假认亲？第二代遗华日侨张永贵曾提过，有些人专门钻《国籍法》修正后的漏洞，让违法居留日本的中国人取得日本国籍。难道"哥哥"也涉嫌这种犯罪行为？

"知道寄信人的名字吗？"

"信封上写着'徐浩然'。"

徐浩然？在电话里自称是我真正的哥哥的那个人，不正是徐浩然吗？倘若徐浩然才是真正的村上龙彦，现在的"哥哥"就是夺走他的户籍与人生的冒牌货。徐浩然确实曾说，住在岩手县的哥哥是假货，千万别相信他。

但到底什么是真相，什么是谎言？"哥哥"与徐浩然之间有着什么样的关系？难道他们是经常书信往来的朋友？抑或曾经是朋友，后来却反目成仇？

我到底该怀疑我自己，还是该怀疑"哥哥"？我努力回想自己那天晚上到底做了什么事，但我的记忆就像断了线的风筝，越飞越高，最后化成了一个点，消失在遥远的天际。

20
✡

我在客厅里听见了"哥哥"起身的声音。

"你要去哪里？"我问。

"下田。""哥哥"回答。

"葬礼结束可还没过三天。"

"那又怎么样？"

"——妈妈从前不是说过吗，'探望孕妇或参加葬礼后，三天别下田工作'？"

"不下田照顾作物，收成就会减少，这攸关生计问题。"

"妈妈都死了，你却只在乎你的田？"

"死了就死了，活着的还是得继续活下去。既然不卖屋子，我总得养活自己。"

我用语音手表确认了时间后说："——都已经七点了，太阳也下山了吧？"

蓦然间，我想起这次回老家已数次为了确认时间而按下语音手表的按钮。

"钟怎么不叫了？"我问。

"那座咕咕钟太旧了，已经坏了。"

"你不是把那钟当宝贝吗？怎么不送修？"

"——已经送修了，只是修理需要一段时间。"

哥哥迟疑了数秒才回答这句话。我心想，那座曾祖父母传下来的古董钟，恐怕已被哥哥狠心变卖了。这种钟表师傅手工制作的古董钟，应该价值不菲。

我的沉默似乎让哥哥起了戒心，但一会儿之后哥哥便迈步离开了。我不敢再与他争论砒霜的事，我自己心中的记忆模糊不清，要是被哥哥说一句"是你埋了那小瓶子"，我根本无力反驳。

我坐在弥漫着木头与灯芯草香气的客厅里，半晌后手机忽然响起，一接起来，竟然是今天一大早赶回东京的由香里。

"爸爸！夏帆——夏帆她——"

由香里的声音因紧张而颤抖，我的心脏也为之冻结。难道是肾病恶化了？夏帆还好吗？该不会——

我强忍住想要捂住耳朵的冲动。

"夏帆——怎么了？"

"——学校已经放学了，她却没有回家。老师说看见她在两小时前就走出了校门，但是——但是她还没有回来。"

"你说什么？"我完全没有预料到会是这样的状况，"夏帆可能会去的地方，你都找过了吗？"

"公园也找过了，朋友家也都打电话问了，还是找不到。"由香里的口气已接近绝望，"我打算再找一会儿，如果还是找不到就报警——啊，有新来电，我等等再打给你。"

切断通话后，我坐在客厅里等着来电，但内心实在太煎熬，我忍不住站起来沿着墙壁绕来绕去。

忽然间，我感觉到了尿意，于是走向屋外的厕所。我小心翼翼地摸着外墙前进，以免又走错地方。头顶上方传来枝叶遭强风吹袭而在屋顶上摩擦的声音。我拉开了发出吱嘎声响的厕所门，走进里头小解，结束后走出厕所，沿着外墙缓缓往回走。

就在这时，似乎有什么物体蓦然自背后扑了上来，宛如大蛇一般的条状物钩住了我的脖子，令我感觉心脏差点从喉咙跳出来。

我顿时醒悟，有人在我背后用手臂扣住了我的颈项。

"干——干什么！"

我正想用右手肘反击，霎时感觉有个冰凉的物体贴上了因对方手臂紧扣而后仰的脖子。

"村上先生，你最好别抵抗，不要逼我伤害你。"

对方的嗓音听起来仿佛是抽了太多烟而伤了喉咙。

"——你想怎么样？"

"只是想跟你聊一聊你的可爱外孙女。"

我顿时感觉心脏强烈收缩，紧张感也迅速攀升，忍不住更加用力地握紧了拳头。

"你对夏帆做了什么！"

"你的可爱外孙女到现在还没有回家。若你不信，可以问问你的女儿。"

"——你是谁？"

"你不用知道我是谁。"对方发出了嘶哑的笑声，"红色书包上吊着兔子图案的钥匙圈，真是可爱。"

"你——你绑架了夏帆？"我的声音微微颤抖。

"只要交出徐浩然，这件事就会像没发生过一样。"

喉头上的冰凉物体突然消失，对方放开了我的身体，无声无息地退开了。我不由自主地往后挥了一拳，却什么也没打中。

"我根本不知道徐浩然在哪里！连见也没见过！"我瞪着对方可能站立的位置。

"你们一定暗中联络过。"嘶哑的声音从右前方传来，"藏匿他可没办法让你重新获得幸福。"

我紧握拳头，往前踏了一步，但我转念一想，没有对他动粗，因为就算我能成功制伏这个男人，也没有任何意义。由香里在电话里说，夏帆是在两小时前离开学校后下落不明的，在这么短的时间里，这男人不可能亲自绑架夏帆后立即从东京来到岩手。换句话说，他一定有同伴。我要是抵抗，恐怕会让夏帆更加危险。

"我跟徐浩然只通过一次电话而已。"

黑暗中传来了拉扯绳索及摩擦玻璃物体的声音，我不晓得这些声音代表什么意义，心中却有着莫名的不安与恐惧。这个与我只隔了数步的男人到底在做什么？难道他打算对我严刑拷问？抑或，他只是毫无意义地随手把玩着身边的东西？

"别跟我打马虎眼，我知道徐浩然是你的亲哥哥。"

"不，徐浩然是个骗子！他是个企图假冒我哥哥的骗子！入管局人员是这么对我说的——"

这句话还没说完，我霍然想起在马路上遇到的那两个入管局人员是冒牌货。他们声称徐浩然是骗子，只是为了防止我藏匿徐浩然，引诱我主动告知徐浩然的藏身地点。徐浩然到底是不是骗子，目前并没有明确的证据。

我想到这里，忽然惊觉眼前这男人的声音似乎曾经听过。

"你——你就是当初假扮入管局人员的那两个人之一吧？"

"一条东闻西嗅的狗，不会发现自己正慢慢走近捕兽夹。我劝你别自作聪明，把自己逼上绝路。"对方的嗓音变得更嘶哑，恫吓的意味也变得更浓厚了，我仿佛看见了一个手持屠刀的魁梧壮汉，"如果你敢报警，就只能到河底去找你可爱的外孙女了。"

"啊，喂——"

男人无声无息地离开了。

我取出手机，选了女儿的号码。

"你已经报警了吗？"

"还没，但我到处都找不到夏帆。"

"或许——"我吸了口气说，"她已经被绑架了。"

"什么？这怎么可能——"

"我刚刚突然遭到攻击。那个人说，除非交出徐浩然，否则他不会归还夏帆。"

"为——为什么要绑架夏帆？"由香里的声音带着颤抖，"徐浩然不是伯父信里提到的那个人吗？爸爸，你到底惹上什么事了？"

"徐浩然自称是我的亲哥哥。"

"——什么意思？"

我将整件事的来龙去脉一五一十地对由香里说了。"哥哥"拒绝接受检查，我因而怀疑他是假遗孤，开始追查他的底细。遗孤援助团体的比留间曾威胁我别再继续查下去。大久保提到哥哥的手上有烧烫伤的痕迹，但北海道的稻田富子又否定了这一点。在调查的过程中，我突然接到徐浩然的电话，他说，他才是真正的村上龙彦，如今住在岩手县老家的那个男人是假货。他还说，"哥哥"假冒他的身份取得了永久居留权，因此他只能以偷渡的方式回到日本——

说到一半，我心中突然冒出一股疑虑，顿时不敢再说下去。那个声音嘶哑的男人会不会根本没有离开，一直站在我身旁偷听，期待我会说出徐浩然的下落？

黑暗之中，我可以感受到一股若有似无的恶意。这是现实，还是我心中的幻想？

我什么也看不见，只能一边注意是否有人偷听一边说："不久前曾有人假冒入管局人员，向我探听徐浩然的下落。绑架夏帆的歹徒，应该就是这些家伙。我认出了其中一个人的声音。"

"这些人到底是谁？"

"我也不清楚。我只知道他们是一群想要捉住徐浩然的坏人，总之，我现在立即动身回东京，除非找到徐浩然，否则他们不会释放夏帆。"

"我该不该报警？"

"——那个人说如果报警，夏帆就会没命，我想他们是真的会下毒手。何况他们要的不是赎金，警察无法与他们有任何接触，恐怕很难实施逮捕，而且这些坏人绝对不止一人，就算成功抓住了联络的那个人也无济于事，其他同伴为了报复，不晓得会做出什么事——"

由香里发出了令我心如刀割的悲痛叹息。

"明天是洗肾的日子，一定要赶快找回夏帆才行。"

21

✡

东京

由香里的公寓房间里弥漫着一种愤怒的氛围，在木头地板上来回走动的脚步声几乎不曾停过。她似乎从昨晚就没有合过眼，连呼吸声也透着强烈的怒意。女护理师室友并不在家，似乎是上班去了。

蓦然间，我听见"砰"的一声重响，接着便是一阵餐盘碰撞声。

"洗肾的时间就快到了——要是夏帆有个三长两短——"

肾衰竭的人每星期必须洗肾三次，除去血液中的毒素，否则将无法存活。

我强压下想要用语音手表确认时间的冲动，要是由香里听见那冰冷无情的电子语音，肯定会更加烦躁不安吧。此刻，女儿的心情早已急得像热锅上的蚂蚁，我可不能再火上加油。

"要怎么把徐浩然这个人找出来？不能问伯父吗？"由香里焦急地问。

"我们不晓得两人的关系，这么做太冒险了。要是他暗中将追兵已近的消息通知徐浩然，我们要找到他就更不容易了。"

"好吧。当初徐浩然打电话给你时，有没有透露什么线索？"

"这我早说过了，他只说他才是正牌的村上龙彦，因为没有其他选择，只好以偷渡的方式回日本。"

"其他什么也没说吗？你再仔细想一想！"

"当时我对他说——"我努力挖掘记忆，"若要我相信他才是真正的哥哥，除非他亲自来到我面前——但他说他没办法这么做，因为他正被一群可怕的家伙追杀，一旦泄露行踪，马上就会没命。"

"绑架夏帆的人，是这么可怕的人物——"

"徐浩然还叫我绝对别相信除他以外的任何人，否则连我也会有性命之忧。后来——我问他如何查到的我的手机号码，他却言辞闪烁，只说这一点也不难。"

"手机？"由香里以试探的口气问，"爸爸，他是打手机给你的？"

"我试过回拨，但三十秒后就打不通了。"

"不是回拨的问题，而是你的手机里会留有对方的电话号码。"

没错——只要看通话记录，就能知道对方的电话号码。或许是长年丧失视力的关系，我竟然没有想到这么简单的事。

"但如果徐浩然是用公共电话打给我的，就算知道号码又有什么用？"

"我们现在没有其他线索，只能死马当活马医，快把手机拿给我。"

我将手机递了过去。

"你是在哪一天接到徐浩然的电话的？"

"上个月的——十九号。"

由香里沉默了好一会儿，似乎正在操作手机。

"你确定是十九号？"

"接到那种电话的日子，我绝对不会忘记。"

"但是——爸爸，你现在还分得清每一天的日期吗？"

"当然，正因为眼睛看不见，对日期及星期才会更加在意，这些对我而言，具有联系这个世界的重要意义——你为何这么问？"

"因为——十九号只有一通来电，而且电话号码是爸爸自己家里的电话。"

一时之间，我无法弄明白这是怎么回事。为何我的手机里会出现自家电话的来电记录？

就在想通的那一瞬间，我顿时感到一股寒意往上蹿，背脊仿佛被人用冰冷的毛刷轻轻抚过，心脏扑通乱跳个不停。

"这么说来——"我几乎不敢说出这个事实，"徐浩然是用我家的电话打到了我的手机？"

这让我猛然想起一件事，不久前，"哥哥"说我家里电话打不通，我一查才发现电话线被拔掉了。当时我以为有人侵入了屋里，为了不让我求救才拔掉电话线。但如今想来，恐怕是徐浩然不希望自己的"藏身地点"被我发现，才将电话线拔掉了。一旦我回拨手机里的通话记录，家里的电话就会响起，为了避免发生这样的事态，他非将电话线拔掉不可。

"原来是这么回事。徐浩然偷渡到日本后走投无路，竟然躲到了我家里。毕竟若手头上没有钱，能够过夜的地方相当有限，何况公共场所容易引来注意。"

回想起来，前阵子我曾察觉浴室的水龙头没关紧，不断发出水滴滴落的声响。原来那不是我造成的，而是徐浩然使用了水龙头。照理来说，闯空门的歹徒一般是不会打开水龙头的。

至于橱柜里不翼而飞的现金，当然也是被徐浩然拿去当生活费了。他使用厕所及浴室，多半是趁我不在的时候。

有次回收垃圾的日子，住在隔壁的家庭主妇对我说，有人将垃圾扔在她家门口，那一定也是徐浩然搞的鬼吧。就算躲得再隐秘，生活上总是会制造出一些垃圾，倘若长期放在家中不理，会被我闻到臭味，但如果在收垃圾的日子将垃圾袋放在自家门口，会被我用导盲杖发现。因此，他最后决定将垃圾扔在别人家门口——

既然徐浩然住在我家里，要查出我的手机号码当然是易如反掌的事情。只要趁我在洗澡或睡觉的时候，拿我的手机查看本机信息就行了。

"快回家里去！"

三十分钟后，我跟由香里搭出租车回到了家门前。大门竟然没锁！我听见女儿的脚步声朝屋内奔去，一边大喊："爸爸！内廊地板上有好多鞋印！"

接着脚步声奔上了楼梯，我也脱去鞋子，跨上了木头地板。头顶上方这时传来房门被猛力拉开及关上的声音。

"徐浩然！你在屋里吗？"

我张口大喊，却没听见任何回应，整个屋里只有由香里在木头地板上奔跑的声音。难道那些想要抓住徐浩然的人，已经发现徐浩然躲藏在我屋里？但是当他们闯入屋内寻找时，徐浩然早已逃走，因此他们才绑架了夏帆，想要利用我将徐浩然引出来？问题是我该上哪儿去找？

我走进了客厅，像平常一样摸索墙上的电灯开关，竟有一种奇妙的粗糙触感。这是怎么回事？为什么墙上多了一些类似用图钉刺出来的小孔？

我的眼睛稍微能感受到亮光，所以平日有点灯的习惯。到昨天为止，这面墙上并没有这些小孔。这面墙我每天都在摸，绝对不会搞错，这大量的小孔是被人刻意刺出来的。

难道是点字？

我用指尖轻触墙面，这些小孔确实有着规律性，刺出这些小孔的人若不是使用了钻子或图钉，就是借用了我的点字笔。由于没有使用点字器，这些点字打得歪歪斜斜。

突然一阵脚步声朝我奔近，我错愕地转过了头。

"屋里一个人也没有——"由香里气喘吁吁地说，"但桌子底下塞了一些饮料的罐子，确实有人曾经躲在这里生活——"

"我在墙上发现了一些疑似点字的小洞。"我摸着墙壁，"就是这里。"

由香里的粗重呼吸声来到我的身旁。

"开关的旁边确实有一些孔，若不仔细看还真看不出来——啊，桌上放着一本点字手册。"

"这个人拿出我的点字手册，在墙上打了点字，多半是有话想要告诉我。他看我经常探摸客厅墙上的开关，知道只要把点字打在这里，我一定会摸到。"

"点字的内容是什么？"

我将墙上的点字反复摸了数次，由于平常读的点字是凸点，而墙上的点字是凹点，读起来有些困难，费了好一番功夫，才终于想清楚了这些点字的意义。

敵が来る　　　　　　　　俺はシマダヤ工場

"敌人要来了，我在岛田谷工厂。他可能是察觉敌人要找上门了，仓皇逃走前留下了讯息，告知自己的去向。"我说。

"那我们快赶去岛田谷工厂。"

"这应该是他在偷渡入境之后才知道的工厂，照理来说不会离这里太远。"

"这交给我吧，手机能查出位置。"

由香里开始用手机进行搜索，我默默地等着。

"有了！"女儿大喊，"大田区有一家'岛田谷工厂'，不过三年前已经倒闭了。'岛'是岛屿的岛，'田'是农田的田，'谷'是山谷的谷。"

"废弃的工厂确实适合当藏身地点。除了这里之外，没有其他'岛田谷工厂'了？"

"只搜寻到这一处。我们快走吧！"

于是我们搭上出租车，前往位于大田区的岛田谷工厂。下了车之后，我抓着由香里的右手肘前进，耳中只听得见导盲杖的前端敲打在混凝土地面上的声音，我甚至感觉不到黑暗中微弱的街灯光源，有种正在一步步走向黄泉地狱的错觉。

就算找到了徐浩然，接下来又该怎么办？难道为了救夏帆，我要将这个可能是亲哥哥的人交给那些恶棍？

"这工厂看起来随时会垮——我们现在要进去了。"由香里说。

我谨慎小心地踏入工厂，但眼前的景象当然没有丝毫变化。

"黑压压的一片，让人心里发毛，爸爸每天都活在这样的感觉之中？"

"把手电筒拿出来吧。"

我们早知道这是一座废弃工厂，因此预先准备了手电筒。

"好。"

我听见"喀"的一声轻响。

"啊！地上有玻璃，小心！"由香里喊道。

脚下传来踏碎玻璃的噼啪声。晚风横向袭来，发出凄厉的呼啸。突然间，我感觉脚尖踢到了沉重的物体。

"好痛——"我咂了咂嘴，"这里头到底是什么情况？"

"——混凝土柱子之间的地上挤满了铁管，看起来相当危险，这些绕来绕去的铁管上头都是污泥跟红色铁锈——看起来像是能让几百个人一起玩的鬼脚签[1]，有的铁管细得跟我的手臂差不多，有的铁管粗得能让人钻进去——还有弯曲的楼梯、看起来随时会坏掉的铁梯、汽油桶、巨大的压缩机，所有的东西都生锈了。地上散落着螺帽跟螺钉，每个都有我的拳头那么大。"

我们在周围绕了一圈。整个工厂里弥漫着沾了油渍的铁锈气味，以及腐烂泥土的臭气。我的眼睛仿佛看见了从前当摄影师时造访过的废弃工厂，纵横交错的铁架及铁管、卷在一起的电缆线、遭到遗忘的阀门开关及储存槽——

"爸爸，前面有交错的钢索，要小心。"

我用导盲杖确认前方的状况。钢索上似乎绑着绳子，绳子上垂着油腻的布块。我拉起布块，低头自底下穿过，感觉有灰尘自头顶上飘了下来。铁锈的腐臭气味有点像是鲜血的味道，令我不禁想象自己正置身在血迹斑斑的惨案现场。

虽然我已尽量小心，脚尖还是踢到了混凝土碎块好几次。

"有没有人！"我扯开喉咙大喊。

但声音在墙上弹跳之后，便仿佛被吸入了空气之中。借由回音的状况，我判断出天花板的高度至少有十米，可见这座废弃工厂的规模相当大。

"爸爸，那个人真的躲在这里吗？"

"——应该吧。"

我们在废弃工厂内不断前进。一旦开始感到疲惫，手肘就会不自觉地弯曲，导致导盲杖向右偏移，如此一来，导盲杖前端碰触不到的左边就会出现死角，而且走路会变得歪斜，无法笔直前进。幸好有由香里在

---

[1] "鬼脚签"原文作 **アミダクジ**，是一种游戏，也是一种抽签的方式，图案由许多复杂的梯形结构组合而成。

前面领路，实在是帮了我大忙。

"这些大得吓人的铁管，好像随时会把我们压扁。还有一些机器，上头有一大堆阀门开关及仪表板，看起来像是巨大的汽车引擎。啊，小心头顶上，那里垂着几根断裂的电线，虽然应该没有通电，但看起来有些可怕。"

"多注意阴暗角落，随时可能有人冲出来。"

"嗯！啊，右边有一辆被拆开的推土车，油压机都露出来了，小心别夹到手。"

我在黑暗中增大了导盲杖的挥舞幅度，当挥到右边的时候，前端敲到了铁制的物体。

为了避免撞到推土车，我稍微往左侧靠了一些。鞋底一次又一次踩到混凝土地面上到处盘绕的电缆线。倘若没有事先用导盲杖找出障碍物的位置，恐怕没两步就会摔倒。

"和久！"

蓦然间，斜上方传来似曾听过的说话声，那声音回荡在老旧的工厂设施内，令我无法判断正确的方向。

"我读了墙上的点字！"我大喊。

"你不是一个人来？在你身旁的人是谁？"

这嗓音确实是曾经通过电话交谈的徐浩然。

"她是我女儿，我希望她陪在我身边！"

"不行！我不与任何眼睛看得见的人见面。——至少现在还不行！"

"但是——"

"你要是带着女儿靠近我，我会逃走！我可是早就看好了逃走的路线！"

"爸爸——"由香里对我说，"你别管我了，去跟他谈吧！别浪费时间在争吵上。"

"——好吧。"我点了点头,放开了由香里的右手肘,往前踏出一步。

"爸爸,前面有座 Z 字形的楼梯,走上去就是二楼。栏杆有些铁条已经断了,要小心。"

我用导盲杖敲打前方地面,混凝土平面转变为金属平面,那金属平面呈一级一级的台阶状,我小心翼翼地踏了上去。就在鞋底踩上第一级台阶的瞬间,我听见了吱嘎声响,楼梯似乎随时会崩塌。

我将持导盲杖的方式改为上下垂直,每走一步都先确认前方的台阶。上了十五级之后,来到一片平坦的空间。下方传来女儿的呼喊声:"那里是两段楼梯中间的平台,往上的楼梯在四点钟的方向。"

由香里似乎是一边用手电筒查看环境,一边将讯息提供给我。我用导盲杖确认了台阶的位置,一步一步谨慎地踏了上去。

"我在这里。"黑暗的前方传来徐浩然的声音,"笔直走过来就行了。"

我照着他的指示,一边用导盲杖敲打金属地面一边前进。我听到了徐浩然的呼吸声,他就在我的眼前,想必只要伸出手,就能摸到他的身体。

"我们终于碰面了。你一直躲在我家里,对吧?"

"躲在弟弟家里,有什么不可以?"

"——你真的是我哥哥?"

"当然,我是正牌的村上龙彦。"

徐浩然拉住我的手,引导我的手指碰触他的手腕。皮肤上有着烫伤的疤痕。

"和久,你不记得了吗?这是为了救你而被烫伤的疤。"

虽然我已不记得这件往事,但当初在咖啡厅里,大久保对我提过,哥哥曾为了救我而遭火炉的火焰烫伤;大久保还说,那疤痕的形状像大佛。

"若你是真正的哥哥,那住在老家的村上龙彦又是谁?"

"他是冒牌货。我跟他在中国相识,成了无话不说的好朋友。我把自己的经历都跟他说了，我们一家四口曾在东北的开拓团内过生活，田里种的是大豆及玉米。日本战败后，逃难途中，我为了保护弟弟，背上被日本兵砍了一刀，横渡松花江支流时，我没有抓稳绳索，被水流冲走了，下游的一对中国夫妇救了我，收我为养子。这些我全都告诉了他。"

"中国人得知你是日本人，不会欺负你吗？"

"他也是日本人，跟我一样是遗华日侨。正因如此，我才对他推心置腹，什么都对他说了——没想到，他竟然夺走了我的人生。"

"他为何要做这种事？"

"——他一直活在孤独之中，找不到自己的亲人。听说他曾参加访日调查团，却没有办法与亲人重逢，只能沮丧地返回中国。后来他得知我在日本有亲人，就以我的名义取得了永久居留权。"

"那时你为什么不站出来揭穿他的谎言？"

"我察觉冒牌的'我'拿到永久居留权，已经是好几年之后的事了。有个日本义工告诉我，妈妈与'我'重逢时泪流满面，现在幸福地跟'我'住在一起。我担心如果说出真相，会让妈妈伤心。"

"如果只是告诉她'儿子是假货'，她当然会难过。但你是她真正的儿子，能够与你重逢，妈妈不仅不会难过，反而会感到开心，不是吗？"

"——或许吧。如今想来，确实是这样没错。但我那时已乱了方寸，没有办法冷静思考。"

"我有个疑问——妈妈似乎明知道'哥哥'是冒牌货，却还是帮助他取得了永久居留权。她生前对我说的话，让我有这种感觉。"

徐浩然突然沉默不语。黑暗中只听得见从破裂窗户灌入的晚风呜咽声，以及不知垂挂何处的布帘在风中猎猎摇摆的声音。

"——妈妈在想什么，我也猜不出来。那家伙跟妈妈是什么样的关系，我一无所知。"

母亲留下的谜团依然没有解开，为什么她要将一个非亲非故的遗华日侨认作自己的儿子？难道她以为真正的儿子已经死了，满心只想找一个"替代品"？

"你为了揭发真相，才暗中偷渡到日本？"

如今我已不再怀疑徐浩然是个骗子，但这个人出现在我的人生中毕竟时间太短，我实在无法叫他"哥哥"。

"没错，我知道老家的地址，因此逃出货柜后，我就用手头的现金搭乘巴士前往岩手县。但我看妈妈对假儿子深信不疑，因此决定先与你谈一谈。我一直躲在仓库里，等到冒牌货下田工作时，才溜进屋子里寻找线索，想要与你取得联系。我找到了一些你从前寄回老家的信，上头有你家的地址。"

"以前你寄来的信也不见了。"我想起当初回老家时，"哥哥"曾对我提过这件事。原来是徐浩然为了查出我的地址，将那些信偷走了。

"你找到了我家后，就一直躲藏在家里，对吧？为什么不直接与我相认？"

"——我有我的苦衷。"

徐浩然如此回答，却不愿向我透露那"苦衷"是什么。他到底还隐瞒了我什么事？

"那些想要抓你的家伙，到底是何方'神圣'？"

"中国的人蛇集团。"徐浩然回答，"刚开始的时候，我拜托他们让我偷渡到日本。他们告诉我，只要我肯付出一大笔钱，他们就可以利用'假认亲'的手法让我成为日本人，光明正大地入境日本。他们说日本修改了《国籍法》，只要日本人承认亲子关系，就可以让住在海外的外国人获得日本国籍，而且不需要进行 DNA 鉴定。但后来我发现这只是一场骗局，因为日本的入境管理局及警察会仔细审查亲子关系上有无矛盾之处，要让'假认亲'成功可说是难上加难。"

这让我回想起了第二代遗华日侨张永贵说过的话——一年多前，他曾协助犯罪组织进行"假认亲"，却因失败而遭到逮捕，为了永远不忘记戴上手铐时的绝望感，他故意在手腕上套着没有链条的铁环。

"当初我所找的人蛇集团，原来只是一个诈骗集团。他们诓骗对日本法律一无所知的贫穷中国人，等拿到了钱就会销声匿迹。"

徐浩然口中所说的人蛇集团，或许就是张永贵提到的犯罪组织。他们想要以"假认亲"的手法牟利，却以失败收场，因而转为诈骗中国人。

"我把真相告诉那些受骗的中国人，说服他们逃走了。因此对人蛇集团来说，我是个带走了金母鸡的叛徒。"

"但追查你下落的人说话不带中国腔，应该是地道的日本人。"

"多半是长年住在日本的华侨吧。人蛇集团需要一些人在日本帮忙接应偷渡客，为他们协调工作及住处。偷渡费用的支付方式是一开始先付一半，等成功后再付一半。偷渡的中国人大多很穷，必须先向亲戚朋友借钱才能支付头款，至于后面的尾款，则是到了日本后努力工作，从每个月的收入中摊还。因此，要是在偷渡后立即被抓到且被强制遣返，只会让偷渡客欠人蛇集团一屁股债，对偷渡客跟人蛇集团都没有好处。"

听了徐浩然这番话，我还是无法判断那些想要抓住徐浩然的追兵到底是什么来头，他们的日语说得非常流利，我本来以为一定是土生土长的日本人。

现在我到底该怎么做才好？难道我该将夏帆遭绑架一事隐瞒不说，等到那帮人与我联络，再将徐浩然的藏匿地点偷偷泄露给他们？但是徐浩然一旦被他们逮住，很可能会死得凄惨无比。为了救夏帆的性命，难道我该牺牲这个可能是亲哥哥的男人的性命？

"——现在有个相当棘手的问题。"我无奈地坦承道，"我的外孙女——今年才八岁的外孙女，被他们绑架了。要让外孙女活着回来，就必须把你交给他们。"

我仿佛听见了倒抽一口凉气的声音。

"你出卖了我？"

"——没有，我什么也没对他们说。看到了你留下的点字讯息后，我就跟着女儿赶来了。老实说，我现在也不知该如何是好。"

"怎么不交给警察处理？日本的警察不是很优秀吗？"

"对方要的并不是赎金，警察没有机会与对方接触，很难查出他们的身份及藏身地点。而且——我们没有时间了。我外孙女患有严重的肾病，必须立刻洗肾，否则就会没命。按照原本的日程，她应该在今天傍晚前往医院。"

"——你不知道黑帮有多么可怕。"徐浩然的声音充满了惧意，仿佛正在看着自己的坟穴，"那个人蛇集团的老大更是个丧心病狂的家伙。我要是落到他手里，他会将我的手指一根根剁掉，再削掉我的耳朵及鼻子，让我尝到生不如死的痛苦，最后才将我杀掉。你要把我交出去？别开玩笑了！"

我感觉徐浩然似乎想要转身逃走，赶紧伸手抓住了他的衣服。

"等等！你不能走！你一走，夏帆就没命了——"

就在这一瞬间，我摸到他的外套内侧口袋似乎塞了一枚信封，我想也不想地抽出那枚信封。

"这是当初我寄到老家的信，还是冒牌哥哥写给你的信？"

由香里曾说过，岩手县老家的"哥哥"房间抽屉内藏着一封用中文写成的信，内容与"假认亲"有关，寄信人正是眼前的徐浩然。

但在摊开信纸的那一瞬间，我似乎闻到了淡淡的墨香。

墨？我跟"哥哥"从不使用毛笔写字，怎么会有墨的味道？

"——原来是你？"

"什么？"徐浩然的态度变得有些紧张。

"妈妈被杀时，躲在客厅的凶手。"

"我不知道你在说什么。那是我的信，还我！"

下一瞬间，信已从我的手中被抽走，我连抗议的时间都没有。

"你不知道我在说什么，那我就解释给你听。"我愤怒地说，"当时我想追那个凶手，却撞上了矮桌，桌上的墨汁溅了出来，砚台也掉到地上。桌上有这些东西，表示妈妈是在写信的时候被杀的。但客厅里没有信，可见信是被杀死妈妈的凶手拿走了。"

"妈妈不是我杀的。有谁会杀害自己的亲生母亲？"

"凶手若不是你，为何你会带着妈妈的信？"

"——你的眼睛看不见，怎么会知道？"

"信上还残留着淡淡的墨味。你把信取走，是因为信上写了对你不利的内容吧？"

"不，你误会了。我把信取走是因为——"

徐浩然一句话还没说完，下方突然传来由香里的尖叫声。我心脏一突，身体失去平衡，慌乱之中，双手在黑暗空间里乱挥，想要抓住栏杆。此时，一只强而有力的手掌紧紧握住了我的手腕。

"由香里！"我朝着楼下大喊，"发生什么事了？"

"那些家伙来了！"徐浩然说，"你一定是被跟踪了！"

我察觉他似乎又想要逃走，反射性地伸手抓住了他的衣服。

"等等！你一走，夏帆该怎么办？"

"我不想死！求求你让我走！"

殷切的恳求声钻入了我的胸口。我该不该为了夏帆，牺牲这个男人？一边是外孙女，一边可能是亲哥哥，我该救哪一个？

我心中的纠葛只维持了短暂的时间。如今他的行踪已暴露，没办法再躲藏在我家里，想必很需要钱。

于是我掏出钱包，交到他手里。"你快逃吧，千万别被抓到。"

"——对不起。"

徐浩然转身狂奔而去，在金属地板上踩出了刺耳的脚步声。

紧接着有另一道脚步声奔上了楼梯，那鞋音听起来像是把巨大的铁锥钉在铁制的棺材上。

"那家伙呢？跑到哪里去了？"嘶哑的嗓音气喘吁吁地问。

徐浩然曾说他早已看好了逃走的路线，在这窗户破损严重且到处是机械仪器的废弃工厂里，要逃走应该不是难事。

"——不在这里。"

"你让他逃了？看来你是不想见外孙女了？"

"我女儿呢？她没事吧？身体状况有没有什么不对劲？"由香里在楼下紧张地大喊。

"别担心，她很好。"嘶哑的讪笑声传来，"只是走路有点摇摇晃晃，大概是喝醉了。"

"别欺人太甚！"

"喂！"我瞪着嘶哑嗓音传来的方向，"快把夏帆还给我们！那孩子肾衰竭，必须马上洗肾才行！"

"是你选择了徐浩然，抛弃了外孙女。"

"你们一冲进来，他就逃了，我根本来不及阻挡。"

"若你还想见外孙女，就快老实说他逃到哪里去了。"

"我不知道。他没有告诉我。"

"外孙女的命，看来你是不在乎了。"

"——他可能是我的亲哥哥，我不能为了救夏帆而害死他。"

嘶哑嗓音哈哈大笑。"看来你完全误会了。你以为我们抓徐浩然，是为了要他的命？"

"你们不是想报仇吗？"

"我们确实是想报仇，但冤有头，债有主，对象可不是徐浩然。"

"我不相信，你别想诓我。"

"我们报仇的对象，是中国的人蛇集团。"

"——你们不是人蛇集团？"

"当然不是，我们是日本人。我们用货柜偷运了一群人回日本，没想到通气孔竟然被堵住，里头的人只剩两个活着，一个被入管局逮捕，一个逃了。"

"这我在收音机上听过。你们就是那家家具进口公司的手下？若我没记错的话——你们公司叫'大和田海运'？"

"哼，你若要推理，我劝你别把想到的事挂在嘴边。太会叫的山鸡，总是会先被猎人盯上。"

他那口吻让我联想到用屠刀将人剁成肉酱的画面。

"——你们为什么想把幸存的偷渡客抓回来？难道是为了讨回尾款？"

"我们抢了人蛇集团的客人，人蛇集团为了报复，故意把通气孔塞住，害死了这些人。他们报了仇，却给我们添了天大的麻烦，现在轮到我们反击了。但我们并不清楚对方的来路，毕竟人蛇集团就像藏在洞里的蛇一样，多得数不清，要确定与我们有仇的到底是哪个人蛇集团，只能将曾与他们有过接触的偷渡客抓来问个清楚。"

"这么说来，你们寻找徐浩然并不是为了杀他？"

"我们只是想从他口中问出他当初找上的人蛇集团的底细而已。"

货柜闷死大量偷渡客的惨案，原来肇因是争夺客人所结下的梁子。

"既然如此，你们自己去找他就是了，何必把夏帆卷进来？"

"我们不知道徐浩然的长相，亲眼见过他的同伴又在港口被入管局逮捕了，光靠姓名，我们没办法把他找出来。于是，我们翻出了他当初所签下的契约书，上头写着'我是遗华日侨，弟弟住在日本，只要能让我回日本，我马上就能支付尾款'。既然要找出哥哥的下落，当然只能从弟弟下手。"

我正要回话，忽然听见大量脚步声及喧闹声朝我们涌来，一片漆黑的下方空间传来粗野的吆喝声。

"我们是入管局人员！""东京入境管理局！""全都不许动！"

脚步声乱成了一团，怒骂声此起彼落。皮鞋撞在混凝土上的声音、敲打铁板的声音、互相扭打的声音——我一时有如丈二和尚摸不着头脑，不晓得发生了什么事。

"该死！你竟敢通报入管局！"嘶哑嗓音哑了哑嘴。

"不是我，我不知道。"

"这跟村上先生无关。"巢鸭的声音自膝盖的高度传来，多半是站在通往楼下的楼梯上吧，"你们早就被我们盯上了。"

"你以什么理由逮捕我们！"嘶哑嗓音怒吼。

"罪名是违反《入管难民法》——涉嫌协助外国人偷渡入境。"

22
✡

一走出位于港区的东京入境管理局厅舍，我不由得叹了口气，一旁的由香里也骂了句"一群没用的家伙"。

我们将夏帆被绑架一事告知了入境警备官，遭逮捕的那些家伙却在这件事上采取一问三不知的态度。都怪入管局的人在那个节骨眼冲进来逮人，让我们失去了问出夏帆下落的机会。

虽然入境警备官拍胸脯保证会尽力找回夏帆，但如今我们已经没有时间了。原本夏帆在今天傍晚就该到医院洗肾，恐怕现在毒素已经通过血液布满全身，倒在地上奄奄一息了。

沉重的车声在前方穿梭着，空气中充满了难闻的废气。

"爸爸，你觉得入管局的人跟警察能找到夏帆吗？"

我实在没有勇气回答这个问题，要让这些三缄其口的恶棍说出实情，可说是难如登天。一旦夏帆有什么三长两短，他们的罪名将比现在更重，因此他们绝对不会承认犯下绑架案。只要坚称自己不知此事，到时候就可将责任全推到实际动手绑架的小喽啰头上。

我们默默搭上了出租车，身旁不时传来由香里焦虑不安的喘息声。

夏帆到底在哪里？现在可说是分秒必争，要是等明天早上才开始寻找，一切就太迟了。问题是就算要找，该从何处找起？

我不知不觉地开始抖脚，掌心汗水涔涔。

回过神来，我的身体正往车门的方向倾倒，我吓了一跳，赶紧抓住前方座位的椅背头枕。

似乎是出租车转了一个大弯。司机的声音听起来相当苍老，开起车来却颇为粗鲁，令我感觉快要晕车了。由于眼睛看不见，无法预测摇晃幅度，因此更加容易晕车。

"抱歉，能不能请你开慢点？"我向司机说。

"——好。"

出租车的速度明显下降了，在这种必须仰赖脑力的重要时刻，可绝对不能晕车。

晕车——？

我心里突然有种说不上来的奇妙感觉，但浮现于脑海的念头就像漂在水面上的树叶，每当我想要抓住，就会从指缝间溜走。我绞尽了脑汁，想要紧紧抓牢这股灵感。

晕车？为什么"晕车"这个字眼会让我如此挂心？那嘶哑的嗓音再度回荡在我的脑海，当时那个人好像说了这么一句话——

"只是走路有点摇摇晃晃，大概是喝醉了。"

没错，当时由香里向他询问夏帆的身体状况，他笑了起来，回答"大概是喝醉了"。我原本以为他这句话只是在故意戏弄担心孩子安危的母亲，但真的只是如此吗？倘若他们绑架的人质是个贪杯好饮的大人，拿这种话来取笑确实合情合理。但今天他们绑架的是个小学生，说这种话实在是有些不伦不类。

他说得非常认真，难道——并非在开玩笑？

所谓的"喝醉[1]"，会不会是晕车，或是——晕船？

"大和田海运"是家具进口商，拥有货柜船。倘若夏帆被监禁在摇摇摆摆的船舱里，当她因肾衰竭而出现身体虚弱、站不稳的症状时，很有可能被误以为是单纯的晕船。

"夏帆有可能是被关在'大和田海运'的船内。"我说。

"但日本的港口这么多——要从何找起？"由香里问。

"他们绑架了小孩，不太可能大老远将人质载往横滨港或名古屋港，那么做的风险实在太高。我想应该是距离夏帆就读的小学最近的港口，也就是东京港。"

"原来如此，确实有道理。——等等，我拿手机查一下。"

由香里取出手机上网搜索时，我用双手手掌紧紧按住了膝盖，不

---

[1] 日文中的"醉う"一词，除了可指喝醉酒之外，还有晕车、晕船的意思。

让脚继续抖动。我感觉得出来，自己的情绪越来越激动，脉搏也越来越快。

"我找到了一个港口信息网站，能够依船身长度、吨位数、预定出港时间等条件查询港内停泊船只的实时信息——但现在停在东京湾里的船，没有一艘属于'大和田海运'，不行，完全找不到。"

"可恶，我猜错了吗？"

我不禁感到既沮丧又绝望。此时的心情，就宛如希望好不容易孕育出了嫩芽，却又被恶徒一脚踏扁。仔细想想，出入港口的检查应该是相当严格才对，要将绑架来的孩童藏在车子里运到船上，恐怕并不容易。看来我的推测是错的，夏帆可能只是被关在山上的小屋，或是某个喽啰的公寓房间里。

不，等等——那个声音嘶哑的歹徒勒住我的脖子时，好像还说过这么一句话——

"如果你敢报警，就只能到河底去找你可爱的外孙女了。"

河底？

"由香里！除了港口之外，还有什么地方能停泊船只？——有没有可能是造船厂？"

"啊！"

"而且应该是公司持有的造船厂，其管理没那么严格。"

"我来查一查。"

我听到由香里严肃的呼吸声，一会儿之后她说："我找到了'大和田海运'的官方网站，上头有公司资讯——有了，这家公司有专门制造小型船只的造船厂，在江户川区东葛西町。"

"还有其他造船厂吗？"

"除非官网上没写出来，否则应该是没有。"

"看来是那里没错。"我点了点头，朝司机喊，"麻烦载我们到江户川区东葛西町。"

"——客人，我可不想乱蹚浑水，请不要把我卷进麻烦事里。"

"事关孩子的性命！开快点！"

"——好吧。"

我感觉车子开始加速，然后取出手机，拨给了入境警备官巢鸭。他一接起电话，我立即如连珠炮般说出了心中的推测。

"请等一下！"巢鸭的语气非常无奈，"我们不能光凭想象就轻举妄动，要搜查私人组织，必须先向法院申请搜查令才行。请你冷静点，我们也会尽快——"

"该死的公务员！"

我咒骂了一声后切断了通话，若是家中的电话机，我想必会狠狠摔下话筒，但此时我只能紧紧握住手机。

我不断在心中祈祷这个推测没错，夏帆必须立刻洗肾才行，倘若在造船厂里没有找到她，等我见到她时，恐怕她早已因肾衰竭而在痛苦中断了气。

时间漫长得宛如静止了一般，这种感觉就像是永无止境的等待。出租车一停，我赶紧握住了导盲杖，由香里搀扶着我下了车，迎面吹来一阵潮湿的晚风。

"看得见什么吗？"我问。

"嗯，造船厂虽然有屋顶，但只有侧边有墙壁——从这个方向可以看见正在制造中的船舶骨架，以及浮在河面上的小船。"

"周围看起来怎样？"

"很阴森，没有半点亮光。船的骨架像是肋骨，放眼望去，简直像是船的乱葬岗。有一些用蓝色塑料布盖住的大箱子，铁皮墙壁上挂了好几个轮胎，还有小型的起重机及钢铁的工作平台——整座造船厂透着一股冰冷感。这里一个人也没有，我们会不会找错地方了？"

"不，没有人的地方正适合藏匿人质。你刚刚是不是说河面上浮着小船？"

"对，河上有一艘小船。那里有数根突出河面的桩子，船就被绑在桩子的旁边，静静地上下晃动。要是长时间被关在那样的船里，确实会晕船——啊！我看见船上的黑暗角落有个人动了一下！"

"晚上的造船厂竟然有人，肯定不寻常，有可能是负责把风的小喽啰。"

"夏帆就在那艘船上？"

"有这可能。"我取出手机，"你先等等，我再打一次电话到入境管理局，看他们能不能派人过来。"

"没用的，他们一定还是那句老话。等拿到搜查令，夏帆可能已经——"由香里接着语气坚定地说，"沿着平台可以上船，我过去看看。"

"啊，等等——"

我来不及阻止，由香里已蹑手蹑脚地走了过去，只留我独自站在原地。长年生活在没有光的世界里，晚上甚至可以听见黑暗所发出的微妙声响。强烈的不安几乎压得我喘不过气来，夹杂了河水气味的晚风刮上了裸露的面孔。

四下一片死寂，仿佛陷入了长眠之中。这里不同于摩天大楼林立的市区，既没有车辆往来的噪声，也没有夜生活的喧嚣，而是充塞着静谧的氛围。这一带想必连行道树也没有吧，因为我听不见树木随风摇曳所产生的枝叶摩擦声。

我甚至不知道数米前方是什么状况——那里是不是平台的边缘？地上是否放置着钢材？有没有一辆沉重的拖车，或是危险的裁断机？

乍听之下什么也没有的黑暗空间，却是危机四伏，如果随便乱走，很可能会遭受严重伤害。当然我可以利用敲打导盲杖来避开危险，但如此一来，我就像是脖子上挂着铃铛的猫一样引人注意。

强烈的无力感令我不禁咬紧牙根，指甲因拳头握得太紧而刺入了掌心。女儿为了救孩子而深入险境，我却只能袖手旁观。

我竖起耳朵聆听，却只听得见自己的心跳。没有由香里的脚步声，更没有尖叫声，这是否意味着她已顺利潜入了船内？抑或——还来不及呼救就被困住了？沉重的不安压迫着我的胸口。

我将导盲杖放在地上，紧紧握住了手机，以便随时可以报警。接着我以鞋底紧贴地面的方式往前跨出了一步，这一步踏在地面上，没有让我突然落入河中。

我松了口气，紧接着又踏出第二步。我将左手伸向前方探摸，确认有无障碍物，手掌什么也没摸到。第二步也踏在地面上，第三步、第四步——光是前进一米，就要花上数十秒。心中的无力感从不曾如此强烈，心脏的鼓动越来越快。

就在我正准备踏出下一步之际，忽然感觉到晚风悄然止歇。伸手一摸，前方有个冰凉的硬物，形状摸起来像是根横在空中的 H 形钢，多半是根钢梁。我小心翼翼地弯腰通过，避免一头撞上。

又走了数步之后，脚下传来吱嘎声响，而且地板微微下沉。我会不会已经来到铺设在河面的木板上了？若是如此，接下来必须走得更加谨慎小心才行。

我以腿部平移而不抬起脚的方式前进，随时注意自己是否已走到木板的尽头。脚下依然是平坦的木头地面。

"爸爸！"由香里的叫声打破了寂静，"夏帆——"

右前方传来沉重的脚步声。

"怎么了？"我大声回应，"找到夏帆了吗？"

"在我背上。看起来很虚弱，但没有大碍！可是——"

"站住！"

我听见了充满敌意的男人叱喝声。两道脚步声奔跑在木头地板上，离我越来越近。

"由香里！"我大喊。

脚步声在我正前方停下。

"有个男人追了过来！得快逃才行！"女儿慌张地说道。

"你快送夏帆去医院！"

"好！"

沉重脚步声从我身旁经过，自身后迅速远离。当我将脸转回正面时，另一道脚步声已迅速逼近。

"让开！"

就在脚步声来到我面前的瞬间，我扔下手机，朝声音的方向扑了过去。我早已失去了思考的能力，动作完全是凭直觉做出的。我感觉到身体撞在那男人身上，男人闷哼了一声，接着我紧紧揪住了对方的身体，想要将他扳倒，那男人的身体却纹风不动，简直像是一棵根部深入大地的树。

只要能撑一分钟——不，三十秒也好——

男人用手掌将我的下巴往上推挤，我的脖子不由得往后仰，感觉喉咙的肌肉随时会断裂，耳中仿佛听见了颈椎的摩擦声。我紧扣在男人背后的双手也仿佛随时会分离。下一瞬间，我的额头遭受攻击，宛如被人用巨大的铁锤敲了一下，多半是男人对准我的额头施展了一记头锤吧。由于眼睛看不见，敌人的任何攻击对我来说都是奇袭，无法为痛楚预先做好心理准备。强烈的痛楚令我怀疑头盖骨已经碎裂。

但就算赔上这条老命，我也要保护女儿及外孙女的安全。

我不再有任何奢求，只要她们能平安，即使要我牺牲生命，我也无怨无悔。神啊，请赐给我力量吧。

我咬牙忍受着剧痛，使出了浑身解数，但是下巴一旦被往上推挤，身体就再也使不出力气，双手手指顿时被拉开。下一瞬间，我感觉到一块硬物撞上了我的腹部。当我察觉那是男人的鞋底时，我已被男人一脚踹开，我的上半身骤然往后仰倒，脚下一个踉跄，突然间脚底踏了个空，整个身体向下摔落。

我反射性地伸手在黑暗中乱抓，却什么也没抓到。在重力的拉扯下，天与地在一瞬间调换了位置。就在我以为后脑勺要撞上坚硬地面的瞬间，地面竟然向下凹陷，接着将我的全身吞噬。原来是水，我落入了河中。

吸了水的衣服像铅一般沉重，不断将我拉入河底。我在水里拼命挣扎，手腕终于伸出了水面，我赶紧将脸凑了过去，贪婪地吸取空气。但转眼之间，浪潮再度将我覆盖，河水灌入了我的口中，我再度没入水中，一阵痛楚自鼻孔贯通到脑髓。

我用力拨动包覆在身体周围的河水，寻找着水面，手臂再度冲破了水面。我在到处是水的黑暗中不断挥动手臂，却摸不到任何栈桥或小船。要如何才能回到陆地上，我已经没了头绪。

波浪不断朝我袭来。由于眼睛看不见，我根本来不及判断状况。在我遭河水灭顶之前，我似乎听见远方传来了呼唤声。"喂——你在哪里——"那声音断断续续地传了过来。

有人！

我急忙张口呼救。夜晚的河面一片漆黑，若不知道我的确切位置，根本无法将我救起——

一阵波涛又将水送入了我的口中，我再度沉入水下，根本没有时间呼救。回忆的狂潮涌上了心头，我仿佛回到了松花江的浊流之中，昔日的亡灵抓住了我的四肢，想要将我拖入水底，我已分不清楚上与下。如果想获救……一定要赶紧让对方知道我的位置才行……

我心中闪过一个念头，赶紧拉开腰包，取出里头某样东西扔进水里。

肺部遭水流压迫，似乎随时会爆裂，仅存的空气都漏光了，大量河水灌入口中及鼻中，身体慢慢沉向河底。

就在我体悟死亡的瞬间，似乎有什么东西缠住了我的领口，那种感觉就像是衣服被浮在水中的树枝钩住了，但那根树枝仿佛拥有生命一般，不断拉扯我的衣领。

于是我不再胡乱挣扎，放松了身体。不一会儿，我的脸离开了水面，原本差点遭挤压破裂的肺，终于可以大口大口地吸入空气。

"液体探针"漂浮在我的右边，不断发出"哔哔"声响。探针一旦碰触到液体，就会发出电子警示音。这原本只是视障人士专用的小工具，功用是避免饮料溢出杯口，没想到竟然在此时派上了用场。多亏了它发出"哔哔"声响，岸上的人才能得知我溺水的位置。

"谢——谢谢你——你救了我的命！"我一边喘气一边道谢。

借由身体的接触，我可以肯定这个环抱着我的人是个男人。但他一句话也没说，只是用强而有力的手臂拉着我一起游泳。不久之后，他抓住了我的手腕，我在他的牵引下伸手一摸，摸到了疑似栈桥的木板。我紧紧攀住那片木板，将上半身往上牵引，接着跨上右脚，费尽了吃奶的力气才让身体及宛如铅一般沉重的衣服完全离开水面。

男人似乎也跟着爬上了栈桥，两人的衣裤不断有水滴滴落在栈桥上，发出滴答声响。

"若不是你搭救，我已经溺死了，请问——"

对方还是没有答话，就连照理来说应该上气不接下气的喘息声，也被他刻意压抑住了。

我突然想起了"缄默的恩人"——

在那北海道的暴风雪中救了我的性命的神秘男人。这个人到底是谁？我已被他救了两次，但他从不开口说话，只是化为一道影子，躲藏在黑暗之中。

我从前曾怀疑是比留间一人分饰两角。但真是如此吗？冷静想一想，北海道的"缄默的恩人"与此刻眼前的"缄默的恩人"不见得是同一个人。有没有什么方法可以查出他的真实身份？

恩人的脚步声踏着木板走向远处，不一会儿又走了回来。我的手掌似乎摸到了什么，仔细一摸，赫然是我的导盲杖及手机。

"真的很谢谢你。"

我赶紧拨了电话给由香里。数响铃声之后，女儿接了电话。

"爸爸？你没事吧？"女儿的口气焦急得似乎快要失去理智。

"我不要紧，你呢？爸爸没能成功拦住追你的那个人。"

"别担心，我现在在警察局。我已经把来龙去脉都说了，警察应该马上就会赶到你那边。"

"夏帆呢？她也没事吧？"

"我刚叫了救护车。"

"原来如此。既然是这样，我就在这里等警察来吧。"

"缄默的恩人"听到"警察"这个字眼，顿时转身想要离去。

"请等一下！"我赶紧切断通话，朝着前方大喊，"我怕又落入河里，能不能请你带我走到造船厂外？"

对方有好一阵子没有反应，似乎是在犹豫不决，但他最后还是牵住了我的手腕。我一边敲打导盲杖，一边在恩人的引导下迈步向前。走了一会儿，地面由木板变成了混凝土，又前进片刻之后，眼前由一片漆黑转变为深蓝色，若不是附近有路灯，就是来到了透着亮光的建筑物附近。

"缄默的恩人"放开了我的手腕，我向他道了谢，便听到他的脚步声逐渐远去。此时我灵机一动，赶紧拿起手机，选择了从前学过却早已淡忘的摄影功能。接着我又想起，在开始摄影时手机会强制发出模拟快门声的"喀嚓"声响，这是为了避免有人把手机当成偷拍的工具。

于是我在按下摄影键的同时，故意大喊："请留步！我想问一个相当重要的问题！"

我刻意说得煞有介事，"缄默的恩人"果然停下了脚步，我相信他此刻一定转头面对着我。

我以不会被注意到的自然的动作将手机镜头对准了前方的黑暗空间。

"请问你为什么救我？你到底是谁？"我这么问只是想拖延时间而已。

"缄默的恩人"依然沉默不语，但我并不在意。他可以藏身于只存在我眼前的黑暗空间，却无法逃离手机镜头的捕捉。在摄影画面之中，他将无处遁形。

片刻之后，远方传来警车的警笛声，"缄默的恩人"立即拔腿逃走了。

23
✡

女儿必须在医院照顾夏帆，我独自一人留在警局面对入境警备官巢鸭，以及另一名中年刑警。虽然此时已是深夜，警局内还是一片嘈杂。

我把自己知道的事都说了——"大和田海运"的人绑架了夏帆，逼我交出自称是我亲哥哥的偷渡客徐浩然，我跟女儿找到了监禁地点，将夏帆救了出来——

说完了前因后果，我顺便提了俳句中隐藏的密语。

"——你的哥哥杀了人。"

"那个叫马孝忠的中国人，知道伪装成'村上龙彦'的那个人过去犯下的罪行，因此将秘密藏在俳句中，想要告诉我这件事——"我解释道。

"——我想你猜错了。"巢鸭的口气充满了思索，"不，应该说，你跟我当初都猜错了。当马孝忠提出想要寄信给你的请求时，我们都怀疑你借由某种方式涉嫌这起偷渡案。但这原来是个天大的误会。现在听你说了俳句中的密语，我才领悟马孝忠的真正用意。事实上，有些事我们并没有告诉你。"

"你对我有所隐瞒？"

"并非刻意隐瞒，而是以为这跟主要案情无关。让我从头说起吧。两个月前，我们入管局逮捕了货柜偷渡案的幸存者马孝忠。他知道不可能逃走，只好供出了关于逃亡中的徐浩然，也就是另一名幸存者的一些事。"

巢鸭侃侃地说起了这件事的来龙去脉。

马孝忠在货柜内结识了徐浩然，两人成了无话不谈的好朋友，互相倾诉了偷渡的动机及未来的梦想。徐浩然对他说，自己在日本有个全盲的弟弟，只要这个弟弟能证明自己是遗华日侨，就能获得永久居留权。马孝忠心想这可是宝贵的人脉资源，于是刻意吹捧徐浩然，向他索取联络方式，徐浩然似乎取出写着"岩手县老家"地址的信封让他看了。

但随后发生了悲剧。货柜通气孔被封住，氧气越来越少，身体较虚弱的偷渡客一个接一个窒息而死，马孝忠的妻子及小孩也无法幸免。

在这惨绝人寰的"棺材"之内，呼吸的人渐渐减少，存活者反而多了些苟延残喘的时间。马孝忠虽然身强力壮，但到了后来，意识也开始模糊。就在这时，马孝忠察觉到不对劲。徐浩然乍看之下似乎也奄奄一息，但其实神志依然相当清醒。

马孝忠勉强振作起精神，仔细观察徐浩然的诡异举动。半晌后马孝忠才惊觉，原来下毒手的人遗漏了一个通气孔，而这个通气孔竟然被徐浩然独占了。多半是自孔外透入的一缕月光，让徐浩然发现了这个孔吧。

徐浩然仰靠在货柜的壁面上，装出一副有气无力的模样，却暗中将脸凑在孔边，贪婪地吸着空气。

"为争夺通气孔而发出的声音惊动了港口值勤人员，才让这桩走私案曝光。马孝忠被送进医院之后，向入管局人员大骂徐浩然这个人太过无耻，入管局人员只好温言安慰，对他说：'这攸关他自己的性命安危，这么做也是情有可原。'但马孝忠完全听不进去，不断高呼：'一定要告诉他在日本的亲人，他是一个多么卑鄙的人物。'入管局人员一次又一次劝他放弃这个念头，对他说：'为了活命而损及他人利益的行为并不犯法，你就原谅他吧。'入管局人员会这么帮徐浩然说话，或许是出于同情吧。毕竟徐浩然在战后被遗留在中国，历经六十多年而无法回归祖国，最后走投无路，只好选择偷渡。"

我听到这里，终于恍然大悟。

"我们为了追查这起偷渡案，不断向他追问详情，他本来针对偷渡部分一直保持缄默，但过了一阵子后，突然对我们说想要寄点字信给全盲的朋友。"

"你的哥哥杀了人。"

原来我完全搞错了方向。

俳句密语中所说的"哥哥"并非住在岩手县乔装成村上龙彦的那个男人，而是徐浩然。马孝忠认为独占通气孔的徐浩然杀了他的妻小，不甘心见他过着幸福的生活，因此想尽办法要让他遭到报应，最后终于决定揭发这个秘密。马孝忠以为如此一来"杀人凶手"徐浩然就会遭亲人唾弃。

要如何才能将货柜内发生的事告诉徐浩然那个住在日本的"弟弟"？马孝忠左思右想，终于想出了"点字俳句"这个手法。他先让入管局人员误以为他要向同伴传达秘密讯息，而且内容与偷渡案有关，但点字俳句的收信地址是徐浩然当初告诉他的老家。他把秘密藏在俳句里，是因为入管局人员一直为徐浩然说话，他认为一旦目的被察觉，就会遭到制止。

我说出了心中的推论，巢鸭回答："没错，就是这么回事。如果我们能早一点知道逃走的徐浩然与你是兄弟关系，应该就能猜出俳句中隐藏的密语了——对于造成你心中的无谓误解，我们感到非常抱歉。"

原来住在岩手县的"哥哥"不曾杀过人。我相信了俳句中的密语，满心以为"哥哥"从前杀人，并怀疑他这次将母亲也杀了，如今这个怀疑的基础已遭到了彻底的颠覆。"哥哥"真的杀了母亲吗？当我在客厅内发现母亲的遗体时，带着信逃走的人是徐浩然。

他到底隐瞒了我什么？

这些最关键的谜底，依然没有揭开。

我来到了医院，向接受紧急洗肾的夏帆问道："精神好吗？"

"非常好，踢一场球也没问题。"夏帆痛苦地喘着气说，"外公，是你救了我？"

"是啊，外公跟妈妈一起救了你。"

"谢谢你，外公。那时候我好不舒服，本来以为快死掉了，幸好能够再见到妈妈。"

夏帆的声音相当虚弱。我摸索到她的脸，在她的头顶上轻抚。"是啊，真是太好了。夏帆平安无事，真是太好了。"激动的情绪让我的声音有些哽咽，"你们母女是我最重要的人——最重要的人——"

我说完了这几句话后，病房陷入一阵沉默，耳中只听得见透析仪的声音。

"爸爸——"由香里以试探的口气说，"其实我有个想法——"

"想法？"

"我们想跟爸爸一起住。"

这突如其来的提议令我顿时脑袋一片空白。

"——不行吗？"

"当然行！我开心得不得了！"我赶紧回答，"这还用问吗？你的房间到现在还在等着你回去住呢！但是——这样好吗？我可能会变成你的负担。"

"我可不是为了爸爸才要这么做。只要回家住，就不用付房租，而且我出去上班的时候，夏帆也有个人可以聊天解闷。"

从由香里那羞涩的语气，我甚至可以想象她腼腆的表情。

"我也帮得上忙！我会帮外公做很多事！"夏帆兴高采烈地说，"而且有外公陪着，就算妈妈上班去了，我也不会寂寞！"

家庭失而复得，让我的心情犹如孤寂的黑暗中射入了一丝温暖的曙光——

我眼眶一热，半晌说不出话来，为了掩饰涌上心头的感情，我急忙想要岔开话题。就在这时，我想起了一件重要的事。有个谜底还在等着我去揭开。

"对了——"我转头面向由香里，"我在造船厂拍了段影像，想请你帮我看看。里头的人是我的救命恩人，曾救过我两次，却不肯开口说话，我只好偷偷把他的模样拍下来。"

"外公的长腿叔叔？"夏帆问。

"是啊，可以这么说。对方不愿意让我听见声音，很可能是我认识的人。"我将手机递给由香里，"你帮我看看。"

在女儿操作手机的时候，我只是默默地等着。潜藏在我的黑暗世界中的"缄默的恩人"到底是谁，答案或许马上就要揭晓了。到底是谁一直跟踪我，在北海道及造船厂救了我的命，却一直保持沉默，不愿被我知道身份——？

"爸爸，我看了影像——"

我不禁咽了一口唾沫，等着由香里继续说下去。那个人会不会是女儿也认识的人？

"里头的人是——住在岩手的伯父。"

24

✡

住在岩手的"哥哥"是我的救命恩人？那个伪装成村上龙彦，而且可能为了遗产而杀害母亲的男人，为什么要做这种事？

这阵子我不断追查"哥哥"的真实身份，应该早已被他当成了眼中钉才对。只要我一死，他就能永远以村上龙彦的身份活下去。为什么他要特地救我的性命？母亲生前曾告诫我"绝对不能去挖你哥哥的底细"。难道"哥哥"虽然是假货，却不是个坏人？

当初在北海道的暴风雪之中，倘若没有"哥哥"相救，我根本到不了稻田富子的家。

一想到这一点，我顿时感到背脊蹿起一阵寒意。

我在"哥哥"的引导下抵达了稻田富子的家，而稻田富子再三向我保证"哥哥"绝对不是假货。这是否意味着一切都是阴谋？

我所遇见的稻田富子，真的是稻田富子本人吗？

据说，稻田富子是个土生土长的北海道人，虽然曾在东北住过几年，但归国后便一直住在北海道，说话时理应使用北海道的方言。

"客人，你们是内地来的？"

"客人，别忘了穿手套！"

当初与比留间一起遇到的那个北海道出租车司机，将本州岛称为"内地"，并将戴手套称为"穿手套"。然而同样的情况，稻田富子说的却是"你特地从本州岛来到北海道"及"你一直戴着手套吗"。当然这些都只是微不足道的细节，而且就算是在北海道，也不见得人人都说方言。

但是——倘若把这当成一场计谋，这些疑点就都可以得到合理的解释。当初在公民馆与比留间交谈时，他语带恫吓地对我说："每个人都有不欲人知的过去。抱着半吊子的好奇心乱揭他人的疮疤，可能会惹祸上身。"光从这句话，就可听出他是与"哥哥"站在同一阵线的，这也意味着他一定知道"哥哥"的真实身份及过往经历。当他得知我想前往北海道探访稻田富子时，却又毛遂自荐地担任起向导。关于这一点，他是这么说的：

"警察正在调查龙彦先生的事……毕竟当初是我协助龙彦先生取得的永久居留权，我有责任证明他是真的遗孤……虽然我们的出发点不同，但追求真相的心情是一样的。既然如此，何不一起……"

对于比留间的这番说辞，我并未囫囵吞枣地全盘相信。但当时我正苦恼于不知该找谁带路，最后只好接受他的提议。仔细想想，或许早在那时候，我就已落入骗局。比留间与"哥哥"商量之后，安排了一个假的稻田富子，那栋屋子也是假的，多半是某个熟识友人的家吧。他们把我带到那里，让假的稻田富子在我面前再三强调"哥哥"是真货。

比留间告诉出租车司机的地址，当然也是假的。我的眼睛看不见，就算被带到完全不一样的地方，也无法看出破绽，除了相信带路人所说的话，我没有其他选择。在暴风雪中，"缄默的恩人"救了我的命。或许那是因为"哥哥"放心不下，一直跟在我身后，却连比留间也没有告知。比留间刚到假稻田富子的屋子时，显得相当惊愕，这或许并非因为看见我还活着，而是因为看见了按照计划不该出现在那里的"哥哥"。

只要将这三人认定为共犯关系，当时的诡异气氛便解释得通了。屋内多了"缄默的恩人"这个神秘人物，却从头到尾都没有人跟他攀谈，多半是因为"哥哥"将食指放在嘴唇上，示意"别跟我说话"。

我努力挖掘出当时的谈话细节，想要找出稻田富子的话中是否有矛盾、不自然之处。针对逃难过程的辛酸，我曾说了这样的话：

"死亡的阴影随伺在侧，我还记得那片干枯的白桦林，实在令人毛骨悚然，简直像是一条条从地底下突出来的白骨手臂。"

稻田富子听了我这段形容，却误以为是开拓团内的生活，给了我这样的回答：

"——是啊，那片俯瞰着村落的白桦林，确实有些阴森……村上先生，我真的很感谢你的母亲，无论生活多么苦，她还是愿意将珍贵的玉米分给我。"

不对，完全错了。当初为何没有听出疑点，此时想来实在有些不可思议。我们一家人所在的开拓团周围是一望无际的农田，必须走上很久才能看见森林或河川，在那样的环境之中，哪有什么俯瞰着村落的白桦林，而且更重要的是，我们的农田相当肥沃，还雇用了三名苦力来增加耕种面积，生活一点也不苦，收割时玉米会堆得像山一样高。

稻田富子说的那些煞有介事的描述，都是她在其他开拓团里的回忆。还有一点，她对遗孤们控告政府的来龙去脉可说是了如指掌，这表示"哥哥"很可能是从共同控告政府的遗孤同伴中，找了一位值得信赖的老妇人来扮演稻田富子。

他们如此大费周章，都是为了让我相信"哥哥"是真货——

但倘若真是如此，"哥哥"在造船厂内为何又要冒险救我？当时他只要袖手旁观，追查真相的眼中钉自然会从世界上消失。

"由香里，"我转头对女儿说，"等夏帆出院后，我希望你能陪我走一趟北海道。"

25

✡

北海道

一下出租车，锐如刀割的寒风便迎面扑来。不仅是裸露在外的脸部，就连靠近外套领口的咽喉部位也感到削肉刺骨之痛。虽然已入四月，北海道却与严冬无异。

我抓着由香里的右手肘，一边用导盲杖探路，一边走在因融雪而泥泞湿滑的路上。若不注意保持重心平衡，随时可能会摔一大跤，甚至将女儿也扯倒。

就在我将导盲杖挥向右侧的时候，前端碰触到了柔软的物体，而且还将那物体的外层削了一片下来，多半是被人推到路旁的积雪吧。

但愿我心中的不解之谜，能像积雪一样冰解冻释——

"到了，爸爸。"

我听见由香里踏着积雪走上前去，按下了门铃。大约等了一分钟后，传来了开门声。

"请问你是稻田富子女士吗？"由香里问道。

"对，稻田是我的旧姓。"

老妇人的声音让人联想到年轮层层交叠的老树，与上次对谈的"稻田富子"可说是有着天壤之别。

"我是村上和久，村上秀子的儿子。"我说。

"哎呀，你就是当年那孩子？"稻田富子说，"今天很冷吧？来，快进来。"

"打扰了。"负责联络的由香里说，"谢谢你今天百忙中抽时间与我们见面。"

"小事一桩，别这么说。"

我在由香里的协助下走进了温暖的屋子，耳中听见了木柴燃烧的毕剥声。

"今天前来叨扰，是想询问关于我哥哥的事。"我一时不知该如何开口，烦恼了片刻后说道，"是这样的，我哥哥成了遗华日侨，在二十七年前才回归祖国，但我怀疑那个人并非我真正的哥哥。"

"——这种事情你来问我，我怎么会知道。"

"我明白这有点强人所难，只是——听说你跟我母亲是在同一时期到东北的，或许你还记得一些关于我哥哥的事。"

接着，我将整件事的始末告诉了稻田富子——哥哥拒绝到医院接受器官移植适合度检查，我开始怀疑他跟我没有血缘关系；在调查的过程中，我遭遇了种种阻碍，将心中的疑窦告知母亲，却换来"都已经这么多年了，绝对不能去挖你哥哥的底细"——

"或许这代表我的母亲早已知道哥哥是个假货。她明知道这一点，却还是将他当成自己的孩子，协助他取得了永久居留权。母亲为何要这么做，我实在想不透。'哥哥'到底是什么来历？母亲临死之前，心中到底藏了什么秘密？"

我说完了这些话之后，整个屋里陷入一片沉默，我只听得见迟疑不决的呼吸声。

"村上先生——"稻田富子的口气相当为难，简直像是接到了挖掘他人坟墓的命令，"听了你的说明后，我大概猜得到秀子女士到底隐瞒了什么。我想应该是不会错的，不过——"

"若你知道些什么，请务必告诉我。"

"——站在我的立场，实在有些难以启齿。"

"为了查出真相，我可是大老远来到了这里。事实上，有个偷渡到日本的男人来找我，说是我的亲哥哥。在迎接真正的哥哥之前，我总得知道那个当了我二十七年哥哥的男人到底是什么来头。"

"亲哥哥？你的哥哥出现了？"

"是的，他从中国回来了。"

"这个人真的是你的哥哥吗？"

"我相信他应该是我的哥哥没错。我在他身上能感觉到一种——血浓于水的亲情。我想他应该就是真正的村上龙彦。"

"这可有点伤脑筋，到底该不该说呢——"

"无论如何请你告诉我，为何我的母亲要把一个陌生人当成自己的儿子。"

"把睡着的婴儿吵醒可不是件好事。一旦吵醒，恐怕会整晚啼哭，再也无法入眠。"

稻田富子跟母亲生前一样，想要劝我打消念头。这到底是为什么？母亲跟"哥哥"到底有着什么不为人知的过去？

"再怎么令人鼻酸的悲剧，我也还是非知道不可。"

稻田富子深深叹了口气，似乎是终于下定了决心。

"我是在昭和十五年（一九四〇年）去东北的，秀子女士刚好也是在那个时期。我住的屋子就在她屋子的隔壁，我们一下子就成了好朋友。啊，对了，住在另一边的大久保先生也经常跟我们一起行动，我们总是拿出餐点一起享用——"

"不久前，我曾与大久保先生见过一面。"

"原来他还活着？自从他被征召后，我就再也不曾听到他的消息，我还以为他被苏联兵杀了呢。"

被征召？这是怎么回事？当初大久保在黑猫咖啡厅里明明说他曾跟我们这些开拓团成员一同逃难。这么重要的环节，难道会记错吗？

"当年我们开垦的土地，真的就像日本政府宣传的那样丰饶肥沃，农作物都长得很好，我们一直相信着日本政府的那套说辞，以为'东北有着许多乏人耕种的农田，日本人帮忙耕种是为了促进和谐'。但真相全然不是那么回事。"稻田富子的声音充满了悲伤，"昭和十六年（一九四一年）的某一天，我跟秀子女士正要做饭，大久保重道先生也跟我们在一起，因为他的夫人得了热病，他代替夫人下厨。我们三人到井边取水，在那里遇上了一位中国妇人。"

稻田富子此时叹了口气，似乎不知该不该继续说下去。

我赶紧催促。"然后呢？"

"那位中国妇人——正要把襁褓中的婴儿丢进井里。秀子女士赶紧冲过去阻止，问她为何要这么做，大久保先生将秀子女士的话翻译成了中文。中国妇人宛如恶鬼一般咬牙切齿地瞪着我们，对我们说："你们日本人抢了我们中国人的土地。现在你们耕种的农地，以前全都是我们的。'我们原本不相信，但仔细想想，我们分配到的屋子确实有曾经有人生活过的痕迹，多半是关东军以半威胁的方式将中国人赶走了吧。那里的肥沃土地并非乏人耕种，这点跟日本政府所说的完全不同。"

"这不是你们的错，都是后来才知道的事。"

"接着，那位中国妇人又以气得发抖的声音说出了心中的辛酸。她说自从土地被夺走后，生活变得穷困艰苦，养不起两个孩子，只好将其中一个杀了。秀子女士听了之后激动得流下眼泪，跪在地上不断朝中国妇人磕头道歉。'对不起、对不起，都是日本人的错——'秀子女士拼命用日语对她这么说。过了好一会儿，秀子女士恢复了冷静，对她说：'请将这孩子交给我扶养。在你的生活好转之前，我会负责好好照顾这孩子。'"

"那孩子就是如今住在岩手县的'哥哥'吗——"

不对——

一股寒意蹿上了我的背脊，心脏的鼓动声变得异常刺耳，掌心全是因不舒服而渗出的汗水。

她刚刚说的是"昭和十六年的某一天"，这跟哥哥的年龄不合。

昭和十六年——那是我的出生之年。

"难道——是我？"

"没错，你是秀子女士的养子，你的生母是那位受秀子女士帮助的中国妇人。"稻田富子的口气中充满了同情与安慰。

"这不可能——"

"不，这是事实。秀子女士接回了婴儿后，一直当成亲生儿子扶养，从不曾把这个秘密说出去。"

原来我不是母亲的亲生儿子，甚至不是日本人。此刻我的心情，就像是人生的一切都遭到了否定。我有种错觉，仿佛脚下开了通往地狱的大洞，我正在不断坠落。

右边传来由香里倒抽一口凉气的声音，她如此震惊，也是很自然的事。我的身份一变，女儿的血统当然也会跟着改变。如果可以的话，我好想回到昨天，让女儿待在家里不要出门。带着她一起来到北海道，真是失策。得知自己有一半中国人血统，不晓得她心中有何感受，这宛如晴天霹雳的真相，肯定让她一时之间方寸大乱吧。

蓦然间，我感觉到有个温热的物体贴上了我的右手手背，那是由香里的手掌。这似乎不是为了压抑自己心中的困惑情绪，而是为了安抚茫然若失的父亲。

我轻轻叹了口气。

乱成一团的脑海中，骤然浮现了第二代遗华日侨张永贵对我提过的那件事。一九四一年五月，张永贵的外婆病逝了，忌日是十二日。他的母亲当时年纪还小，顿时不知所措，多亏我的母亲协助才举办了葬礼。

"在怀孕期间参加葬礼会难产。"

母亲对于家乡俗谚的传说相当迷信，甚至在我的妻子怀孕时，也不让她参加姨母的葬礼。而且母亲自己也说过，她不曾在怀孕期间参加任何人的葬礼。一九四一年五月按说正是母亲怀我的时期，不可能协助他人举办葬礼。我不禁暗骂自己为何没有早一点察觉这个矛盾。母亲当时帮张永贵外婆举行葬礼，便足以证明她并没有怀孕。

我想方设法要追查"哥哥"的底细，没想到最后查出的却是我自己的底细。

就像俳句点字凹凸翻转一样，我的身世也遭到了彻底翻转。

如今我终于醒悟母亲生前惊恐万分地告诫我"千万别追究那些往事"的原因。母亲这么做是为了保护我。她唯一的心愿，是不希望我知道真相。

但是……我终究还是挖开了坟墓，看见了真相。

26
✡
岩手

离开北海道后，我并没有回东京，而是直接前往了岩手县。如今知道了真相，有些事情非向"哥哥"问个清楚不可。

我在客厅与哥哥相对而坐。

"——原来我是养子？"

哥哥用鼻子重重吁了口气，我仿佛可以看见他的无奈表情。半晌之后，他才勉强挤出了悲痛的声音。

"你都——知道了？"

"我在北海道见到了真正的稻田女士。"

"原来如此。为了保险起见，当初实在应该先知会她一声，要她绝对不能说出秘密才对。依你的个性，一定是硬逼着她说出了真相，对吧？"

"哥哥，你早就知道这件事了？"

"那当然，妈妈的肚子没有变大，有天却带了个婴儿回来。就算当时我年纪小，被蒙骗了过去，长大之后也会察觉真相的。"

"这就是你不愿意接受检查的原因？"

哥哥叹了口气，似乎放弃了抵抗。

"一旦接受检查，你就会发现你的外孙女跟我没有血缘关系，最后查出自己是个养子，我不能让这种事情发生。何况当医院发现我们并非亲兄弟时，会开始怀疑我们的动机，最后很可能会拒绝实施移植手术。换句话说，接受检查非但没办法带来任何帮助，还会暴露你的身世秘密。"

"原来——假货是我自己。"我发出了自嘲的叹息。

"别说这种自暴自弃的话。"哥哥的口气沉痛得宛如自己的身上被割了一刀，"正因为不想看你这么难过，我才——"

"——才什么？"

"我才想尽办法阻止你继续追查下去。"

"哥哥，你是在什么时候发现我开始怀疑你的？"

"你不是曾经跟矶村在日比谷公园谈话吗，当时我也在场。你回老家的时候，我看你神情不太对劲，心里有不好的预感，所以跟踪了你一阵子。我卖了那座咕咕钟，才筹到前往东京的旅费。"

我蓦然想起，当初向矶村说出了心中对"哥哥"的怀疑并要他别泄露之后，我一时没有站稳，撞到了一个路人，我向那个人道歉，对方却一句话也没说就走了，当时我心里只想着现在的人真没礼貌。

"那天我撞到的路人难道就是——"

"没错，是我。老实说，那时可真是吓死我了。得知你已对我产生怀疑，我便一直监视着你的举动。我这么做，全是为了你好。"

我听见"嚓"的一声轻响，接着便闻到了烟味。

"后来你到公民馆见了比留间，对吧？"

"那时你也在场？"

"没错，我也在那间会议室里。那时我每个动作都非常小心，不敢发出半点声响。"

　　我闻着烟味，突然想起一件事。当初只有我跟比留间两人在会议室里，但我闻到了一模一样的烟味。我曾试探性地问比留间抽不抽烟，他回答不抽，原来当初会议室内的烟味，是从哥哥身上发出的。仔细想想，哥哥确实是个老烟枪，当初他拒绝移植肾脏，理由便是"我一天至少抽十根烟，肾脏不会比你的健康"。

　　"这么说来，我那时闻到了烟味。"

　　"还没进会议室时，我等得不耐烦，抽了一整盒烟。后来我拍了拍衣服，自以为已拍去烟味，没想到还是被你闻到了。"

　　"比留间知道我是养子？"

　　"是啊，他在中国见过徐浩然——你的亲哥哥。"

　　我的亲生父母由于养不起两个孩子，原本打算将其中一个孩子扔进井里淹死——那个原本要被扔进井里的孩子就是我，而徐浩然大概就是另一个孩子吧。徐浩然这个人令我感到怀念，甚至有种血浓于水的感情，原来是因为这个缘故。他自称是村上龙彦，多半是想要伪装成日本人，借此获得永久居留权。

　　"当徐浩然得知比留间是遗孤援助团体的职员时，曾向比留间声称自己也是个遗孤。在这样的机缘之下，比留间认识了徐浩然。当初你要求矶村介绍专业人士时，我想起比留间一定愿意帮我这个忙，所以就将比留间的名字写在纸上，让矶村念了出来。"

　　比留间对我说的那句"抱着半吊子的好奇心乱揭他人的疮疤，可能会惹祸上身"，原来不是恫吓，而是为我着想的警告。没想到竟然是这么回事，一切的妄想与误解，全都来自我的疑神疑鬼。这么说来，当初我跟他在暴风雪中失散，只是场不幸的意外，而比留间离开我的身边，真的只是为了寻找掉落的手机？

　　"我站在旁边偷听你跟比留间的对话，心里有种感觉，比留间或许早已猜到你迟早会查出真相。比留间不是跟你提过，原本以为是亲骨肉的遗孤，最后却被判定为毫无瓜葛的案例？比留间告诉过你，那对双方而言是多么痛苦、悲伤的事。我想比留间是在向你传达一个讯息——就算知道了真相，家人永远都是家人。"

活在永远黑暗的世界里，会逐渐为周围的黑暗所侵蚀，不再相信关怀、体贴等眼睛看不到的善意。漫长的孤独人生，给我的内心世界也蒙上了一层阴影。

"——但我与比留间见面的那天，差点被人推到马路上。真的有人为了隐藏真相而打算将我杀死。"

哥哥沉默了片刻后，突然哈哈大笑。

"你误会了。这真是个天大的误会，那时站在你背后的人也是我。这年头的车子都是以环保为卖点，开起来静悄悄的车子越来越多。那时我看马路上来了一辆车，而你好像想要跨出去，我赶紧想拉住你，但我还没抓到你的衣领，你竟然转头面对着我了。我那时心想，你要是追问我为何跟踪你，我可答不出来，所以我只好逃了。但我马上又偷偷溜回你身边，担心你遭遇危险。"

原来根本没有人想谋害我，那也是我的被害妄想。哥哥这么做，全是出于一片善意。不管是在风雪交加的北海道，还是在东葛西町的造船厂，都是哥哥用那强而有力的双臂拯救了我。

"哥哥，你做了这么多，全是为了保护我？"

"——我希望你以日本人的身份好好活着。不晓得自己是哪一国人的痛苦人生，我一个人承受就行了。"

到目前为止，我听过许多遗孤的经验谈，明白他们身为日本人却遭到歧视的痛苦。对哥哥而言，那都是他亲身经历过的风霜。他拼命想要保护我，就是因为不希望我陷入相同的惨状——

哥哥一边苦笑一边说道："你有时会有一些对中国人不以为然的言辞，这更让我担心如果你知道自己不是日本人，可能会无法承受。"

在我怀疑"哥哥"是假货的这段日子里，我有时会为了试探他的反应，故意用难听的字眼批评中国人。每当这种时候，"哥哥"总是会站在维护中国人的立场上反驳我。原本我以为那正是他是假货的最佳证据，因为他是中国人，所以听到我批判中国人，才会感到不悦。但没想到事实完全相反，他对我谆谆告诫，是因为他担心有一天我若得知真相，丧失了身为日本人的骄傲，精神将会大受打击，甚至彻底崩溃。

"——这也是妈妈的毕生心愿。这么多年来，妈妈亲眼看我在回国后吃尽苦头，因此要求我绝对不能让你知道自己的真正身世。她知道她的命已经不长了，所以把这当成了唯一的遗言。为了能让妈妈走得安心，我无论用什么手段都要瞒住真相。"

我心想，难怪哥哥会不辞辛劳地来到东京，在我身边设下各种圈套。

"为了隐瞒真相，你还安排了假的稻田富子？"

"是啊，还不是因为你嘛。当初在浴室为我刷背时，你明明摸到了我背上的刀疤，却还是怀疑我是假货。"

我回想起上次前往特别看护赡养院探访曾根崎时，他是用左手跟我握手。左撇子的人抽出军刀斜砍，刀伤当然是从左肩到右腰。换句话说，哥哥背上的刀疤并不是假的。

"既然如此——"我将身体凑上前去，"那装砒霜的小瓶子又是怎么回事？你何必撒谎，说什么我把小瓶子带走了？"

"等等，这件事我可没有撒谎。村人看见你拿走了小瓶子，这是真的，村人没有必要骗我。我一直跟在你身边，一方面也是担心，不知你想拿那些砒霜做什么。"

"那你右手腕上怎么没有烫伤疤痕？从前我握你的手时，可没摸到任何疤痕。"

"这你上次也提过。到底是谁告诉你我手上有疤痕的？我这辈子从来没有严重烫伤过。"

大久保当时说得一清二楚，而且烫伤的原因也描述得相当具体。不过，任何人都有记忆出错的时候。

"你到现在还在怀疑我？"

"不，我已经不怀疑了。我相信妈妈的死，跟哥哥无关。"我说。

"那当然，谁会杀死自己的母亲？"

"不过——你那句'当初要不是你乱来'又是什么意思？"

"我说过这种话吗？什么时候？"

"守灵夜仪式后的宴客餐会上。虽然当时我喝醉了，但这句话我可是记得一清二楚。"

"——噢，你说那件事吗？那是因为你四处查探我的事，我必须好几次大老远到东京跟踪你，结果害我没有照顾好母亲。那只是一句气话，你不用在意。"

战争结束后，许多中国人拯救了危在旦夕的日本孤儿，将他们当成亲生子女一般扶养长大；同样，身为日本人的母亲也拯救并扶养了中国孩童。正因中、日双方都有这些善良仁慈的好人，无数幼小生命才得以获救。只要遇上的人、遇上的时机稍有差错，我跟哥哥可能都无法活到今天。

"对了，和久。既然误会解开了，我有个提议——你要不要回老家住？兄弟不住在一起，很多事都不方便。"哥哥的声音中充满了暖意。

"——由香里说要带夏帆回我家住。"

"噢！"哥哥喜出望外地说，"原来如此，那真是太好了。她们两个要跟你团圆了？这真是天大的喜事。你的眼睛看不见，我一直牵挂着，现在我终于能放心了。"

"哥哥，你要不要也搬来东京？我家还有空房间，东京的生活比岩手便利得多，需要到东京地方法院时，你也不必千里迢迢从岩手赶到东京。"

"不，我想住在这里，守着妈妈的坟墓。"

"好吧，但官司怎么办？"

"我想让更多人明白遗孤不是外国人，而是在战败后的混乱局势中被遗留在中国的日本人。现在有很多遗孤只能无奈地靠清寒补助金过活，我想让他们的老年生活更有保障。这么多年来，我把所有的心思都放在这件事上——但我上次也说过，我打算放弃了。"

"为什么突然说要放弃？是什么改变了你的想法？"

"跟在你身边的时候，我听你说了不少真心话，这才明白我的任性给你添了不少麻烦。既然是这样，不如放弃算了。"

我心中充满了羞愧与歉疚。这段日子我探访任何人，都会和他们说起对"哥哥"的怀疑及不满，其中当然不乏刻薄严厉、充满敌意的字眼。我说出的每一句话，想必都深深伤害了哥哥。他站在旁边守护着我时，脸上真不知有着什么样的表情。

"那些并不全然是真心话。当时我满脑子怀疑，简直像着了魔一样——负面的感情完全占据了我的思绪。"我略一思索说，"我希望你不要放弃这场诉讼。如今我完全能够体会你的心情。"

"——我从前才是满脑子怒火，被负面感情占据了思绪。得不到家人的支持，让我变得心情暴躁，想法也越来越偏激。曾根崎说的那句话，让我印象深刻：并不是希望你原谅国家，而是期盼你不要疏忽了'真正重要的东西'。"

"不，官司还是应该继续打下去。这与愤怒无关，而是为了追求安定的老年生活，为遗孤们谋福祉。若有我帮得上忙的地方，你尽管说。"

"谢谢你，和久。我只拜托你一件事。"哥哥故意卖了个关子，半晌后才说，"妈妈的忌日，你一定要回来扫墓。子女没办法为父母扫墓，是最大的不幸。"

哥哥这句话说得万般无奈。他的生活太困苦，已好几年没办法回中国为养父扫墓了。

"——哥哥，今年我们一起回中国吧。我们去探望你的养母，去为你的养父扫墓。他们把你拉扯大，我还没有跟他们道谢呢。"

"噢，这主意不错。"

"对了，我前阵子在调查时，遇上了一位第二代遗华日侨，名叫张永贵。你还记得吗？当年我们在东北时，有个女孩一直跟我们一起生活，后来还跟着我们逃难。张永贵似乎就是那女孩的儿子。"

"我怎么可能会忘？后来她发了高烧，大人们迫不得已，只好将她托付给一对中国夫妇。我说过要保护她，却没办法遵守约定，一直感到很自责——她也回国了？"

"是回国了，但前几年过世了。"

"——嗯。"哥哥沮丧地说，"这些年来，我一直期盼能与她再见上一面。可惜造化弄人，最后还是没能实现。"

"你还爱着她？"

"她是我的初恋情人。小时候没能守住约定，长大后我一直在中国寻找她，却始终没能找到。原来她已在中国结了婚。虽然命运多舛，但最后若能过得幸福，我也替她开心。我只能衷心这么期望。"

原来这就是哥哥终身不娶的原因。他并非因为是必须经常躲躲藏藏的假货，才找不到伴侣。纯纯的恋情及痛苦煎熬的悔恨之意，禁锢了他的心灵。

"——和久，不管有没有血缘关系，你我都是一家人，你是村上家的一分子。这点你绝对不能忘了。"

哥哥说得斩钉截铁。对于有救命之恩的中国养父母，他把他们当成真正的父母一般看待。这句话从他嘴里说出来，可说是具有十足的说服力。

"她养育了我几十年，跟亲生母亲已没什么不同。养育之恩当然大过血缘关系。"

哥哥从前说过的话，浮现在我的脑海。养育之恩当然大过血缘关系。那时候，我误以为哥哥深爱中国养父母胜于亲生母亲，因而反唇相讥。我完全没想到哥哥说出这种话，其实是为了我。

"一边是抛下自己的生母，一边是养育自己几十年的养母，当然会觉得养母跟自己比较亲，这是很正常的事吧？"

"哥哥"曾在东北被河水卷走，我一直以为他对选择背我渡河的母亲心怀怨怼，因此在我听到这句话的瞬间，我以为他是在抱怨母亲当年曾将他"抛弃"在河中。但事实上并非如此。哥哥的这段话，其实是站在我的立场上说的。

哥哥是我的救命恩人，我对他心怀感激。在逃难的过程中，若不是哥哥替我挨了一刀，此刻我早已成了东北泥土下的一堆枯骨。

虽说我展开调查是基于对"哥哥"的怀疑，但如今回顾这场行动，可说是让我有了弥足珍贵的收获。我查出来的真相颠覆了我自己的身世，却也让我深深明白了母亲及哥哥的善良及仁慈。

我脑中浮现出爱着我、守护着我、细心将我呵护长大的母亲，我虽是养子，她却将我当亲生儿子那般对待。

没错，养育之恩当然大过血缘关系。我这一生绝对不会忘记母亲及哥哥对我的大恩——

27

✡

东京

　　我在弥漫着咖啡香气的咖啡厅里，与大久保重道相对而坐。根据稻田富子的描述，当初她和我母亲，以及眼前的大久保，三人曾到井边打水，遇上了想要抛弃婴儿的中国妇人。

　　"前阵子对谈时——"我小心翼翼地问，"我们不是提到我哥哥身上的烫伤，以及你跟我们一家人在东北一同逃难的往事吗？"

　　"什么烫伤？我可不知道有这回事。"大久保诧异地说，"而且你似乎误会了。后来我被征召，离开了开拓团。"

　　这部分确实与稻田富子的记忆相符。

　　"大久保先生，你这意思是说，你后来加入了军队？"

　　"没错，那年应该是——昭和十八年（一九四三年）吧。我收到了征召令，只好抛下了农具，改拿枪杆子。我被派到苏联跟中国东北之间的边境上的碉堡内，负责警戒工作。拿枪打仗的关东军士兵一天比一天少，取而代之的是一大群长年拿着铁锹导致手掌长满了茧的农夫。"

　　"因为关东军都偷偷撤退了？"

　　"没错，我曾偷听士兵们闲聊，才知道上头征召我们只是为了凑人数，瞒过苏联侦察兵，好让关东军能够顺利撤退。说穿了，我们就像是一群伫立在碉堡内的稻草人。但苏联侦察兵可不是麻雀，他们早已看出碉堡内只剩下一群'稻草人'而已。上头的这项策略，对苏联的进攻丝毫没有发挥吓阻效果，最后我们只好投降，被流放到了西伯利亚。换句话说，我不可能与开拓团一同逃难。"

大久保前后的说法有着明显的不一致，而且似乎连声音也不太一样了——

"上次在咖啡厅里——你是不是隐瞒了关于我的事？"我问。

"关于你的事指的是什么？"

"我是中国人的孩子，身为日本人的母亲收养了我。大久保先生，你是不是怕我难过，所以隐瞒了这些事？"

"不，我全都照实说了。"

"但我怎么不记得你曾说过这些？"我战战兢兢地问，"大久保先生，我们那天是不是在黑猫咖啡厅见的面？时间是不是上午十点半？"

"是啊。"

那天上午十点半，我确实是在黑猫咖啡厅内，怎么可能见的不是他？在赴约之前，我还用语音手表及家里的语音时钟确认过时间，绝对不可能出错——

绝对不可能出错？真的是这样吗？虽然街上到处都有时钟，但我的眼睛看不见，只能仰赖语音手表及家里的语音时钟。只要这两个时钟同时出错，我的时间就会完全乱掉。

唯一的可能，就是有人偷偷在时间上动了手脚。要对大久保的手表动手脚并不容易，但若是对我的手表，就没有那么困难。

我一整天都戴着手表，只有洗澡及睡觉时才会取下，那个人除非潜入我的家里，否则不可能有机会碰触我的手表。但徐浩然就躲藏在家里，而且他不希望我查出"哥哥"是真货，刻意加以阻挠也是合情合理的事。

"大久保先生，你那天是不是遇上了别人？"

"不，那天跟我谈话的人就是你。我记得你的脸，绝对不会错。"

　　跟大久保谈话的那个人，长得跟我一模一样？难道——

　　仔细想想，我的亲生母亲为什么要把我这个"弟弟"生下来？关东军夺走中国人的农地，是在我出生好几年前就发生的事情，当我出生时，亲生母亲应该早已体会到生活的艰苦。既然早知道无法扶养第二个孩子，为什么还要把我生下来？

　　我只想得出一种可能性，那就是我的亲生父母虽然无力扶养两个孩子，但若是只有一个孩子，日子就勉强过得下去，只是他们万万没想到，他们期盼的"一个"孩子，竟然变成了"两个"。

　　同卵双生——

　　徐浩然并非年纪比我大的哥哥，他的年纪跟我相同。在这样的假设下，整件事就说得通了。徐浩然的声音令我感到特别怀念，那是因为他的声音跟我的一模一样，我就像是从他人的口中听见了自己的声音。

　　我想起了自己婴儿时期的那张照片。在那张照片里，我的脚踝上绑着绣了乌龟图案的缎带。在相簿被烧掉之前，女儿曾在看了这张照片后感到相当好奇。从小到大，我一直以为那是一种趋吉避凶的道具，类似"守背神"。如今想来，或许那是亲生母亲为了区分兄弟俩而绑上的标记吧。母亲领养了我之后，一直没将它取下来。

　　原来如此，谜底终于揭开了。将装砒霜的小瓶子带出仓库的人不是我，将小瓶子埋在石熊神社的神木根部的人不是我，在咖啡厅里与大久保对谈的人也不是我。

　　做这些事的人，都是我的双胞胎哥哥，徐浩然。

　　回想起来，当初在黑猫咖啡厅里，我与假的大久保见面时，女服务生曾显露出狐疑的态度，不晓得该将红茶放在谁的面前，那或许正是因为我们是双胞胎，女服务生分辨不出来。那天我为了保护脸部，头上戴着帽子，脸上还戴了墨镜；徐浩然当时正遭坏人及入管局人员追捕，为了避人耳目或许也弄了类似的打扮。

看来我有必要与徐浩然见上一面。

三天后，逃亡中的徐浩然与我联系了。我告诉他，"大和田海运"那帮人都被逮捕了，现在他很安全，我希望与他见上一面。地点就选在我的家里。

徐浩然出现后，我跟他坐在客厅沙发上，我将实情和盘托出，包括我已确认岩手县的"哥哥"是真货，以及徐浩然跟我是双胞胎——

"哥哥，你为什么要伪装成'村上龙彦'？"

黑暗空间陷入了一片沉默。我听着迟疑不决的呼吸声，心中可以想象他正露出计划失败的无奈表情。

"——我是中国人，不管我怎么做，都无法住在日本。"他的声音中带着明显的轻蔑。

能被日本人带到日本一起居住的外国人，仅限于配偶及子女，原则上并不包含双亲或兄弟姊妹。我虽然拥有日本国籍，却没办法让徐浩然借此获得居留权。

"从小到大，我的父母经常跟我说，我在日本有个双胞胎弟弟。为了将来能顺利在日本生活，我甚至进了日语学校学习日语。后来，我遇上了真正的村上龙彦。刚开始他误以为我是他的弟弟，因为我跟你的相貌一模一样，虽然距离战败已过了数十年，但他依稀记得你的长相。当时他以为弟弟跟自己一样，在战后被遗留在东北而无法回归祖国。但是经过交谈之后，他发现我的真正身份是弟弟的双胞胎哥哥。那些年他一直无法回日本，因此经常与我聊起从前的生活。"

徐浩然曾说过，他将过去的经历全部告诉了一个遗孤朋友，结果那个朋友竟然假扮起村上龙彦，夺走了他的人生。徐浩然在废弃工厂里提及的那些往事，与我的记忆完全相符，我这才相信他是真正的哥哥。没想到事实竟然完全相反。徐浩然能够正确说出那些回忆，是因为真正的哥哥把人生经历都对他说了。

"进入八十年代后，中日展开一连串访日调查团的活动，村上龙彦成功回到了日本，这让我羡慕得不得了。"

"到底是什么样的契机，让你决定偷渡到日本？"

"是母亲的过世。我变得举目无亲，开始对未来的人生感到不安。于是我写了一封信到日本，给将你扶养长大的养母，收信人的地址就是当年刻在你家柱子上的那串地址。"

我一听，恍然大悟。母亲在开拓团的家中的柱子上用中文刻的那些字，是写给我亲生母亲的一段话，内容多半是"我们要逃回祖国了，地址如下——"。

"你寄出这封信后，得到了什么回应？"

"你的养母恳求我别将这件事张扬出去，因为你还不知道自己是养子。"

在逃难之前，母亲应该抱着迟早要将我还给亲生母亲的念头；但是在逃难的过程中，母亲失去了亲生儿子，在后来的岁月里，她将我这个剩下的唯一的儿子拉扯大，或许逐渐产生了不舍之情，把我当成了真正的儿子。

"我很向往在日本生活，因此我假冒村上龙彦，向当时在中国当义工的比留间寻求协助。但他识破了我的谎言，不肯帮我这个忙，我只好选择偷渡进入日本。"

"你跟住在岩手县的'哥哥'曾有书信往来，内容谈到过'假认亲'？你们该不会打算联手干什么违法的勾当吧？"

"不，不是那么回事。之前我就跟你提过了，刚开始的时候，我找人蛇集团帮我偷渡，对方告诉我可以利用假认亲让我获得居留权。我心里不太相信，因此写信向日本人，也就是你的家人，询问日本的相关法律。你哥哥给我的回答是，'那种歪门邪道不可能成功，千万别干傻事'。我收到信后，才明白这个人蛇集团是一群骗子。我赶紧告诉其他中国人，带着他们一起逃了。"

哥哥不敢让我看他与徐浩然之间的中文往来书信，多半是因为他不希望让我知道我在中国有一个双胞胎哥哥，而且他也没有预料到徐浩然最后会搭上货柜船偷渡入境。因此当村人说看见我带着小瓶子走出仓库，以及看见我掩埋小瓶子时，哥哥满心以为那个人就是我，并没有想到那个人是我的双胞胎哥哥——

"哥哥，你是不是曾假扮成我，害我遭到怀疑？"

"没办法，虽然我已经尽量低调，但假如行迹被发现，我就死定了。所以我在外头的时候，总是会假装眼睛看不见。当初躲藏在这个家里时，每当要外出买饭吃，我都会装扮成你的模样。"

"你用了我的导盲杖？"

"是啊，你在睡觉的时候，我会偷偷拿你的导盲杖来用。日本的便利店即使在深夜也不打烊，而且什么都买得到。"

"——你是不是拿导盲杖当拐杖用过？"

"嗯，但那根导盲杖好脆弱，竟然一压就断，我赶紧用黏合剂将它接好——"

我终于明白上次导盲杖为什么会突然折断了。并非有人为了妨碍我调查而设计陷害，而是徐浩然把探查前方路况用的导盲杖当成拐杖用了，杖身当然不堪负荷。

"只要伪装成盲人，就不会遭到警察盘问。"徐浩然接着说。

"你是不是在我的时钟上动了手脚，还偷偷见了大久保？"

"是啊，我不想让你知道村上龙彦是真货。你在讲电话时，说出了相约的时间跟地点，所以我偷偷代替你赴约了。我趁你在洗澡的时候，把镇静剂与安眠药对调了。"

由香里离家出走前，我的药都是由她管理。当时她在药盒上贴了"镇静剂""安眠药"的卷标，后来这些卷标并没有被撕掉，因此徐浩然可以轻易得知药盒中放的是什么药。

两种药盒的形状分别为三角形及四角形，开始独居生活之后，我便以盒子的形状来判断药的种类。两种药虽然颜色不同，但胶囊形状一模一样，因此我完全没有察觉盒内的药被调了包。那天晚上，我把安眠药误当成镇静剂服用，很快就沉沉睡去。

"你故意让我入睡，好调整时钟的时间？"

"没错，我将时间调慢了一小时，隔天装成你的模样到咖啡厅见大久保，跟他对谈——"

"大久保走了之后，你又假冒大久保，来见晚了一小时的我，对吧？"

"对，我的右手腕上有烫伤的痕迹，只要我以大久保的名义捏造烫伤的往事，你就会认为没有烫伤疤痕的哥哥是假的村上龙彦，而我才是真正的村上龙彦。"

难怪我与假的大久保对话时，内心有种奇妙的怀念感。我本来以为那是因为大久保是当年在东北对我照顾有加的恩人，但事实上并非如此。虽然徐浩然刻意改变了声调，但毕竟是双胞胎哥哥的声音，我会感到怀念也是理所当然的事。

"你为了取代真正的村上龙彦，用砒霜毒杀了我的母亲？"

"我没有杀她！"徐浩然焦急地反驳。

"若你没有杀她，怎么会出现在她遭到杀害的现场，还带着信逃走？”

我听见了一阵饱受煎熬的叹息声。徐浩然犹豫了好一会儿，终于懊悔不已地说：“没错——我原本确实打算杀了她。只要你的母亲跟哥哥一死，我就可以名正言顺地成为‘村上龙彦’。我躲进了你们老家的仓库里，正在思索该怎么下毒手，没想到你却走了进来。那时我屏住了呼吸，一动也不敢动，但你脚下一个没踏稳，差点撞上我，我吓得撞翻了棚架上的东西。”

经他这么一说，我顿时想起来了，那时我自认为只是轻轻碰到棚架，不知为何棚架上的东西竟然纷纷跌落。原来那都是被徐浩然撞落的。

“我怕被你触摸到，赶紧躲在棚架的后头。不一会儿，村上龙彦走了进来，他拍落你手上的小瓶子，告诉你那是砒霜，我心想这玩意应该有用，所以后来找机会将它拿走了。那时我手上没有导盲杖，只好一边走一边抚摸墙壁，假装眼睛看不见。”

“后来你用砒霜毒杀了我的母亲，对吧？”

“不，我没有那么做。”徐浩然语气坚定地说，“我确实打算杀了她，所以拿了你家橱柜里的钱，再次前往岩手县。那一天——当我找到机会溜进屋里时，我闻到了瓦斯味，走到厨房一看，你的母亲早已倒在地上，不晓得是心脏病发作还是中了风。我还没下手，她就已经死了。我再仔细一瞧，发现瓦斯炉上放着一个铁水壶，于是我关掉了瓦斯。我打算将村上龙彦也杀死，但是当我走到客厅时——我看到了一封写到一半的信，而且收信人正是我的名字。”

“信里写了什么？”

“对于没办法让我与亲弟弟见面，你的母亲在信中不断向我赔罪。她的言辞之中充满了歉疚，一句又一句地向我道歉，还说自己手头宽裕，如果我生活不好过，愿意定期寄一些钱给我。但光是看你们那栋破旧穷酸的老宅邸，我就知道你的母亲一定也很穷。读了这封信之后，我羞愧得无地自容——我将你母亲的遗体搬到客厅，为她盖上了棉被，这是我向她表达敬意的方式。没想到就在这时候，你出现了。"

原来是这么回事。仔细想想，倘若是瓦斯或砒霜中毒，断气前一定会痛苦挣扎，遗体绝不可能被好好地包覆在棉被底下。警方验尸后断定死因是急性心脏病，这个结论确实是事实。

"你把装砒霜的小瓶子埋了，是因为你不需要它了？"

"是啊，总不能随手扔在路旁，所以我将它埋了。"

徐浩然的语气相当真诚，我可以确定他并没有说谎骗我，或许是因为我们有着相同的 DNA，我对他说的话有种独特的感觉。

幸好我并没有在丧失记忆期间杀死母亲，这点让我放下了心中的大石。我心想，今后还是尽量别服用镇静剂为妙，既然家庭已失而复得，我就不再需要仰赖药物来维持精神安定了。

他在岛田谷工厂不肯与由香里见面，是因为他已经放弃夺取"村上龙彦"这个身份。若要取得居留资格，只能依靠不正当的手段，但他不敢肯定我是否愿意帮助他。在确定能得到我的协助之前，他不希望让任何人知道他是我的双胞胎哥哥——

他并不是个彻头彻尾的坏人。

"哥哥——"我慎重地开口，"我想求你一件事。"

终章

✣

　　身穿白袍的中年医师坐在诊察室的椅子上。外头传来敲门声，资深护理师走了进来。一个年老的男人跟在她身后，用左手抓着她的手肘，右手握着导盲杖。导盲杖的前端不断碰触油毡地板，发出"喀喀"声响。

　　"请坐。"

　　老人在护理师的引导下摸到了圆凳，屈膝坐在上头，将导盲杖横放在膝盖上，脸上满是紧张之色。

　　中年医师见状，决定尽早将检查结果告知老人。

　　"这次我们进行的是淋巴球交叉试验。检查前的说明，不知你是否还记得，这项检查的目的是确认你外孙女的血液里是否含有排斥你的淋巴球的抗体。"中年医师顿了一下，"村上和久先生，检查结果是阴性。而且你的肾脏健康状况良好，符合移植条件，恭喜你。"

　　"真的吗？"老人抬头，"这意思是能够进行移植？"

　　"是的，接下来就是敲定具体的手术日期。要让手术顺利成功，最重要的是有充足的体力，因此就算再紧张，也请按时进食。在所有器官移植手术之中，肾脏移植手术的成功概率相当高，几乎不会有任何问题。而且近年来免疫抑制剂的研究可说是日新月异，所以也不必担心产生排斥反应。"

　　老人今天相当沉默寡言，只是点了点头。但在上个星期，老人如连珠炮般问了一大堆问题——

"血型不同也能移植吗？""手术要花多少费用？""手术前得住院几天？""主刀医生是否拥有丰富的器官移植手术经验？""有没有风险？"

中年医师再次说明："肾脏移植需要进行全身麻醉，当你醒来时，手术就已经结束了。跟遗体肾脏移植相较之下，由亲人提供肾脏的活体肾脏移植有较高的器官存活率。"

"——器官存活率？"

"这指的是手术后移植器官能正常运作的概率。虽说活体肾脏移植的器官存活率较高，但十五年后还是有可能掉到百分之五十左右。不过请不用太担心，你外孙女的体力很好，而且应该能承受大量的免疫抑制剂。"

活体肾脏移植手术四天后。

门铃响起，我沿着墙壁走过内廊，打开了玄关大门。

"爸爸，我带徐伯伯来了。"

那是由香里的声音。他们来得相当准时。

"肚子有种奇妙的感觉。"徐浩然用某种东西敲打着混凝土地面，仿佛在强调自己的存在，那多半是我借给他的导盲杖吧，"毕竟肾脏少了一颗，感觉有点奇怪也是很正常的事。"

"哥哥，真的很谢谢你愿意捐出肾脏。"我对着黑暗空间低头鞠躬。

"受人滴水之恩，当以涌泉相报。"徐浩然先用流畅的中文说了这句话，接着用日文解释了意思，"那天你在工厂里将钱包交给我，让我逃离了那帮人的魔爪，我一直想要报答这份恩情。何况你外孙女遭绑架，导致肾病恶化，我也得负起一些责任，不这么做我会良心不安。"

"我真的很感激你，你是我外孙女的救命恩人。"接着我转头面对由香里的方向，"夏帆还好吗？"

"为了预防感染，目前住在单人房，大约十天后可以转到一般病房，之后再过两三星期就可以出院了。"

"能够回归正常生活？"

"出院后只要定期就诊，确认没有并发症，就可以上学了。"

"太好了，真是太好了。"

徐浩然因为户籍及居留资格等问题，没办法光明正大地前往医院。因此他假扮成我，挑了一家夏帆没有在那儿接受过洗肾治疗的医院进行检查。肾脏移植前的面谈由我负责，等到检查及动手术时才由他上场。为了将视障人士演得更加逼真，我特地教了他导盲杖的使用方式。

检查的结果是，"村上和久"的肾脏符合移植条件。虽然我们是同卵双胞胎，但总不可能连器官的健康状况都相同。这种欺骗医师的行径让我有些过意不去，但为了救夏帆的命，我们也管不了那么多。幸好一直到手术结束后，都没有被识破。

一星期之后，我回到了家乡，在哥哥的协助下前往墓园。

鼻中闻到了花草与石块的香气，耳中听到了鸟儿与昆虫的鸣叫——凭借着我的想象力，花园可以变成墓园，墓园也可以变成花园。靠着四感所接收到的刺激，我能够塑造出眼前的景象。

回想起来，从前孤独生活时，全世界的声音及气味都是痛苦与恶意的象征。当然，人也不例外。在我的眼里，富有同情心的哥哥成了即将溺毙于法律之海的愚蠢老狗；为追求安定老年生活而奋斗不懈的矶村成了过热的熔铁炉；对遗孤们付出关怀的比留间成了手持沾血尖刀的夜叉。是我自己选择敌视所有人，是我自己将世界染成了黑色。如今我可以看见色彩缤纷的花丛，中央矗立着一座墓碑。景色一片明亮，充盈着希望之光。

我双手合十默祷。

妈妈，谢谢你将我当成亲儿子养育。

我追忆着母亲的种种往事。当年她大可以背负受伤的亲儿子渡过松花江，而非我这个中国养子。如此一来，哥哥就不会被河水冲走，取而代之的是我将被遗留在中国，但母亲最后选择背负年幼的我。哥哥成为遗孤，我也得负一些责任，哥哥历经人生的悲剧，全是因为母亲多了我这个养子。

过去我从不曾思考过哥哥所承受的痛苦。在失去光芒的同时，我也失去了体会他人心中痛楚的能力。我在日本的幸福生活，全是建立在哥哥的牺牲之上——

在一片漆黑的世界里住久了，会有种眼前的空间仿佛无穷无尽的错觉，但实际伸出手，往往会摸到前方的墙壁或障碍物。因为这个缘故，即使是在什么也没有的地方，我也还是会自行想象出墙壁及障碍物，或是自认为与家人之间相隔遥远。这实在是个天大的错误。

母亲非但没有因为我是养子而轻视我，而且对我的呵护甚至比对亲儿子有过之而无不及。不管我做什么事，母亲都会对我赞不绝口，就好像是自己的成就一般欢欣雀跃。

不管自己的处境如何艰难，母亲最关心的依然是我，她甚至说过，如果可以的话，但愿能带着我的眼病一起离开人世。

虽然没有血缘关系，但我们是真正的一家人。

除了在日本的家人之外，我还找到了双胞胎的亲哥哥。虽然我不知道他最后是否能得到在日本的居留权，但我会尽自己的能力帮助他。

妈妈，请你安心吧。

今后我会与两个哥哥、女儿及外孙女互相扶持，好好地活下去。我一定会努力的，所以请你不必再担心我，静静地长眠吧。

即使是在黑暗之中，我依然能感受到家庭的温暖，感受到光。

（全文完）

作者寄语

✦

中国的读者朋友们，大家好。我是获得日本第六十届江户川乱步奖，并由此而出道的日本作家——下村敦史。

至二〇一九年八月，我正好出道五年了。在这五年的时间里，尽管我出版了十四部悬疑小说，但获得最高评价的还是获奖作品《黑暗中飘香的谎言》。这部作品也为自己树立了非常高的标准，不断激励着今后的创作。

《黑暗中飘香的谎言》是主要围绕战后遗孤问题而创作的一本推理小说。一个是因为战争时的残酷经历而逐渐失明的主人公，另一个是本应在战争中去世，却以遗孤身份回到日本的哥哥。对于两人的重逢，主人公尽管非常开心，但也产生了一些奇怪的感觉，对哥哥多了一丝疑惑。

哥哥不是日本人吗？难道是有人假扮成了哥哥？？

为了查明哥哥的真实身份，全盲的主人公独自展开了追寻过去的调查。随着调查的深入，谜团也越来越多。历尽千辛万苦，谜底终于揭晓，真相竟然是——真心期待大家能阅读这部作品，亲自感受这份震撼。

这部以中国和日本为题材的出道作品，不仅能在日本国内出版，还能有幸在中国出版，我感到非常高兴。

《黑暗中飘香的谎言》全书是以全盲主人公的第一人称来描写的，所以读者们同主人公一样，没有任何视觉上的信息可追寻。作品中所描写的内容，除了主人公失明之前的回忆部分，都是通过五种感官中剩下的四种——仅仅是听觉、嗅觉、味觉和触觉——获得的。

通过这样的描写手法，希望读者们能同主人公一起依靠听觉、嗅觉、味觉和触觉，体验黑暗世界的景色。

小说、电视剧、电影、动漫……就像有趣的创作是没有国界的一样，真诚地希望读者朋友们能喜欢这个超越了国家关系，描写了人与人之间的美好感情和爱的故事。

最后，通过《黑暗中飘香的谎言》的出版，希望读者们也能对我的其他作品产生兴趣。期待今后有更多的作品能在中国出版。

下村敦史

《YAMI NI KAORU USO》

©Atsushi Shimomura 2014

All rights reserved.

Original Japanese edition published by KODANSHA LTD.

Publication rights for Simplified Chinese character edition arranged with KODANSHA LTD. through KODANSHA BEIJING CULTURE LTD. Beijing, China.

本书由日本讲谈社正式授权，版权所有，未经书面同意，不得以任何方式做全面或局部翻印、仿制或转载。

本译稿经由悦知文化正式授权。

著作权合同登记号：图字18-2018-270

图书在版编目（CIP）数据

黑暗中飘香的谎言 /（日）下村敦史（Atsushi Shimomura）著；李彦桦译 . — 长沙：湖南文艺出版社，2019.9

ISBN 978-7-5404-9289-2

Ⅰ . ①黑… Ⅱ . ①下… ②李… Ⅲ . ①长篇小说－日本－现代 Ⅳ . ① I313.45

中国版本图书馆 CIP 数据核字（2019）第 099252 号

上架建议：外国文学

HEI'AN ZHONG PIAOXIANG DE HUANGYAN
黑暗中飘香的谎言

作　　者：〔日〕下村敦史
译　　者：李彦桦
出 版 人：曾赛丰
责任编辑：薛　健　刘诗哲
监　　制：蔡明菲　邢越超
策划编辑：闫　雪
特约编辑：汪　璐
版权支持：金　哲
营销支持：傅婷婷　文刀刀　周　茜
版式设计：李　洁
封面设计：壹诺闫薇薇
出　　版：湖南文艺出版社
　　　　　（长沙市雨花区东二环一段508号　邮编：410014）
网　　址：www.hnwy.net
印　　刷：北京嘉业印刷厂
经　　销：新华书店
开　　本：880mm×1270mm　1/32
字　　数：225千字
印　　张：9
版　　次：2019年9月第1版
印　　次：2019年9月第1次印刷
书　　号：ISBN 978-7-5404-9289-2
定　　价：45.00元

若有质量问题，请致电质量监督电话：010-59096394
团购电话：010-59320018